除了野蛮国家,整个世界都被书统治着。

司母戊工作室
诚挚出品

NO.3

寻找
SEEKING

李雪涛　主编

人民东方出版传媒
东方出版社

图书在版编目（CIP）数据

寻找. 第三辑 / 李雪涛主编. — 北京：东方出版社，2021.3
ISBN 978-7-5207-1708-3

Ⅰ.①寻… Ⅱ.①李… Ⅲ.①散文集—中国—当代 Ⅳ.①I267

中国版本图书馆 CIP 数据核字（2020）第 191268 号

寻找 第三辑
（XUNZHAO DISANJI）

主　　编：李雪涛
策　　划：姚　恋
责任编辑：王若菡　杨　磊
装帧设计：张　军
出　　版：东方出版社
发　　行：人民东方出版传媒有限公司
地　　址：北京市西城区北三环中路 6 号
邮　　编：100120
印　　刷：北京汇瑞嘉合文化发展有限公司
版　　次：2021 年 3 月第 1 版
印　　次：2021 年 3 月第 1 次印刷
开　　本：880 毫米 ×1230 毫米　1/32
印　　张：11.375
字　　数：210 千字
书　　号：ISBN 978-7-5207-1708-3
定　　价：59.80 元
发行电话：（010）85924663　85924644　85924641

版权所有，违者必究
如有印装质量问题，我社负责调换，请拨打电话：（010）85924725

目 录

特稿

对中国的同情理解——谢福芸四部有关中国的书　李雪涛　/ 003

人物

辜鸿铭的婚姻与儿女　吴思远　/ 045

彼岸观源——旅德南开学者胡隽吟（1910—1988）　吴若明　/ 101

罗存德的三次来华经历　熊英　/ 115

新旧兼容的吴汝纶　胡堡冬　/ 144

媒介

夏志清夏济安书信选刊　季进　王洞　编注　/ 161
李大钊与袁同礼书札六通　雷强　/ 196
在日本佛寺寻找中国——仙台道仁寺与常盘大定　何燕生　/ 205
历史的回响，记忆的旋律 ——《沼泽战士》　韦凌　/ 220
中国建筑及其与中国文化之关系　鲍希曼著，赵娟译　/ 253

事件

蔡元培缘何未获法兰克福大学荣誉博士　万惊雷　/ 315
余协中留学科尔盖特的一点史料　陈怀宇　/ 343

稿约

《寻找》稿约　/ 355

特稿

对中国的同情理解——谢福芸四部有关中国的书

李雪涛

梁启超于1901年发表了《中国史叙论》，他在这篇文章中将中国历史划分为"中国之中国""亚洲之中国""世界之中国"三个阶段。其中"世界之中国"指的是近代以来，随着东亚朝贡体系的瓦解，中国被纳入资本主义世界体系之中的时代，他认为这一历史阶段是以1793年马戛尔尼（George Macartney, 1737—1806）使华为起点的。实际上，此后的中国，特别是鸦片战争之后所经历的的确是中国历史上"三千年此一大变局也"[①]。从晚清到民国的大变局，更是中国以往历史上从未有过的大事件，因此，任何与此相关的描述都会引起人们的关注。谢福芸（Dorothea Hosie, 1885—1959）的《名门》（1924）、《中国淑女》（1929）、《崭新中国》（1940）以及《潜龙潭》（1944），正是通过对普通人生活的描写，再

---

① 李鸿章：《同治十一年五月复议制造轮船未可裁撤折》。

现了这一段波澜壮阔的历史。

感谢沈迦先生组织翻译了这四部书，它们钩沉出了中国近现代史中一些鲜为人知的史实。

我们首先应当了解的是，这四部书都是用英文撰写的，它们的对象均为一般的英语读者。20世纪90年代我在德国的时候，看过两本风靡整个西方世界的读物：张戎（1952—）的《鸿》（*Wild Swans*, 1992）以及郑念（1915—2009）的《上海生死劫》（*Life and Death in Shanghai*, 1986）。这两部书通过不同的人物故事，深刻地缩写了20世纪整个中国的社会与历史。与上述的两部书相类似，谢福芸的四部书描写了中国从晚清到民国的社会转变，其中特别讲述了生活在这片土地上的人们如何在动乱中不断挣扎奋斗的故事。我想，这也是这四部书能盛行一时的原因所在。

由于谢福芸的书是写给普通的英语读者的，因此她用了很大的篇幅来介绍中国文化。《潜龙潭》中就有一章是专门讲述"天井"的：

> 中国人把北京四合院中间那块儿四方空地叫作"天井"，这个词汇让人联想到时间和空间的神秘关系。王太太并没有手表，却能根据太阳在墙上的投影位置道出准确的时间。她的丈夫王先生也有这种能力，只看一眼天井上方空中星辰和月亮的位置，就能知道时辰。他经常在晚上

出门拜访朋友，而王太太早已带着孩子们上床休息了。我也经常在做完手上最后一件事情后外出散步，仰头欣赏美丽的星空。它们会冲着我和从未忘记准时踏上归途的朋友们微笑，我认为，这是上天永恒慈爱的一个体现。如果我在天井待的时间足够长，应该就能记住一些星辰的位置了，因为天井的墙壁就像一把三角尺，可以准确测量出它们的位置高度。(《潜龙潭》，第35页)

在四合院中，天井不仅仅是一个公共交往的空间，同时也是与大自然亲近的场域，更是体验神的存在的一个地方。由于作者受过很好的科学教育，她认为，天井的墙壁就像是一把能够准确测量其位置高度的三角尺。不论是从古代宗教、哲学乃至建筑学来看，谢福芸的观点都在有关中国文化原有的基础之上更进了一步。

谢福芸简单的年谱

由于大部分读者不太知道谢福芸，因此我在下面做一个她的简单年谱，以便读者对她的生平有一个较为直观的了解：

1885年11月21日，多萝西娅·苏息尔（Dorothea Soothill）出生于浙江宁波。父亲是英国循道公会在温州传教的苏慧廉（William Soothill, 1861—1935），母亲是苏路熙（Lucy Soothill, 1856—1931）。

1892年春，多萝西娅随母亲苏路熙回到英国。

1904年5月，多萝西娅随父母再次来到中国，协助母亲管理艺文女校，并在父亲创立的白累德医院（Blyth Hospital Wenchow）帮忙。

1906—1909年，多萝西娅在剑桥大学纽海姆学院（Newnham College, Cambridge）学习，后以优异成绩毕业。

1911年9月，多萝西娅参与创办的培英女校在北京开学。

1912年2月，北京兵变，多萝西娅与母亲苏路熙避难于英国使馆，多萝西娅后又避居天津数月，寄居在翁斌孙（1860—1922）家中。翁氏将多萝西娅收为义女，并给她取中文名"福芸"。

1913年1月，福芸与外交官、汉学家谢立山爵士（Sir Alexander Hosie, 1853—1925）结婚，改名为Dorothea Hosie，中文名：谢福芸。居住在英国南部的怀特岛。

1920年，谢福芸与丈夫谢立山重返中国。

1925年3月，谢立山去世，谢福芸搬去牛津与父母同住。

1926年2月，中英庚款访华代表团抵达上海，谢福芸随行。代表团随后在上海、南京、杭州、汉口、天津、北京等地考察。

1928年10月，太虚大师访问伦敦，其中29日由谢福芸陪同。

1936年7月，谢福芸重返中国，先后到了上海、天津、北京、山西等地她父辈工作过的地方，也寻访了当年自己在北平创办的女校。并于圣诞节前后访问温州。

1937年，苏慧廉翻译之英译本《论语》经谢福芸编辑，作为牛津"世界经典丛书"之一出版。

1959年2月，谢福芸在索尔伯利兹（Salisbury）去世，享年74岁。

作为作家的谢福芸

作为著名汉学家、英国循道公会传教士苏慧廉之女的多萝西娅·苏息尔，出生于浙江宁波，后随在温州传教的父母在温州长大。谢福芸七岁时回英国读书，后毕业于剑桥大学纽海姆学院。1913年多萝西娅嫁给英国驻华外交官谢立山，后来才有了"谢福芸"这个中文名字。1920年英国政府重新起用已经68岁的外交官谢立山，于是他与夫人谢福芸重又开始了在中国的生活。按照沈迦的说法，谢福芸写作才华的发现纯属偶然。

1923年中国大部分地区遭受水灾，谢福芸以外交官夫人的身份动员居住在中国的欧洲人为此次受灾的民众进行募捐。尽管她精心制作了幻灯片，并到处发表演讲，但收效甚微。谢立山最了解妻子的强项，建议她给在中国的英文报纸写文章，出乎意料的是，仅仅凭借一篇文章，她就募到了30英镑的捐赠——这在当时绝对是个大数目。其后作为作家的谢福芸便一发不可收，创作了大量与中国相关的作品。

不过在父亲苏慧廉的眼中，女儿成为中国题材的作家也有其必然性的一面。他在为《名门》所撰写的"序"中指出：

> 使她（指谢福芸——引者注）真正有资格写下这本书的，是因为她曾在中国人的家庭中生活过。这些中国人的家族，既有富裕的小康之家，也有家徒四壁的穷人家。她和这些家庭里的母亲、妻子和女儿过从甚密，毫不费力地进入她们的内心世界，共享着她们的秘密，欢乐着他们的欢乐，伤悲着他们的伤悲。……这本书寄托着她对中国人深厚的爱与尊重，因为她就是在他们之中长大的。（《名门》，"序"）

正如苏慧廉所指出的那样，正因为谢福芸是在"他们之中长大的"，所以她讲述的根本不是别人的故事，而是自己的经历。更何况她在书中"寄托着她对中国人深厚的爱与尊重"。她以博大的胸襟和丰富的知识，尽力冲破时空和文化的阻隔，来理解中国人，这是一种同情的理解。

对中国人的同情理解

这套书向西方传递的一个基本观念是：中国人是与我们西方人一样有着同样感情的人："你们中国人和地球上其他地方的人一样，既不是天使，也不是魔鬼，你们是人，在你们身上，有美德，有恶习，有着各种各样的变化。"(《名门》，"作者前言")

中国文化传统当然与欧美传统有差异，但过分强调这些差异往往会造成"中国特殊性"的扭曲，并赋予中国文化一些特殊的、其他文化不可能具有的价值或特征。因此在讨论作为事件、经历和神话的义和团运动的《历史三调》中，美国历史学家柯文（Paul A. Cohen, 1934— ）指出：

> 如果我们想对中国人的过去进行更充分、更丰富、更公正的了解和认知，我们就必须同时重视这个普世特点和文化的差异性。(柯文著，杜继东译，《历史三调：作为事件、经历和神话的义和团》(中译修订版)，北京：社会科学文献出版社，2014年，中文版再版序，第VIII页)

我没有否认义和团的文化独特性（当然也没有把他们描述为天使），我只是要纠正所谓的非人性化例外论，这种理论几乎从一开始就导致了对义和团历史的误解和扭曲。(出处同上，第 IX 页)

在这个世界上，哪个国家没有自己的特色呢？如果一再以所谓的"中国特色"将中国神秘化，那世界如何能够理解中国？

因此，谢福芸认为，对于欧洲人来讲，中国文化尽管"神秘"，但作为同样的人，当然是可以理解的。在四部书的行文中，我们可以一再发现类似"中国人并非异类"的观念。谢福芸认为："中国人和欧洲人一样，有品位、气质、外表等方方面面，有别于他的兄弟姊妹。他们和我们一样，在思维方式上遵循同样的心理规律，会致力于自己喜爱或感兴趣的东西；要了解他们，就必须了解他们所喜爱和感兴趣的是什么。"(《名门》，第33—34页)在南京的时候，谢福芸结识了两个士兵，"其中一位在吹笛子——与枪相比，他更喜欢笛子。"(《中国淑女》，第175页的照片)当然，在杀人的武器和让人愉悦的乐器之间，正常的人都会选择乐器。在此之前的很多有关中国的书籍，将中国文化描写成一种神秘的文化：中国是一切规则的例外(罗素)——中国人的生活完全游离于现代文明之外。但从谢福芸的描写中，我们可以知道，中国并不特殊,通过正常的理智是完全可以理解的。

谢福芸列举了一些事例,来说明中国人的一些美德与欧洲人的并没有什么区别。在有关节俭方面,她认为中国有很好的美德:

> 即使是在好世道的时候,就绝大多数中国人的正统思想而言,任何形式的浪费都是一种非常恶劣的行为。他们从小就被教导,每一件东西都是通过辛勤劳作才得来的,所以必须要好好珍惜并最大限度地用好用足。粮食是神圣的,在中国的厨房里,任何食物都不能浪费。不管地位高低,穿着都必须非常节约和仔细,哪怕是叠衣服也要小心翼翼。中国人对于棉布和丝绸往往会给予异乎寻常的呵护,只要有一丝是好的,他们就绝对不会扔掉。对他们而言,浪费是比伤天害理还要恶劣、愚蠢的事情。(《名门》,第40页)

这些节俭的美德当然也是普世的,谢福芸想要借此说明的是,在很多方面中国人与西方人并没有太大的区别。上世纪90年代我在德国留学的时候,房东也不断地向我强调他从家族中继承而来的从不浪费粮食的人生原则。

除节俭之外,中国人善良和纯朴的美德也在谢福芸的笔下得以再现。她用一幅老农的照片来诠释何谓"真正的中国"。(《中国淑女》,第23页)老人站在长江江轮的甲板上,身穿宽袖、对襟的棉袄,双手握在一起放在前面,头上戴着瓜皮帽,留着山羊胡子,神态放松地微笑着。中国普通人的善良、乐观,都给谢福芸留下了深刻的印象。

尽管中国下层民众的特性是敦厚淳朴,但在忍受诸如饥饿等极端状态下,他们也会变得极端。谢福芸是从下面这个角度来理解中国的"暴徒"的:

> 节俭是中国农民最初也最深刻的本能,一个人只有陷入极度歇斯底里的状态,才会去搞破坏。在通常情况下,只要及时付给他们工钱,他们就会显出秉性敦厚和纯良的一面;但是他们如果陷入哪怕只是一时的癫狂状态,手无缚鸡之力的妇女和外国人,最好还是离他们远一点为妙。(《名门》,第40页)

面对很多西方人认为完全是不可理喻的"暴徒"的行为,谢福芸也给出了理性的解释。

正因为有了同情的理解,在展示"当代"中国的时候,谢福芸给读者描绘的并非只有中国贫穷的一面,也包括当时已经取得的成就。在《中国淑女》中,她选取了"夜幕下的上海南京路"(《中国淑女》,第39页),给人以摩登时代夜景的感觉。与《名门》所描写的晚清"名门"的传统生活不同，在这本书中，谢福芸希望通过能讲流利英文的上海少妇宋太太（Mrs. Sung），展现一个现代的中国。

谢福芸既不赞成对中国的一味贬低，也反对吹嘘美化中国的做法。她借励诚的话说出了前者："很多洋人的笔下，对中国人都存在着严重的偏见，比如说我们对他人的苦难麻木不仁，不敢说真话，只知道养猫，喂老鼠，像兔子一样挤在一起过活。"（《名门》，"作者前言"）但她同时指出："但是另一方面，如果像有些在华的洋人一样，总是一味地对你们予以夸张的美化和奉承，这样也让人觉得我们之间还不够真诚。"（《名门》，"作者前言"）正是对中国的真诚，才使得谢福芸以一种正常的态度对待这一有着悠久历史的东方古国。

谢福芸对中国的"同情理解"源于她与中国的关系以及情谊。她出生在中国，周围到处都是中国的朋友。后来她嫁给了驻华外交官，一直与中国人打交道。她在书中处处流露出她对中国的深厚感情。在《中国淑女》中，当谈到要给中国的一家报纸写一封公开信的时候，谢福芸写道："这封公开信就叫作'致中国，我的养母'。"（《中国淑女》，第410页）中国已经不是她的研究对象了，他们俨然超越了主客体的关系，发展成了具有感情基础的"亲戚"关系。二战期间，中国和英国都遭受了侵略，尽管性质不同，但都成为受压迫的民族。1944年战争结束之前，谢福芸在写给画家蒋彝（Chiang Yee, 1903—1977）的信中写道："同样祝福您的祖国，亦如我的祖国，尽早恢复盛貌，重振古老文明艺术之风采；愿笔墨丹青重见光明，再不让枪炮利剑当道。"(《潜龙潭》,"作者致谢")

谢福芸对中国的理解，与大部分西方人是不同的。中国的国家性质与作为民族国家的德国、法国等是不一样的。从西方来看，神圣罗马帝国的衰亡，特别是17世纪上半叶的三十年战争（1618—1648）直接促成了欧洲近代民族国家的形成。《威斯特伐利亚和约》所确定的外交关系的主权原则，是针对每一个单一的民族国家而言的。基于这样的一个传统，作为近代形成的单一民族国家一员的欧洲人都不太理解"华夷一体""中外一家"（雍正帝《大义觉迷录》）的大一统国家的认同。由于亲历了晚清到民国的变化，谢福芸有着与一般西方人不同的对中国的理解：

> "中国"这个词就像"英联邦"一样，包含了众多民族，从北方的蒙古族、满族到南方靠近印度支那的广州人，还有纯正的中国人——他们称自己为"汉人"。(《名门》,第31页)

我认为，谢福芸的这个比喻是非常形象、恰当的。大部分英语读者，也会因为这样的一个说明，对中国产生更加合理的理解。她同时也跟其他外国人一样惊讶于中国人居然会有共同的身份认同，尽管他们来自众多不同的民族："不管面对怎样的压力，中国始终是中国，是一个同源同祖的整体，这时常会使外国人觉得这是一个奇迹。究其原因，就在于这个国家始终立足于两大根基：一个是任劳任怨的广大民众，另一个就是个人服从家族的从属关系。"（《名门》，第34页）因此，在巨大的内忧和外患面前，中国依然是中国。

基督教伦理 vs 中国智慧：冲突与融合

在中国近代化的过程中，基督教实际上做出了非常重要的贡献。谢福芸在书中的很多地方对此作了描述。在《中国淑女》中她收录了一幅西北军将领张之江（1882—1969）将军的像，在解说中她指出："他（指张之江——引者注）坚定地支持禁烟运动，是个基督徒。"（《中国淑女》，第345页）张之江曾任国民政府禁烟委员会主席，他在禁烟时的决心和作风，使其被群众誉为"第二个林则徐"。

基督教同中国伦理在很多方面有着不可调和的矛盾，其中最为突出的是"一妻多妾"的儒家生活方式以及对祖先的崇拜。这两个问题实际上从1583年利玛窦（Matteo Ricci, 1552—1610）等就已经开始关注，并且对祖先崇拜的认可还促成了后来的礼仪之争的发生。

宋太太的丈夫在得知谢福芸曾在宫家生活过一段时间的经

历后，提出了这样的问题："那你和那位大人后宫里其他姨太太们相处得怎样啊？"（《中国淑女》，第 53 页）这对谢福芸来讲当然是一个相当棘手的问题：

> 我该怎么回答呢？我是不是应该出于礼貌避而不谈有关侍妾的问题？抑或，给出一个更糟糕的回答，说我宽恕这个可恶的制度？（《中国淑女》，第 53 页）

基督教认为，婚姻最重要的目的在于传生与教育子女。一夫多妻制（polygamy）对于孩子的生育妨碍不大，甚至促进孩子的生育，但对孩子的教育、夫妻的互爱与忠诚方面却有很大的负面影响。此外，一夫多妻制还会贬低女性的尊严。实际上，一夫多妻制的问题并非很简单，在了解了中国的历史和实际情况后，谢福芸认为，即便是违反了基督教伦理所固守的一夫一妻制（monogamy），但有些事情还是要具体问题具体分析的："有一些人娶二房是为了找到真正意义上的伙伴，因为在父母安排的第一段婚姻里，妻子成为不了他的伴侣。"（《中国淑女》，第 57 页）在讲究"父母之命，媒妁之言"的森严的等级制度和礼教影响下，由于完全不尊重当事人的意愿，酿成了不少爱情的悲剧。这也只有出生在中国，并且有这么多中国朋友的谢福芸才能切实地体会到。

除了"一夫多妻制"之外，对基督徒来讲最为忌讳的就是中国传统中的祖先崇拜了。儒家思想认为，亡去祖先的灵魂仍然存在，并会继续保佑自己的后代。除了耶稣基督之外，基督教严格禁止所谓的"偶像崇拜"（idolatry）。礼仪之争时，罗马教廷异端裁判所做出的最终决定为：中国古人是偶像崇拜者，近代人是无神论者；孔子本人当众是偶像崇拜者，私下是无神论者；基督徒禁止采用中国礼仪。（秦家懿、孔汉思著，吴华译，《中国宗教与基督教》，北京：生活·读书·新知三联书店，1997年版，第31页）因此，励诚对谢福芸说：

> 我恐怕绝对成不了受洗的基督徒，尽管我觉得在思想层面上早已经是个基督徒了。你看，我永远不会放弃祖先崇拜。（《中国淑女》，第411页）

之后谢福芸引用了耶稣在十字架上说的最后几句话，借以说明连救世主本人也会在临终前表达亲情，可见对父母及其他祖先的感情，是应当被允许的。作为基督教传教士夫妇的女儿，谢福芸笃信父母所传的这一宗教，但并非冥顽不化，而是在基督教伦理的基础之上，结合中国智慧，不断思考各种新的可能性。她思考最多的是基督教与儒家思想的会通问题。在谈到儒家的"礼"的根本时，她写道："也许使徒在写下'要爱别人胜过爱自己'这句话的时候，他就是想要表达'礼'的意思吧！"（《中国淑女》，"作者前言"）实际上，

她希望借助于儒家的智慧,更好地解决人类的争端。在当时,第一次世界大战的阴影还一直停留在知识分子的脑海中,谢福芸写道:

> 那场令人刻骨铭心的战争向西方人昭示,国家间的嫉恨可能带来多么惨痛的后果。……实际上解决问题的基础一直都在那里,它就是我们之间的相互同情。(《中国淑女》,"作者前言"。此处译文根据原文略有改动。)

对遭受灾祸或不幸的人产生"恻隐之心",这一直是儒家重要的伦理思想。基督徒对被创造世界责任之一的"爱邻人"的伦理,也使得人类普遍意义上的爱成为可能。这些当然都是建立在"相互同情"(mutual compassion)的基础之上的。

传统与现代的断裂

在谢福芸看来,传统中国文化的特点在于其审美,1911年的辛亥革命之后,她最担心的是传统审美的丧失。因此在她的书中,有很多的照片都显示了传统中国之美。一幅静谧的江南住宅图:一位绅士家中漂亮的花格墙,正对着运河对面普通民居的空白墙面。(《名门》,第53页)除了住宅建筑之外,还有中国园林:在花园的茶室中享受下午的美好时光。

夏季，桥下池塘里的荷花和莲花竞相开放。(《名门》，第83页) 南方的老宅子：依山傍水而建，因为相信山、水能为居住的人带来好运气。(《名门》，第191页)

从书中字里行间的叙述中，我们可以看到，谢福芸所担心的是这些中国文化的独有之处——审美、雍容大雅的生活方式等会随着革命而不复存在。

苏慧廉是著名的汉学家，他曾将《妙法莲华经》翻译成英文（*The Lotus of the Wonderful Law: or, The Lotus Gospel*, 1930），并且与何乐益（Lewis Hodus, 1872—1949）共同编写了《中国佛教术语词典》（*A Dictionary of Chinese Buddhist Terms: with Sanskrit and English Equivalents and a Sanskrit-Pali Index*, 1937），因此他的中国佛学造诣极深。耳濡目染之下的谢福芸，同样谙熟中国佛教的典故。当她将《妙法莲华经》中的火宅喻的故事讲给宋太太听后：

> 宋太太听着，眼睛瞪得大大的。作为一名现代中国女性，她对自己国家古老的宗教所知甚少，她早已不记得那些传说和寓言了。这个房子的故事是佛教里最核心的寓言之一，可她却从未听过。(《中国淑女》，第229页)

《法华经》中以火宅（adiptagara）来比喻充满众苦的尘世。故事讲述了沉溺于玩耍的子女们听见父亲许诺的各种珍奇玩物——羊车、鹿车、牛车，为了得到这些，他们争先恐后地一齐向门外奔跑，最终都逃出了大火燃烧的庄园，逃出了火宅。《法华经》在之后总结道："三界无安，犹如火宅，众苦充满，甚可怖畏，常有生老病死忧患，如是等火，炽然不息。"谢福芸认为这是中国传统的重要遗产，可惜被今天的中国人遗忘了，从而形成了传统与现代的断裂。

也正因为此，谢福芸借父亲一生身体力行办教育的例子，说明教育对中国的重要性：

> 我父亲穷其一生都在推进这些新事物。……他总是说，中国应该尽早开创自己的教育制度，至少是为了百姓。西方已经指明了方向，并从旁指导，直到东方可以独立发展的那一天，正像孙中山先生在他的政治理念里提出的那样。我的父亲希望教会学校还能发挥带头作用，心怀梦想，能促生出更优秀的教育。真正的教育永远都不是静止的，成长和发展永远没有尽头。（《潜龙潭》，第93—94页）

谢福芸的理想曾是"如果真的可以的话，我倒是愿意把剑桥给搬到中国，让它在那里开枝散叶。……如果慈禧太后能对科学真理和现代历史有哪怕一点点最肤浅的认识，她还会支持义和团掀起暴动吗？"（《名门》，第22—23页）对于中国来讲，传统与现代、东方与西方的断裂需要通过教育来予以克服。五四运动所倡导的德先生和赛先生也只有通过教育，才能扎根于中国大地。

中国的道路和世界的未来

中国未来的道路究竟是什么样的道路？谢福芸通过东西方之间的相互交流和学习，认为中国应当不断向西方学习。她借用励诚的话，说出了中国应走的道路：

> 我们东方人现在没有任何理由不去愉快而自豪地向西方学习。……那些耻于西方人教给我们科学文化的中国人心胸狭隘，没有什么大的格局和眼光。那不是真正的爱国主义，而是一种自负。……你们牢记自己罗马、希腊和犹太文化的"根"并不以之为耻，东西方文化都可以是伟大的文化。我们不用因为要向西方学习而感到耻辱。（《中国淑女》，第 409 页）

励诚从现代欧洲和美国对待希腊、罗马和基督教文化的态度中，总结出了一种对待外来文化的健康、正确的做法。晚清以来，受攘夷论、国粹主义以及"中学为体，西学为用"等主张的影响，中国人普遍缺乏认识近代文化价值的能力。今天看来，现代的中国文化是在同西方文化的不断交流、互动和激荡中产生的。谢福芸赞同励诚的观点,并且认为正是因为有了这样的正确主张,中国才有了长足的进步:"每当我仔细思考在我这短暂的生命里中国所取得的进步,心中的惊喜与敬佩之情就油然而生。"(《中国淑女》,第409页)可惜的是,近代以来在对待外来文明的这一问题上,中国一直在反反复复,从来就没有真正自信过。

在20年代末的时候,谢福芸就认为,世界的未来一定不仅仅是由西方世界主宰的。她在强调东西方的共同性之外,也谈到其间的不同之处和多样性:

> 在精神层面,中国人的生命和思想的整个结构是建立在跟我们完全不同的基础之上的,就好像中西房屋的差异。不过,尽管有不同,它们都是房屋,给脆弱的人们提供的温暖居所。另外,如果生命失去了多样性,那它会变成什么样子?
>
> 如果世上所有的房屋都是一个样子,所有的人都是同样的肤色、同样的头型、说同一种语言,有同样的思想,那这个世界该有多么单调!如果这个世界全都是盎格鲁萨克森人,或是中国人,或是印度人,那该有多么可怕!如果社会上所有人的信仰全都一致,或是卫理公会信徒,或是穆斯林,或是天主教徒,或是拜火教徒,那该是一个多么凄惨和乏味的社会!(《中国淑女》,第412页)

尽管谢福芸所信仰的是卫理宗，但她认为如果全世界都信这一基督教的宗派的话，会极度无聊的；尽管她喜爱中国，但也不希望全世界只有中国人……文化多样性的前提在于不同文化间的交融，这样人们可以更具开放性地吸收其他文化的长处，不论是人种还是信仰，都是如此。反过来，闭关政策和文化专制政策只能导致作茧自缚。这一点，谢福芸看得非常清楚。

因此，东方和西方只有在交流之中才能不断进步："东方和西方也许可以互为补充，西方需要东方对人生的感悟，东方也需要西方鼓舞以不断进步。"（《崭新中国》，第88页）未来不可能是相互替代，相互克服，而一定是互补性的。

抗日战争时期的中国

从1927年北伐成功到1937年日本入侵中国之前，这一段由国民党领导的国民政府执政的时期，在中国历史上被称作民国"黄金十年"（Golden Decade）。在此期间，中华民国在政治、外交、经济、文化、教育等方面都取得了空前的成就，整体为近代中国较高水平。但日本侵华战争给中国东部地区造成了严重的创伤，所有建设成果几近惨遭毁灭。1936年7月谢福芸到达香港的时候，她如是写道："我的心跳开始加速：十年未曾踏上中国土地了。三年前父亲离世，三年来我唯一做的就是平复心境，适应未知的新生活。当然，中国漫长的苦难也终于结束了！"（《崭新中国》，第3页）实际上这只是战争来临前的暂时平静，中国的新苦难，马上又要开始。尽管《崭新中国》第一版于1938年就已经出版，但在1940年修订版出版时，谢福芸在很多篇章的结尾处都增添了最新的内容。她在书的献词中写道："满怀挚爱与崇敬，将此书献给今日勇敢的中国"以及"1940年，此书得成，实因感佩中国为争取自由而战斗不辍之精神，并对其最终胜利抱有无比坚定之信心。"（《崭新中国》，扉页献词）这两句平实的文字，显示出了谢福芸对中国的深情厚谊以及中国必胜的信心。

谢福芸在济南的时候，在面对孙中山像时曾默默地表示，如果没有日本侵略，中国可能早就成为一条飘逸的丝带了。（《崭新中国》，第38页）十年来国家的发展，特别是在文化、教育方面的成就，使谢福芸对中国充满了信心。中国本来可以成为一条飘逸的丝带，只可惜这一切被日本侵略者阻碍了。

通过谢福芸的描写，我们对一些历史人物也有了新的认识。1936年她到过父亲曾执掌教鞭的山西大学，后来她补充到："一些人跟随山西省省长阎锡山。阎就像世界大战时比利时的阿尔贝一世一样，固守于自己领地的东南一隅，指挥军队对日本侵略者发起突袭,在太原府满心忧虑。"(《崭新中国》,第125页)卢沟桥事变发生后,阎锡山(1883—1960)提出民族革命的口号,同意由山西抗日救国同盟会组建新军——山西青年抗敌决死队和太原工人武装自卫队,由他统一领导。以前我们所知道的阎锡山,是用铡刀杀死"生的伟大,死的光荣"的刘胡兰(1932—1947)的阎匪,很少提到他抗日的一面。在这里,谢福芸将阎锡山与比利时阿尔贝一世(Albert I, 1909—1934在位)相提并论。1914年8月德军侵入比利时,阿尔贝一世命令比利时军队采取积极的防御措施,并顽强抵抗德国的进攻,从而成功地减缓了德军的推进。在整个第一次世界大战期间,阿尔贝一世都与比利时人民并肩作战,赢得了人民的信赖。可见谢福芸对阎锡山在抗日方面的功绩是赞赏有加的。

重要的历史事件还包括对西安事变的描写。1936年12月12日西安事变爆发的时候,谢福芸正在从宜昌到武汉的船上。她的英国房东告诉她这个"坏消息":

"有个坏消息。"他一上船就严肃地说。我看了看他,担心英国……他说:"蒋委员长,蒋介石,在西安被少帅张学良囚禁,恐怕凶多吉少。"……

"天啊,可怜的中国!"我呻吟起来,彻底惊呆了,不得不靠在扶手上,"中国才刚刚站起来呀!"我知道这条消息将带给中国什么样的灾难,将带给那些艰苦奋斗逐渐把国家团结在一起并最终取得胜利的人什么样的灾难。从广州到北京,从山东到四川,中国人也将问自己,伺机等待的仇敌会不会利用这个群龙无首的机会发起侵略?这就是库里沉默的原因,甚至他们都知道这场劫持将带来什么样的后果。(《崭新中国》,第228页)

由此我们可以知道当时在中国的普通英国人对于这一事件的反应。这与当时整个国际社会对待这一事变的态度是一致的。当时《泰晤士报》评论说:"张学良之叛变,或已救助日本政府,盖日本之对华政策,乃与德缔结反共协定,已引起多数政治家之抨击也。"这一章所使用的英文标题是 The Captive Leader(被监禁的领袖),而不是今天所使用的 The Xi'an Incident,很可能"西安事变"的说法在当时还没有形成。

南京!南京!

日军侵占南京之前,谢福芸曾有机会访问对她来讲是"新首都"的南京。南京不仅是六朝古都,更加入了美国和德国的现代元素。在金陵女子大学,谢福芸结识了一位向她展示中国古老拳术的康乐小姐(Healthy-and-Happy)。至此,谢福芸对南京只有美好的回忆，直到淞沪战役失利后，日本军队对南京进行了血腥的大屠杀。在1940年的版本中，谢福芸补充了这一部分的内容：

> 据一些留在南京的勇敢的美国人估计——他们和中国朋友一起经历了侵略，至少八千名中国女性遭到侵略者的强奸，从十一岁的小女孩到超过七十岁的老太太。在南京的德国人士估计此数字是两万。好看一点儿的女孩被带走给南京的新主人"洗衣做饭"，其实是持续被日本兵蹂躏，他们觉得强奸女孩和吃饭进食没什么区别……在一个变态的夜晚，一个十九岁的女孩遭受了整支军队共三十九个士兵的侮辱，他们也同时对其同伴施以暴行。如果那个女孩不是我的朋友康乐小姐，就是她的一个姐妹。（《崭新中国》，第281—282页）

谢福芸从一个女性的角度出发，揭露了日本军队惨绝人寰的暴行。有关南京大屠杀的文献资料，除了加害者日方和受害者中方的资料外，当时处于中立地位的欧美人士的第三方资料也特别重要。这些历史事实后来在德国人拉贝（John Rabe, 1882—1950）以及美国传教士、金陵女子大学文理学院院长魏特琳（Minnie Vautrin, 1886—1941）的日记中都有详细的记录。美国基督教会的传教士史迈士（Lewis Strong Casey

Smythe,1901—？）目睹了日军在南京对居民的暴行后，曾在美国报纸上刊登文章，揭露日军的暴行：《1937 年 12 月至 1938 年 3 月南京地区战争损失情况》（*War Damage in the Nanking Area. Dec. 1937 to March 1938: Urban and Rural Surveys*）。正是史迈士的这篇文章后来在上海印成单行本发行，才引起人们普遍关注南京大屠杀。

当时的美国传教团站在中国人的立场上，出于人道主义的考虑，不仅拯救了无数的中国人，同时作为这段历史的见证人，也将这些事件记录了下来。谢福芸对此写道：

在同一座南京城里，为了保护手无寸铁的中国人，一些美国传教团成员在 1937 年南京沦陷后选择留了下来。他们对十年前通报的悲惨遭遇不是选择原谅，而是选择彻底遗忘，这一令人惊叹的温柔之举必将载入史册。他们一次又一次站在日本人和中国受害者之间，怀着泪水都无法释怀的满腔悲愤，被迫看着成百上千相信了日本人"听话就没事"、已经交出武器的士兵被大举屠杀，被迫看着从来都手无寸铁的一群群苦力在极端惊惧中用绳索绑在一起被集体枪毙。他们明知有无数强暴发生，也只能眼看着自己学校和居住区的女性包括女孩被拖走公开强奸却无力拯救。然而，他们自始至终没有离开自己给自己设定的岗位，他们坚持着，拯救了无数人，现如今依然在极度困

难下为成千上万难民提供食物。(《崭新中国》，第300页）

谢福芸的字里行间不仅充满了对中国人遭受涂炭的同情，同时表明，正是包括这些传教士在内的第三国的人士，在战争来临之际不顾自身安危，向国际社会发出抗议和正义的声音，才部分阻止了侵华日军对南京人民的进一步施暴。即便是谢福芸在1940年写作《崭新中国》的时候，南京依然在日本人的统治之下："曾经是政府所在地的南京遭到了难以言表的蹂躏，人口锐减十分之一，无数满怀希望建起的崭新大楼被炸弹炸得面目全非。人们内心的伤痕更为深刻：侵略者依然在肆虐，妄想毁灭一切。"(《崭新中国》，第304页）尽管谢福芸对中国必胜充满着信心，但在当时依然看不到光明的未来。她在此书的最后写道："天网恢恢，疏而不漏。结局还未定。"（《崭新中国》，第307页）惨绝人寰的日本侵略者尽管能一时得逞，但谢福芸认为，最终的胜利一定是属于中国人民的。

对一些历史事件和人物的钩沉

谢福芸在书中不可避免地要对一些中外历史事件进行描述，从其中的一些结论中我们可以看出她对这些事件的认识。她对中国的友好态度，也决定了她对很多事件的认识与西方或英国官方有所不同。1936年的访问，在经过长江三峡后到达万县时，谢福芸写道：

> 万县对于英国人来说声名不佳，1926年8月，英国炮舰和中国军队曾在这儿交战：这绝不是什么好事。英国炮舰冲着县城子弹发出的方向发射了炮弹，造成了无辜平民的伤亡。(《崭新中国》，第137页)

这是著名的"九五惨案"，应当发生在1926年9月5日。8月29日，英国在长江上行驶的商轮与四川军阀杨森部队载运军饷的木船发生冲突，杨森派兵扣留了商船。9月4日，英国领事向四川当局发出通牒，限24小时内放行英国商船。9月5日，英国军舰开进万县江岸，除了与杨森部队展开枪战外，还开炮轰击万县人口稠密的繁华市区近3个小时，制造了死伤近千人的"万县惨案"。谢福芸认为，无论如何，造成了无辜平民的伤亡都是英国人的不是。

谢福芸的书中除了沈迦提到的有关诸如胡适（1891—1962）、丁文江（1887—1936）、王景春（1882—1956）等著名人士的记载外，也涉及了一些很少被人关注的学者，此类描写常常非常珍贵。她提到在成都新建的四川大学的一些情形，并特别介绍了哲学家张颐（1887—1969）：

我也穿过同样的大门,来到大学,和新建学府的副校长见面。他是第一个在牛津大学取得哲学博士的中国人,在牛津时常拜访我父亲。他性格稳重,专业精深,是黑格尔哲学的信徒,哲学学识渊博——这知识必定是他目前急需的。他最近才从学术氛围浓厚的北京来到成都,这里社会环境新鲜,但囿于地方省份,多少有些局限。他的一个亲戚是著名的现代短篇小说作家,几个礼拜前在北京还邀请我共进午餐,最近将按照安排来访,给大学带来外部世界的新鲜气息。教授夫人也热衷绘画,曾在巴黎一所著名画室学过艺术。由一位享有盛誉的德国肖像画家所绘的教授本人的画像至今还挂在柏林一家画廊里。(《崭新中国》,第213页)

张颐的老家在四川省叙永县,他能够赴欧美留学,完全得益于四川省公费派遣。因此他一直希望有机会回到四川,报答家乡的父老乡亲。1936年,当时担任四川大学校长的任鸿隽(1886—1961)向张颐发出了邀请。同年,张颐来到成都,任川大文学院院长。1937年6月任鸿隽因故辞职后,张颐代理校长。谢福芸所描写的正是这一时期的张颐。多年前我在研究哲学家熊伟(1911—1994)的博士论文时,曾经关注过熊伟的这位研究黑格尔的老师。但有关张颐夫人以及当时在柏林一家画廊展示的张颐的一幅画像等说法,我在这里也都是第一次听说。

文学描写

从晚清到民国的中国大变局，1911年的辛亥革命，1926年以后南京政府时期的"黄金十年"，1937年的抗日战争等，谢福芸都是亲历者或者间接的经历者。由于她父亲作为英国传教士的特殊身份，谢福芸与中国方方面面的人士都有交往。即便只是将这些故事以白描的手法写出来，也会让人觉得非常有趣，更何况谢福芸很有小说家的天赋，她所描写的故事绘声绘影，情真词切。在谢福芸的四本有关中国的著作中，她总是以第一人称的方式来叙述，她既是作品中的叙述者，同时又是故事中的一个角色。叙述视角因此而移入作品内部，成为所谓"内在式焦点叙述"。

谢福芸曾描写过在上海商场发生的一幕感人的故事：

> 当炸弹穿透上海一座商场的四层楼时，一个英国志愿者跑出来，看到这可怕的一幕，意识到必须立即报警以阻止火焰蔓延。事情有时就是这么奇怪，自动电话机毫发无损，但他站在电话前一摸口袋，才发现身上没有拨打电话的五分钱。在绝望中他四下张望，眼睛和一位中年男人对视。那个人来购物，如今躺在地上的一摊血污中，双

腿都炸飞了，半截胳膊也没了。用剩下的一条胳膊，他慢慢伸手进胸口，拿出一枚五分钱，交给了这个外国人，然后笑了一下，死了。他最后一刻还在牵挂着别人的需求。(《崭新中国》，第301页)

通过谢福芸生动的描写，故事中的人物栩栩如生，给人一种身临其境的感觉。那位被炸飞双腿、只剩一条胳膊的中年男子，在生命垂危之际还为他人着想，将一枚五分硬币交给英国志愿者后，"笑了一下，死了"。读罢这个故事，不禁让人潸然泪下。

除了诸如此类的生动描写外，作者也有一些言简意赅、发人深省的阐述穿插在行文之中。在有关两性的思考中，谢福芸写道："只有当男性勇敢而文雅时，女性才可能温柔而慷慨。"(《中国淑女》，"作者前言")这句话不禁让我想起1928年12月1日雅斯贝尔斯(Karl Jaspers, 1883—1969)写给哲学家海德格尔(Martin Heidegger, 1889—1976)的信中的一句话："只有当其他人也高贵时，你才能表现得高贵。"(比默尔、萨纳尔编，李雪涛译：《海德格尔与雅斯贝尔斯往复书简(1920—1963)》，上海：上海人民出版社，2012年，第197页)此类能启发人们不断思考的箴言在谢福芸的书中还有很多，无一不是作者真性情的自然流露。

类型化了的中国人

由于这四部著作所针对的读者群是第一次至第二次世界大战期间的普通英国人，因此作者在字里行间也兼顾了一定的猎奇性。在讲到她家里的老妈子——女佣的时候，谢福芸特意附上了一幅小脚的照片："尽管她早已不再年轻，但还是为她犀利的商业头脑以及裹得严严实实的小脚而自豪。"（《名门》，第15页）裹小脚仅仅是汉族女性的习俗，满族的女性不裹小脚："骆太太立刻跑了出来迎接我们。因为她是满人，所以并没有裹小脚。"（《名门》，第37页）实际上，清朝统治者对女子缠足极其反感。1660年顺治帝曾下诏书，要求普天下女子不再缠足，但终因积习难改，后禁令取消，但八旗女子从来不允许裹足。

当时的西方人完全不能理解的"迷信"还有中国的殡葬制度。《名门》所刊载的照片中，就有扎纸活以及64人抬着灵柩、蔓延半里多的出殡队伍。（《名门》，第27页）谢福芸认为送葬的队伍敲锣打鼓，完全不可思议。而中国人送给在世老人的"纸活"或棺材，她更认为是不可理解的：

> 这位年老工匠的家人在他忌日的时候扎了纸房子给他，代表了他们美好的祝愿，希望他在另外一个世界里能有如此富丽堂皇的房子居住。另外一个纸房子是送给他的

宝库，里面装满了纸钱。在中国，当父母过六十大寿的时候，棺材也是子女送给父母的一种礼物。(《名门》，第27页)

原文是说老人生日（birthday）的时候，他的家人为他献上的纸房子。因为一个人的"忌日"或"忌辰"，他本人是不可能出现的。一般来讲，是在人死后才开始准备这些纸活。但这家的子女一定特别孝顺，在老人家过生日的时候就已经准备停当了。一般的人家，只会扎一些衣服器具，有钱人家才会有纸糊的车马、家具、庭院等，这些纸活一旦被烧了之后，就成为死者阴间的财产。

对于基督徒来讲，死亡是人脱离尘世的希望，人的葬礼是非常严肃的事情，因此吹吹打打的出殡魂轿，对他们来讲完全是不可思议的。当然，烧纸及其他行为在基督徒看来更是不允许的。因此，中国人的殡葬制度非常特别，这在来华的西方人的游记中多有记载。

除此之外，书中也有当时各种工匠的照片，这些行当对于已经进入机械化大生产的英国人来讲，显然有一种"异域风情"（exotic）的特点。在《中国淑女》中，谢福芸就收录有"挑水工"（第323页）与"铁路劳工"（第329页）的照片。

受当时欧洲种族方面学说的影响，谢福芸对不同人种也有着极深的偏见。在谈到当时佛教界的堕落时，谢福芸不无偏见地写道："佛陀知道，整个世界将越来越需要这样的教诲以及这么一种希望——尽管其他教人顺从和保持平静的戒律已经堕落成了宿命论以及对世事的漠不关心，而这又常常成为蒙古人种根深蒂固的本性。"（《中国淑女》，第230页）如果我们将眼光投向18世纪末人种学的始作俑者之一——哥廷根大学的美纳斯（Christoph Meiners, 1747—1810），我们就会发现，跟欧洲的高加索人种相比，他所谓的蒙古人种不仅在身体上和精神上虚弱，而且在道德上也极度空虚，沦落不堪。（转引自马汉茂等主编《德国汉学》，郑州：大象出版社，2005年，第106页）尽管谢福芸对中国充满着同情，但也很难超越她所处的时代。

汉学之难与翻译之难

对于汉学家来讲，翻译中国典籍是其重要的使命之一。我一直认为，汉学家的重要工作之一是文本的翻译，中文文本的被迫翻译和转换，会产生新的、多元的视角，同时也增加了看问题的深度。翻译并非仅仅是词汇的转换，更重要的是将一种文化转换成另外一种文化。因此，翻译对学者来讲既是挑战，同时也是讨论各类问题的出发点。

由于作者的父亲是著名汉学家，也曾是牛津大学汉学讲席的第二位拥有者,因此谢福芸在书中也谈到了有关汉学翻译的问题。1935年10月谢福芸搭乘"图斯卡尼亚号"(Tuscania)去孟买,之后转道中国。在到达加尔各答的时候,她收到英国出版社希望出版苏慧廉翻译的《论语》的信函:"英国读者无法理解几千年来中国人对孔子抱有的深深敬意。在他们看来,孔子既乏味又啰唆。"(《崭新中国》,第31页)当时的谢福芸完全同意出版社的意见:

> 我总不明白父亲为何能坚持不懈地对其译文反复雕琢。出于孝顺,我曾经把《论语》从头到尾读过一遍,读的时候痛苦万分,暗地里觉得那些格言内容陈旧、措辞浮夸。当时完全没有预料到把天生简洁精炼的表意中文翻译成正确的英文会有那么困难。(《崭新中国》,第31页)

后来谢福芸在悉尼的时候,继续研究《论语》和孔子思想:"孔子忽然就俘获了我的心。我居然大笑起来:发现陪伴我的是一位乐观有趣、精力充沛、幽默渊博的绅士。他的思想和我的思想互相碰撞,增长了我的智慧。"(《崭新中国》,第32页)之后,孔子渐渐显示出了其有趣、智慧的一面:

> 终于,孔子讲话的时候,我听懂了他所说的,到达了为自己而读的境界,而不仅仅是为了轻松引用什么离奇

哲学的片章只句。正如火车上的旅伴用新鲜视角看待福音书一样，我开始阅读这位伟大的中国哲学家，不把他当经院派，而是当成一个言谈充满了洞察力和敏锐性的人。我发现孔夫子也和弟子开玩笑，并以此带给他们智慧。他的喜悦、他的疑虑、他的挣扎、他的勇气都一一展现在我面前。……于是，在天堂的父亲帮我和孔子及其追随者结下了鲜活的友谊。(《崭新中国》，第 32—33 页)

如果一个人用自己的生命来阅读一本书的话，那他一定可以读出其中的真谛来。

这四部著作之所以能够一时纸贵洛阳，是因为它们是以文学作品的形态出现的，谢福芸特别善于讲故事，讲自己所经历的故事。因此，与一般的历史性著作的翻译不同，这四部书对译者的要求，要高于仅叙述史实的历史专著。

整体上来讲，译文是很流畅的，我认为是成功的。但还是有一些翻译不准确或误植的地方。《崭新中国》中就有"公元 17 世纪，四川成都曾住着一位著名的诗人杜甫。"(《崭新中国》，第 178 页) 查英文原文为：in the Seventh Century，这里显然是"7 世纪"的笔误。但杜甫生活的时代，实际上是公元 8 世纪，他的生卒年是 712—770 年。

谢福芸在其 1944 年完成的《潜龙潭》的结尾处，有一句："他们刚抢了你们的马来西亚。"(《潜龙潭》，第 267 页)

1957年8月马来亚联合邦宣布独立，到1963年才联同新加坡、沙巴及砂拉越组成了马来西亚。查英文原文作：after they have robbed you of Malaya。因此，这里应当是"马来亚"，而非"马来西亚"。

结语

以前曾有人说过这样意思的话：如果一个人在某一个地方待过几天的话，可以写一本书；如果一个人在某一个地方待上几个月的话，能写一篇文章；如果一个人在某一个地方待上几年的话，就只能写几行字了。在《中国淑女》的"作者前言"中，当"励诚"鼓励谢福芸在写完《名门》后再写一本有关中国的书的时候，谢福芸回答道："岂敢呀！我对中国的了解太少了，所知道的那一点点东西早已经写进上一本书里了。"（《名门》，"作者前言"）反过来也是一样，如果没有丰富的欧洲生活阅历，是不可能写出深刻反映西方历史文化的著作的。谢福芸对此也有自己的看法："如果中国人、印度人、美国人或日本人只是来欧洲转一圈，然后写一本关于炖肉汤的书！这样的出版物简直粗鲁无知、毫无人性，显然不足以全面展示我们的文明、文明的男人和女人。"（《崭新中国》，第260页）这也是谢福芸的这四部著作特别值得一读的原因。

在中国，民国以后中国近代史的叙事范式，基本上是建立在"驱除鞑虏，恢复中华"的意识形态之上的。因此，在我们的教科书中，所歌颂的大都是那些奋不顾身杀死满族贵族的汉族"民族英雄"。对这一段历史，基本上是从革命的角度来理解的。汪精卫（1883—1944）早年投身革命，曾谋刺清摄政王载沣未遂，但因"引刀成一快，不负少年头"（《被逮口占》）而声名远扬。我们从中所看到的，常常是仇恨。但谢福芸的描写中，更多的是满汉之间的和平共处。她也会从满族贵族的视角，看待从清末到民国的这场革命。

由于受到阶级斗争学说的影响，我这一代人所学的中国历史基本上是农民战争史，所看到的中国历史基本上是一个阶级压迫另外一个阶级、一个阶级推翻另外一个阶级的革命历史。但从长远的人类历史来看，和平相处的时代要大大超过革命斗争的事件。从谢福芸的描述中，我们看到的是这样的一种历史：在宫家寄居的日子，谢福芸也闹了不少笑话，但是让她感到欣慰的是，"宫家的孩子都心胸宽广，乐善好施，对这些不会那样苛刻"（《中国淑女》，第52页）。受过良好教育的大部分官家子弟，大都有着有更高尚的品德。

作为女性作家的谢福芸，以史诗般的语言，将20世纪中国的大变局展现在了读者面前。书中的人物与欧洲人一样复杂且有细腻的情感。这四部有关中国的作品，尽管做了一些必要的改动："比如姓名、地名和官阶，并非和实际生活中完全一致。"(《名门》,"作者前言")但这四部书都属于"非虚构写作"(non-fiction writing),通过这样的处理,可能更加真实地展现这些人物的"精神史"。

阅读这四部著作的时候,我们能感受得到谢福芸与中国社会的真正互动。诸如谢福芸一样在中国生活过多年的英国作家,实际上是一枚硬币的两面:一方面他们将西方近代以来的知识、信仰传到中国,谢福芸本人建学校,在父亲的医院帮忙,参与中英庚款委员会的工作等;另一方面他们也将中国文化的传统介绍到西方世界去。这四部作品中除了介绍一些中国历史、文化的知识外,还有大量的中国式的审美,这些如果没有长期在中国生活的经验以及与当时一定社会阶层的广泛接触的话,都是不可能洞悉的。

谢福芸的四部书中的三部所涉及的是文献式的摄影照片,最主要的是风景照片和人物照片。谢福芸舍弃了那些所谓异国情调的照片,或猎奇式的"人种摄影",它们自19世纪末以来由于商业的原因而在西方大为流行,正是这些照片造成了欧洲人对中国的轻蔑态度。谢福芸书中的照片,仅有为数极少的几种类型化的样式照片,其中大部分的人像所显示的是非常有特点的单独的人或人群。她自己拍摄的照片中,有一些是非常成功的,显示出一流的艺术品质,这些照片同时也传递了作者对中国人民和中国文化的热爱。她在其中所寻求的是她熟悉的且与自己相关的事物。在谢福芸那里,陌生性不是通过煽情式地强调中国与欧洲近代文明的不同,而是通过常态与共同性表现出来的。

如果我们可以把有关传教士的研究范式总结为"实然"(Sein)和"应然"(Sollen)的话,那么以往我们以帝国主义、侵略的范式来对待传教士的研究,显然属于某一特定历史时期的"应然"研究法,而从长时段的大历史来看,更多的是现代化、文化交流和互动的范式。谢福芸以讲故事的方式告诉了我们这些。

(沈迦主编,谢福芸著,左如科译《名门》;龚燕灵译《中国淑女》;程锦译《崭新中国》;房莹译《潜龙潭》;北京:东方出版社,2018年)

人物

辜鸿铭的婚姻与儿女

吴思远

清末民初的著名文人辜鸿铭（1856—1928）在生前身后留下的谜团甚多，而关于其婚姻和儿女的话题，堪称谜中之谜。坊间多年流传着辜鸿铭放浪形骸的奇闻逸事，其中的原因，除了辜自己针对婚姻和妇女的题目常常语出惊人之外，更大程度上是因为当时的社会环境。在那样的时代里，只要是有才华的学界风流人物，大都是妻妾众多、儿女成群的，所以人们对于辜家庭状况的心理预期也大体类似。凡是不符合大众想象和期待的事实，在以讹传讹的过程中，就自然而然地被逸事传播者和加工者随意增减。但是这并非历史上真实的辜鸿铭。寻找与辜鸿铭相关的真实史料，本来已是难事；在众多讹传和流言中寻找真实的辜鸿铭，更是难上加难。然而当我们把纷杂的材料条分缕析地加以梳理厘清之后，辜鸿铭在历史中相对清晰的轮廓便会呈现出来。发掘与其婚姻与儿女相关的资料，考察辜与妻子和儿女之间的互动，有助于我们更为客观地认识辜鸿铭容易被忽略的作为人夫和人父的一面，这样我们才能更好地通过辜氏的风月来解读他的风云。

一、"织女"与"吼狮"

根据目前发现的辜鸿铭的私人信件资料及其个人发表的文章演讲和回忆录资料，我们可以确定，辜一生只娶过两位妻子，而且第一任妻子是日本大阪籍女子吉田贞子（Yoshida Tei）。可这一事实不符合大多数人的想象和期待。辜氏曾多次撰文赞同"三从四德"的标准和"纳妾"制度，他似乎对于"缠足"文化也情有独钟。这样一个老大中国的封建古董，娶的正牌夫人却是日本人，对于国人而言，于情于理好像都说不过去。于是，不管是知情的还是不知情的，都热衷于王森然（1895—1984）曾经的那种错误但颇为流行的说法：

> 正夫人系中国产，为其续娶，貌仅中姿，而其裙下双钩，尖如玉笋，绰约婀娜，莲步姗姗，先生最宠爱之。二夫人日本籍，系其在日时所结识者，返国时，日女依恋不舍，故随先生来中土。[1]

---

[1] 王森然：《辜鸿铭先生评传》，载《中国公论》，1940年，第4期，第3卷，第61页。

王在弄错二人先后顺序的同时，也指出"正夫人"是"为其续娶"，这似乎也让人感觉这种排序是有意而为之的结果。日本人清水安三（Shimizu Yasuzo，1891—1988）在1924年亲自到北京椿树胡同拜访过辜鸿铭，在他的回忆文章中，有记录吉田贞子的文字：

> 老博士如今鳏居，在他壮年的时候，曾娶日本人吉田贞子为妻子，两个儿子都是这位妻子生的，贞子是大阪姑娘，在香港认识了辜鸿铭后嫁给了他。贞子是一位非常贤惠的正派女人，不管是在什么人面前，辜翁总是会称赞这位已故的妻子。①

其中"鳏居"和"两个儿子"的说法不正确，另外贞子和辜在香港认识的说法与王森然的说法相左。从1925年到1927年，辜在日本讲学，和萨摩雄次（Yūji Satsuma，1897—1966）有过近两年朝夕相处的时间。萨摩雄次的回忆文字不能说全部准确无误，但是下面的信息大体比较可信：

> 按照一般的说法，先生是在上海与终生令他感怀追忆的吉田贞子女士结婚的，然而这却是误传。当年我陪同先

---

① 清水安三此文中的谬误甚多，比如他还把娜娃错认为辜鸿铭的孙女。清水安三：《辜鸿铭》，载《支那当代新人物》，13东京大阪屋号，第109页。

生前往大阪讲演，先生提出希望去心斋桥散步，我随即陪先生到了那个地方，先生伫立心斋桥畔，含着泪说道：与我在汉口成婚的贞子是鹿儿岛的士族，出生于大阪，长在心斋桥附近，她经常向我提起心斋桥。现在我就站在这座桥上，格外思念亡妻贞子。①

法国人佛朗西斯·波利（Francis Borrey）曾担任过袁世凯儿子的家庭教师，也是辜的好友。辜在晚年与他曾经合作翻译过法语版《中庸》和《大学》并出版。波利自称是在1913年左右与辜鸿铭相识的。17年后，波利用法语出版了一本小册子，名为《中国圣人辜鸿铭》(*Un Sage Chinois Kou Hong Ming*)，其中记录了他们之间的互动往来，也专为纪念二人之间的友谊。其中涉及吉田贞子的内容，波利是这样写的：

　　辜氏当时在——我忘记是哪个城市，可能是广州吧——工作，有一天他去茶馆坐坐，高高兴兴地品尝江西产的香茶。给他上茶的日本姑娘引起了他的注意，她很年

---

① 或许是因为年代久远的原因，该回忆文章中也有不符合实际情况的内容，比如，萨摩雄次称辜在担任南洋公学监督一年后，即1911年前后，与贞子有过一场推心置腹的对话，内容涉及贞子劝说辜赶赴北京与袁世凯暴政抗衡。但是贞子早在1905年底就已经去世。因此，这段对话内容，如果不是萨摩雄次过度演绎的话，那么也至少是在辜前往上海前所发生的。萨摩雄次：《追忆辜鸿铭先生》，载《辜鸿铭文集》下卷，海南：海南出版社，1996年，第335页。

轻，但愁眉不展，心事重重。辜氏问她为什么发愁，她羞涩地哭诉说："老爷！我在日本国挨饿，所以来中国干活，想正正当当地挣钱，谁知落到了这家茶馆。我知道这是什么地方以后就想马上走，可是老太太不让走，所以我哭，我想寻死。"辜氏很感动，让人把老太太叫来。他说出自己的头衔和官职，老太太立刻深深弯腰说："我照办，老爷！我照您说的办。""那好，这里是200大洋，还你向这位姑娘索取的衣服钱。你马上放她走。"此事就这样了结。第二天，辜氏散步时偶然遇见头天的那位日本姑娘。她说："老爷，您昨天让我恢复了自由，可我现在流落街头，无依无靠，没地方可去。您能收我当仆人吗？"姑娘一面说，一面谦卑地跪了下来，十分温顺忠诚。于是辜氏感动了，叫她跟他走。他是自由的单身汉。此后不久，辜氏通知家里人，他将娶那位被他收容的日本姑娘为妻。家人一致反对娶一个日本女人！但辜氏我行我素，为家庭所不容。一年半以后，他对妻子说："来吧，把我们的孩子带去给我母亲和家里人看看。"于是孩子带来了和解。[①]

由此可见，就连辜家人一开始也是反对二人成婚的，这

---

① 佛朗西斯·波利：《中国圣人辜鸿铭》，载黄兴涛编，《闲话辜鸿铭》，海南：海南出版社，1997年，第257—258页。

很大程度上是因为贞子的国籍问题，那么其他外人对这一事实的抵触情绪也就可想而知了。1894 年 5 月 29 日，身在武昌张之洞幕府的辜鸿铭给他爱丁堡大学的校友骆任廷（James Lockhart, 1858—1937）写信，告诉他自己的近况：

> 我现在也有了家庭，我有一个三岁的小男孩和一个躺在臂弯中的美少女，我们叫她"好好"（或者日语里的"Oyoshi"，因为她的妈妈来自日本），"女"和"子"加在一起正是一个"好"字。在此地，我至少过着相对平静和安逸的生活（只要人内心安宁就好）。①

如果波利的回忆文字中有关生子的时间是确切的，那么我们就可以推测出一些事实。张之洞于 1889 年 12 月 17 日才和众多幕僚抵达武昌，任湖广总督一职，②而 1894 年辜鸿铭的大儿子已经 3 岁，那么他儿子出生的时间应该是在 1890 年的冬天。③辜氏和贞子相识并决定结婚的时间要再往前推一年半，就是 1888 年的夏秋之交，但当时张之洞还未离开广州，而辜鸿铭的很多亲朋好友又大都在香港，所以辜氏往来广州与香港之间是再正常不过的事情了。因此，辜鸿铭的儿子在湖北

---

① 吴思远编译，《辜鸿铭信札辑证》，南京：凤凰出版社，2018 年，第 20—21 页。
② 吴剑杰编著，《张之洞年谱长编》，上海：上海交通大学出版社，2009 年，上卷，第 263 页。
③ 由下文的 1894 年 12 月 27 日的信件可推知。

武汉降生后，辜氏和贞子确实应该是在当地成婚的，具体是汉口还是武昌就不得而知了。另外，辜氏和贞子也的确应该是在广州或者香港相识的。

在萨摩雄次的回忆中，辜鸿铭曾亲口告诉他，自己的日籍妻子吉田贞子的双亲曾在汉口开过一家干货铺。[①]1924年秋，辜鸿铭在赴日演说的时候，仍旧念念不忘他和贞子在汉口的往事：

> 刚开始有日本人来汉口时，汉口有一家日式料理店开张了。我妻子和我同我们的一位好朋友说，咱们去尝尝日本的美味佳肴吧，于是便到了这家日式餐馆。结账时金额是20美元左右，但是我的妻子却放下12美元作为茶钱。我问她为什么放这么多茶钱时，她说这是日本的习惯。[②]

辜氏这样儿女双全、"平静和安逸"的幸福生活还没过多久，就因为随之而来的中日甲午战争而中断。1894年12月27日，此时的战争已经进入最后阶段，辜鸿铭在南京总督衙门署致信骆任廷：

> 我的家人都在武昌——您知道我的太太是一位日本女

[①] 萨摩雄次：《追忆辜鸿铭先生》，载《辜鸿铭文集》下卷，第335页。
[②] 辜鸿铭：《关于政治经济学的真谛》，载《辜鸿铭文集》下卷，第257页。

士,一位非常勇敢的日本女士,只要她在的地方,周围是永远安全的。但是,我现在正在安排她和我的子女动身去往上海,争取在农历新年以前抵达那里。现在,我想向您提出一个请求。在这动荡不安的年头,如果有什么无法预知的意外发生在我身上(据他们说这是非常有可能的),我恳请您能想办法来帮助一下我惟一的儿子(现在他已经四岁了),把他送到我在苏格兰的老朋友处,让他在那儿接受教育。当然,即便是真的动身启程,也要等他到了适宜的年龄以后方可,而且也要征得他母亲的同意才行。但或许她母亲的意见已经无关紧要了,因为我认为我那可怜的妻子可能会在我之前离世。我将会把女儿留给我的妻子来照看,如果我的妻子不在了的话,根据我们槟榔屿的传统,我将会把女儿委托给我的兄长来抚养成人。但更为重要的是,如果一旦我发生什么不测,我只能委托您来尽您所能去照管我这一家老小了。我在离开苏格兰之前,曾经和一位年轻的女士订了婚,然而生活中就是充满了莫名其妙的讽刺(奈何天),我们最终未能结合在一起。她就是玛格丽特·艾格妮丝·加德娜女士。她现在结婚与否,我无从得知。但无论怎样,她都一定会照顾我的儿子,就像对待亲生儿子一样将他养大——友谊地久天长!您在香港汇丰银行工作的朋友阿迪斯先生会通过询问他的朋友来告知您玛格丽特女士的联系方式。[①]

在如此紧要的生死关头，辜鸿铭想到要将一家人安危的重任委托于骆任廷，可见二人之间关系有多么密切。对于此处所指的玛格丽特女士（Margaret Agnes Gardner），笔者尚未掌握更多相关材料，但这位曾经与辜鸿铭订婚的苏格兰籍女士也一定像辜氏信任自己一样信任着对方，否则，辜也不会想到要将儿子托给她照管。但读者从字里行间感受到的则更多是辜氏在"动荡不安的年头"对于贞子矢志不渝的爱慕、赞赏、依恋和怜惜。难怪波利在评价这位辜氏夫人的时候，曾有感而发地说："这位少妇性格刚强，温文尔雅，深深感动了她的辜老爷。因此，他把她奉为家中的皇后。假如他不对这位高贵的夫人唯命是从，达到了偏爱的程度，那他会被看作是个'怪物'。他对这位夫人始终保持和显示出感激之情，直至她去世。"[②] 令人感到遗憾的是，吉田贞子看来是孱弱多病的，否则，辜怎可以在十年前就大致预测到"我那可怜的妻子可能会在我之前离世"呢？辜氏在晚年曾经打算埋骨于日本，对于日本他曾经寄予过太多不切实际的幻想，这种亲近日本文化和传统的做法不能说和他的日本夫人毫无干系吧。在辜的眼中，他与贞子的爱情故事美好得就像中国古代传说

[①] 吴思远编译，《辜鸿铭信札辑证》，第27页。
[②] 佛朗西斯·波利：《中国圣人辜鸿铭》，第272页。

中的"牛郎与织女"。1906 年 5 月 4 日，吉田贞子已经去世近半年，身处上海的辜鸿铭致信骆任廷，向老友倾诉了他当时略感欣慰但无比悲伤的矛盾心情：

> 您或许已经得知我的近况①，从某一方面来说，这似乎是顺风顺水；但从另一个角度看来，情况绝非事事如意。多年以来，我历经艰难困苦。现在，用世俗的话讲，家境开始变得兴盛富裕了。我的妻子在临去世前说，这种富足真好似天上掉下来的馅饼一样。因为我们从未主动谋求过什么物质方面的殷实，更不用说对此有所希求和憧憬了。然而，就在这点小小的财运幸运地来临之时，与我多年同甘苦、共患难的妻子却去世了。您应该知道董永的故事，坐落在香港租庇利街②的剧院曾经上演过这个剧目，我将其翻译为"桂冠诗人和他的缪斯女神"。这个小伙子在他年轻的时候一贫如洗，甚至都没有钱来给他的父母来办葬礼。他后来遇到了一位女子，这位姑娘开始帮忙操持他家里的方方面面，将一切都安排的井井有条，使得他得以顺利地完成学业。在准备充足之后，他参加了考试，并一举夺魁成为状元，也就是中华帝国著名的桂

---

① 辜鸿铭调任上海正式督办黄浦江浚浦局。
② 租庇利街，即 Jubilee Street，香港的一条主要的繁华街道，1887 年为了纪念维多利亚女皇执政五十周年，特此命名。

冠诗人。女子这才向他说明，自己并非贫苦家出身的姑娘，而是天上的七位仙女之一，和她的姐妹一道来和董永告别。我现在也完成了自己的学业，而且我的七仙女也已经离开了我。我的妻子不能算是长寿，她拖着病体将我的所有书籍、衣物以及其他的一切都打包装好，为的是能让我们的上海之行安全而顺利——用中国话来说，就是出山，入世去做自己应该做的事情。①

1905年11月11日，辜鸿铭被任命为黄浦江浚浦局总负责人（"监督"或"总办"），设局署外滩九江路1号。②之后在上海的日子里，可说是其一生中最为声名显赫的时期。虽然不能说是位高权重，但对于辜氏长期苦于生计的一家来说，经济上的阔绰让他更能够放开手脚去"入世去做自己应该做的事情"。他虽然未能像董永一样中得状元，但是在1910年，清政府赐予十二名因具有"游学专门回国在十年以外者"以"进士及第"头衔的时候，他名列文科榜眼。③而辜氏口中已位列仙班的贞子姑娘，在此之前也绝不只是负责照顾辜鸿铭。在操持家业的同时，她也热衷于慈善和教育。令人遗

---

① 吴思远编译，《辜鸿铭信札辑证》，第31—32页。
② 上海对外经济贸易志编纂委员会：《上海对外经济贸易志》，上海：上海社科院出版社，2001年，第2565页。
③ 状元和探花分别为是严复（1854—1921）和伍光健（1867—1943）。房兆楹、杜联喆编，《增校清朝进士题名碑录附引得》，燕京书社，1941年，第242页。

憾的是，这位善良且能干的贤内助才活了不到四十岁就离他而去，无法和辜氏享受他在上海那段相对稳定富足的幸福时光。对吉田贞子在 1905 年 12 月 4 日弥留时的情形，辜鸿铭在 1922 年回忆时，依然是历历在目，恍如昨日：

> 我在武昌张之洞总府幕府任幕僚的时期，我的日本妻子开办了一所免费的学校，专门收容附近的穷苦儿童。每到新年或是重大的节日，她都会为学校的孩子们缝制新衣服。就像古代罗马和希腊的母亲一样，她称呼这些孩子们为"最美丽的宝贝"，对于那些穿着新衣服的孩子们，她称其为"我的花朵们"。……当幸运降临在我的头上时，我的妻子却卧病在床。在逝世前的三天，她把她的孩子们"那些她的花朵们"召集在床前，并指着他们对我说："在我死后，你也变得富裕起来了，但是要记着这些穷苦的孩子们；你当上了大官，但是要记得你对于皇上的职责。"[①]

[①] Ku Hung-ming: "The Religion of a Gentleman in China," *The Chinese Students' Monthly*, No. 8, Vol.XVII., June, 1922, p. 679.

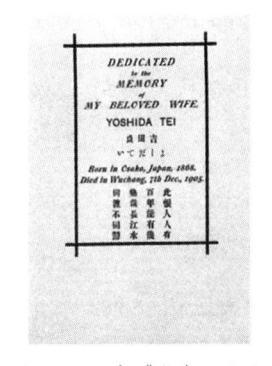

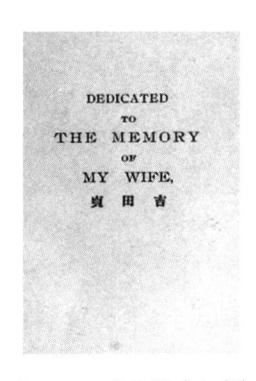

图 1. 1906 年《当今，统治者，请深思！》扉页　　图 2. 1906 年英译《中庸》扉页

从 1904 年 12 月起，辜鸿铭曾在《日本邮报》上连续发表文章，讨论日俄战争和中西方文化问题。1906 年，他将文章结集成册，刊印于上海，名为《当今，统治者，请深思！日俄战争的道德原因》(*Et Nunc，Reges，Intelligite! The Moral Cause of the Russia-Japanese War*)。他在该书扉页上动情地写道："特以此书献给我亲爱的妻子'吉田贞'：1868 年出生于日本大阪，1905 年 12 月 7 日，逝世于湖北武昌。"并在之后附有一首悼亡诗："此恨人人有，百年能有几？痛哉长江水，同渡不同归。"在同一年，辜氏还出版了让他日后蜚声海内外的英译《中庸》(*The Universal Order, or Conduct of Life*)。同样，在扉页上辜氏写道："特以此书献给亡妻吉田贞子。"贞子虽然逝世于武昌，但是却埋在上海的万国公墓，他在墓碑上

亲手书写了"日本之孝女"五个大字。①

辜鸿铭在1924年的演讲中,再次用"织女"来类比贞子。但值得注意的是,此时在他的描述中,贞子病榻的旁边多了一个人:

> 我自己也曾同这个董永一样,乃一介穷书生。那时也即三十五年前,我遇上了一位从大阪来的仙女。那时我是一个收入微薄的职员,正在为了解中国文学及文化而拼命地学习。因而非常需要有一个人来照顾我的生活和处理日常家务。这位从大阪来的仙女,就如同中国古代传说中的织女一样,在十八年这样一段较长的时间里,帮我解决了后顾之忧。而且,她在这一工作完成之后也就去世了。临死前,她还把我托付给了一位她最亲密的中国姑娘,在这姑娘成了我的妻子之后她走了。当时她说:"我并不厌恶死亡,可是我死后谁来照顾你呢?"②

其中辜说是在35年前遇见贞子的,演讲时间是1924年,如果向前推35年的话,正好是1889年,这与我们之前得出的结论再次吻合。但是从1889年相识到1905年底贞子去世,其

---

① Ku Hung-ming: "The Religion of a Gentleman in China," *The Chinese Students' Monthly*, No. 8, Vol.XVII., June, 1922, p. 679.
② 辜鸿铭:《关于政治经济学的真谛》,第248—249页。

间应该是16年而非18年，不知道这是辜氏年老记忆模糊所致，还是由于信息在文字转录过程中出现了偏差。辜在日的演讲使用的是英文，后由翻译转译为日文，然后再誊录为书面文字，整个过程要经过多人合作，出现偏差也是正常的事情。那么，贞子临死前将辜鸿铭托付给的这位"她最亲密的中国姑娘"到底是谁呢？

这位姑娘其实就是辜鸿铭的续弦，第二任妻子中国湖南籍冯氏。辜鸿铭在1915年出版的《中国人的精神》中曾经在举例时，无意提到过自己的妻子是"归晋安冯氏裣衽"[①]。而冯氏也是散文家金秉英（1909—1996）"多年失散的姨母"。据金回忆，"姨母本名门闺秀，听说年轻时有一股犟劲。她是续弦，当年嫁时，只有二十几岁，而辜鸿铭年过半百。洞房花烛夜，她曾要削发为尼，幸而伴娘手脚快，只剪去一绺青丝。生下娜娃，父母视为珍宝。娜娃的童年是在父母的宠爱中，奶妈的怀抱里度过的。"[②]我们不知道辜氏和冯氏确切的成婚日期，但是1906年辜鸿铭正好50岁，而二女儿娜娃也确实是由冯氏所生。可以想见，这位续弦的脾气是相当暴躁的，和众人想象中那温香软玉的小脚金莲娇妾形象是大相径庭的。除了上海的那几年，冯氏跟随着辜鸿铭一直到他去世都没有过

[①] Ku Hung-ming, *The Spirit of the Chinese People*, Peking: The Peking Daily News, 1915, p. 91.
[②] 金秉英：《京华寻梦》，天津：百花文艺出版社，第2003年，第94页。

上什么真正的好日子。1911年辛亥革命后,清政府垮台,辜鸿铭的生活从此就陷入了极为困顿的窘局。1914年底,他在和《京报》主编打笔仗之后,便失去了一项重要的经济来源。虽然在9月份已经正式进入北京大学讲授课程,但在家庭经济的问题上,依然没有什么实质性的好转。这一年的12月11日,辜鸿铭又致信老友骆任廷,与他分享自己对于新一年的憧憬:

> 在面包和黄油的问题上,或许他们是对的,因为现在这成了我亟待解决的问题。我真的不知道自己将如何可以度过接下来的一年。但也正像中国的一个成语说的那样:否极泰来。在夜晚最黑暗的时刻,黎明的曙光也即将会来临。在过去的两年里,每到年末我都会和妻子读下面的诗句:"明年桃柳堂前树,还汝春光满眼看。"①

信中所提及的诗句,来自于辜鸿铭自己创作的七言绝句《示内》,最早发表于1914年11月17日的《京报》上。后来,他曾将其连同英文的直译和意译三种版本收录在1915年出版的《中国人的精神》一书中。② 此外,法文版《中国圣人辜鸿铭》扉页上,也刊印了这首诗的中文法文两种版本,而且中

---

① 吴思远编译,《辜鸿铭信札辑证》,第77—78页。
② Ku Hung-ming, *The Spirit of the Chinese People*, p. 108.

文是辜的毛笔手迹。

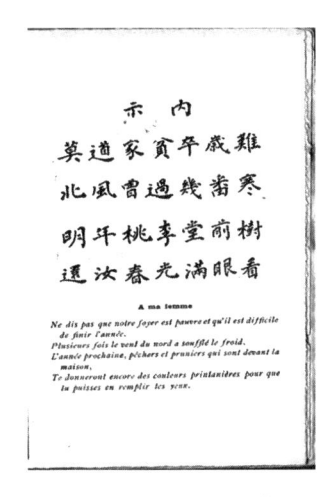

图 3. 1930 年法文版《中国圣人辜鸿铭》扉页

当然，也有人注意到冯氏其实是"河东吼狮"的事实。这种说法恐怕大都来源于《北洋画报》在 1927 年 10 月 12 日刊登的一则配图消息：《辜鸿铭与其妻》。这张照片，原配图注为："去国三年新由日回之中国文坛怪杰辜鸿铭先生（七十岁）与其夫人及女公子合影"，恐怕真的是现存的辜生前最后一张照片了，也是在辜去世后被中外各大报刊的讣告广为收录的一张照片。该消息称辜氏一家刚刚由日返国不假，但是消息的内容其实是转抄辜鸿铭早在 1923 年就发表过的一篇文章，且在转抄过程中造成了重重谬误。消息最末加上了"以上各节均可见辜之怕老婆,而辜太太狮吼之情态,亦可想而知也"①这句评论,因而彻底把冯氏"吼狮"之名坐实。

为还原1923年初那篇英文报刊投书的原稿内容,且纠正谬误,现特将《辜鸿铭家庭之自述:辜太太的责任心究竟如何?》原文转录如下:

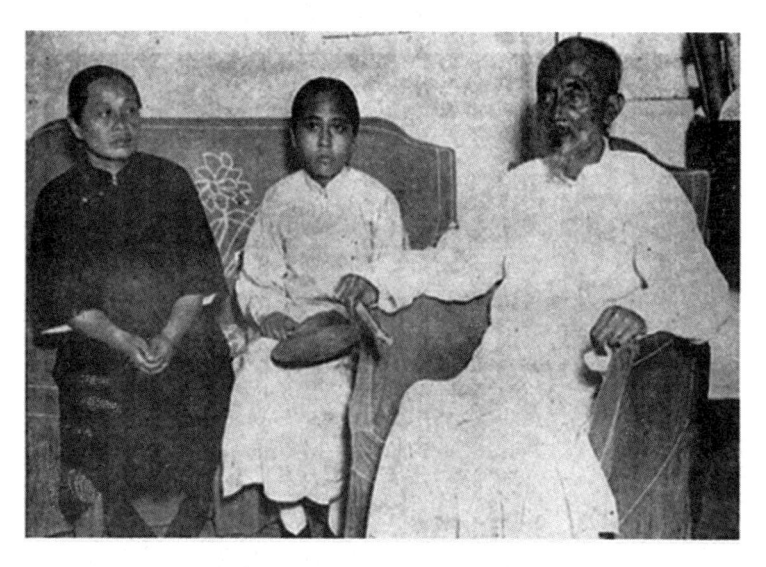

图4. 1927年辜鸿铭与妻子冯氏(左)及小女儿娜娃(中)

垂辫之大文学家辜鸿铭近在各西报发表其谈话自述其家庭之近事,兹译之如下,以见此老近顷之特殊感想:我妻为湖南人,湖南人者,在我书中,皆言其为中

---

① 《辜鸿铭与其妻》,载《北洋画报》,1927年10月12日,第3卷,第128期,第2页。

国之苏格兰人者也。我妻为湖南人，故有极强烈之责任心。我今有一子，自被盐务署裁汰后，即无职业。吾侄近任事于天津，而其薪俸亦微薄，至不能偿其房租，将遣其一妻十子归福州，以就养于其父母，顾吾妻以中国妇人责任之观念，不仅爱护其夫，且当爱护其夫之家族全部。乃谓吾侄曰：勿尔辜氏之儿童，自应仍留养于辜氏之家，辜氏在北京所有，虽一粒之米亦当共享也。我妻为欲尽其责任，至不恤恶衣恶食，尽力撙节，以赡养其十六口之夫家。我因此而惊叹吾妻，至于崇拜。而吾友乃群相嘲笑，以为吾畏我妻，乃远过于畏吴佩孚之率全军而至也。然我妻之责任心，有时乃使我难堪，且觉其为自私之冲动，此何故欤。我尝习闻古德氏 Goethe 之名言曰 Gedenke zu leben，意言人生之唯一目的为生活。但如何更求其生活之适宜与满足，则必须快乐而不致困苦。我又闻 Joubert 之名言曰 Vivre, c'est sentir son âme，谓生命之要旨为其自身灵魂之知觉。我今欲求我灵魂之知觉，且求其不致困苦而深感快乐，则我妻之所为皆不能助我，且反为之梗。我尝至唱歌女郎之室，听细小与美好之音乐与歌唱。（译者按：未知是天桥之女落子馆否。）但我妻之责任心，大以为不然。彼但知其责任，而不顾其劳苦之丈夫，遂致耳提面命，无夕不与我以闺中之教训 Curtain Lectures 使我不得安睡，以致肺炎发作。又我常见贫民而不快，故乞丐来余门，辄施以铜元一枚。平均计之，日必费二十枚。而我妻之责任心又以为慈善事业，当先施诸家。盖但知有其养家之责任，而不顾彼可怜之乞丐，乃益怒我之日费二十枚。一日为此问题，大起争论，竟以踏凳，掷我头颅矣。如是我乃证明责任心之极端，不独使人趋于自私，且可挺面肆虐。①

由上文可见，一个"爱护其夫"且"爱护其夫之家族全部"的负责勤俭的主妇形象生动地展现在读者眼前。1914年辜与《京报》主编产生矛盾，导致双方在报刊上相互口诛笔伐。其争论焦点之一是辜鸿铭对于"妇女"问题和"纳妾"制度的态度。在不少人印象中，作为封建文化卫道士的辜鸿铭对于妇女是极其贬低和蔑视的。但以上我们分析过的材料都表明，辜鸿铭无论是在自己的文章中还是在生活里都是极其尊重女性的，他深爱日本妻子贞子，也更钟爱中国妻子冯氏。也许有人会说，这是辜在面对西方世界时，所刻意营造出的一种虚伪的骑士风度。但当他晚年身处浸淫东方文化已久的日本时，如果那样有意抬高冯氏在家庭中的地位还为的是继续营造这种虚伪的绅士文人形象的话，那无疑就显得矫揉造作和毫无必要了：

---

① 《辜鸿铭家庭之自述：辜太太的责任心究竟如何？》，载《时报》，1923年2月23日，星期五，第四版。

> 革命以来，我陷入了相当贫困的境地。十三年间，我的收入没有超过一月二百美元的水平。然而我现在的中国妻子，由于她懂得政治经济学（political economy），才以二百元的收入养活了一个九口之家的大家庭。那么我的妻子是如何以这微薄的收入支撑起了我们这个大家庭的生活的呢？这是因为我的妻子有着对我的情爱，有着对家庭的情爱，正因为如此，我们这个清贫的家庭才得以继续维持。[1]

此处有关月薪的数字，辜氏的交代有些模糊不清。从1911年到1924年的13年间，其中，从1914年秋到1920年秋，他在北京大学的教授工资是每月280银元，折算后在当时相当于275美元[2]，其他的年份也或多或少有报刊投书和出版书籍的稿费收入。因此称每月收入超不过200美元，恐有乞怜于听众的嫌疑。当然，北京大学当时拖欠教授工资时有发生，而且实际发放多少，我们也不得而知。或许辜氏想表达的是13年间的平均月收入没有超过200美元吧。之前的材料中他说是"十六口之夫家"，恐怕是用了夸张的文学修辞，但是这个可

---

[1] 辜鸿铭：《关于政治经济学的真谛》，第255—256页。
[2] 江勇振：《舍我其谁：胡适》（第二部：日正当中1917—1927），杭州：浙江人民出版社，2013年，下册，第9页。

以合理想象的"九口之家的大家庭",究竟大概会是怎样一种情形呢?金秉英曾经勾勒出过民国年间那享誉中外学人间的著名辜家宅邸,即"椿树胡同30号":

> [它]坐落在北京东城椿树胡同中间路南,街门不大,有三进院子。前院我没有去过,想是车夫、厨子、男佣的住处。中院,七架梁的北房三间,前廊后厦。是姨夫的书房,会客室兼饭厅。东西厢房各两间,住着兄嫂和姐姐。西厢房侧有一间小屋,住着嫂嫂的陪房。后院北房四间,三明一暗,是姨母的寝室兼内客厅,南房四间,是储藏室和女佣室,西房三间是厨房。院子不小,有两棵大槐树,还有马缨花、桃树、杏树,甬路是砖墁的。我想这里原是个花园,是年久荒芜了,再看那厨子从厨房里把冒着烟的刷锅水,随便地往院子里一泼,那花草怎能生长?①

1928年4月30日辜鸿铭去世。随后,中外各大报纸杂志纷纷刊登和转载讣告。其中当然也不乏小报上的打趣评论:"闻辜豚尾垂垂,而蓄一妾,双翘尖细如菱角,辜非此妾侍寝不克安睡,其风趣与王壬秋之周妈相似,此次病死,其缠足之妾不知哀痛如何?"②这位"冯氏吼狮"是不是辜蓄的妾,我

---

① 金秉英:《京华寻梦》,第94—95页。
② 《金刚钻》,1928年5月3日,第2版。

们已经知晓。更重要的是，这位所谓"缠足之妾"在辜鸿铭去世后是否真的"哀痛"不已了呢？金秉英笔下的辜氏儿女在其生前身后又都境遇如何呢？下文会一一揭晓。

二、"虎父"与"犬子"

俗话说，虎父无犬子。面对风云变幻的晚清民初的国际舞台，辜鸿铭凭借一己之力在西方报界频掀惊涛骇浪。但是他这个唯一的儿子不光没有继承他任何的才华在文坛留下哪怕些许痕迹，还让"辛亥革命"后的辜鸿铭在面临多方面危机的情况下不得不持续为了他来挑战自己的尊严底线。辜鸿铭的舐犊情深，事无巨细地体现在他和卫礼贤与骆任廷的通信中，让读者为辜的晚年生活感到不胜唏嘘的同时，也见识到了辜作为慈父所为世人难以知晓的一面。

根据上文1894年5月29日和12月27日信件中的内容来推算，辜鸿铭和其日籍夫人吉田贞子所生的儿子辜守庸应该出生于1890年的下半年。1910年3月4日，此时的辜鸿铭居住在上海市卡特路70号，但依旧担任着黄浦江浚浦局督办一职，四周危机重重。[①] 此时，他给骆任廷写了一封信，其中谈到了辜守庸：

[①] 吴思远：《辜鸿铭与浚浦局贪腐案》，载《中华读书报》，2018年10月17日，第18版。

我居上海现今已四年之久。从外部来看，周围仍然危机重重，但目前我已经克服了"内部"危机，剩下的外部危机也并非那么难以应对。除非政府再向浚浦局投资几百万，否则我们在这里的办事处再有一年的时间就必须得关门了。不过我倒也挺乐意离开上海。但问题是，我下一步将去往何处？我在这里的薪俸虽然可观，但是上海的物价却贵得吓人。此外，我还得对自己的兄长和侄儿们施以援手，这位兄长年事已高，郁郁寡欢却又卧病在床。而到了我这把年纪，也感到比年轻时候更加需要在物质层面上得以满足。我已经为自己买了保险，所以万一遇有什么不测，犬子阿斯卡尼俄斯可以有所保障。因此，我最焦虑的事情也已经得以解决。我也刚把阿斯卡尼俄斯送到青岛的一所德式高中院校去读书，打算把他培养成为一位在上海受欢迎的德国人。①

此处的"阿斯卡尼俄斯"（Ascanius）是辜守庸的英文名，取自古罗马诗人维吉尔（Publius Vergilius Maro，约70—19 B.C.）所著拉丁史诗《埃涅阿斯纪》（Aeneid）中主人公埃涅阿斯（Aeneas）之子，他是意大利阿尔巴朗格（Alba Longa）

---

① 吴思远编译，《辜鸿铭信札辑证》，第38—39页。

城的创建者。辜在信中称打算把19岁的儿子送到青岛的一所院校去读书。而这所"德式高中院校"正是辜鸿铭的好友卫礼贤（Richard Wilhelm，1873—1930）所创建的。卫原名理查德·威廉，来中国后取名卫希圣，字礼贤，亦作尉礼贤。他原本是德国基督教"同善会"传教士，1899年卫礼贤来到青岛传教。1901年，由德国、瑞士"同善会"出资，卫礼贤创办了"礼贤书院"。由于办学有功，1906年被清政府封为"道台"。"一战"结束后，卫礼贤全家被迫返回德国，任教于法兰克福大学，成为首席汉学家。卫翻译的作品颇丰，包括《论语》《老子》《庄子》和《列子》等经典，还著有《老子与道教》《中国的精神》《中国文化史》和《中国哲学》等。他用德语翻译的《易经》，至今仍被认为是最好的外译版本。

在华期间，卫曾向德国当局提议在青岛建立大学。中德政府于1909年创立"青岛特别高等专门学堂"（Deutsch-Chinesische Hochschule），也称"德华大学"，学制为二级高等教育建制，包括预科、本科及中文科。预科传授基础知识，包括德语、地理、生物、数学、物理、化学等西方课程以及古籍、历史、伦理和文学等中国传统课程，学制6年，相当于中学。1914年日本占据青岛后，德华大学迁至上海与同济医学专科学校合并，称"同济大学"。根据辜守庸的同学沈来秋后来回忆，他和辜守庸是在1910年认识的，当时沈在预科五年级，而辜在预科三年级。[1]由于有过密切接触,沈当时对于辜守庸的身世是比较清楚的:"辜氏曾娶过日妇,其子守庸系日妇所生,这是守庸亲口告诉我的。"[2]王理璜在1956年7月4日的《台湾中央日报》上也曾报道过有关辜后人的消息,其中称:"子守庸为日籍,守庸先生以他哲嗣的话来说是'当了一辈子大少爷'。"[3]这一说法后文会有更多的材料来支持。沈还回忆说:"守庸与我同学时,英语已有相当的根底,并且还弹一手好钢琴,据他说是由她的母亲传授的。其母死后,他就不愿多弹了。"[4]

图5. 青岛特别高等专门学堂

---

[1] 沈来秋:《略谈辜鸿铭》,载《福建文史资料》第五辑,福建:福建人民出版社,1981年,第109页。
[2] 同上书,第111页。
[3] 王在记述中有很多错误,当然其中也提供了不少有益的信息线索。王理璜:《一代奇才辜鸿铭》,载黄兴涛《旷世怪杰——名人笔下的辜鸿铭和辜鸿铭笔下的名人》,上海:东方出版中心,1998年,第164—165页。
[4] 沈来秋:《略谈辜鸿铭》,第111页。

1910年6月10日,辜鸿铭致信卫礼贤,开篇就写到辜守庸:

> 给您回过上通信后,又收到两通来信。您为犬子承担了不少麻烦,我要表达诚挚的谢意。所幸犬子的情况并不严重。但除非给他做个彻底的体检,否则我仍放心不下。他很快就要回家了,我会在上海安排他体检。①

仅从信中的内容来看,我们并不十分清楚到底在他儿子身上发生了怎样一种"并不严重"的"情况",但可以肯定的是,此时辜守庸已经正式入学,而且身体健康状况和他那早逝的母亲类似,以至于让辜鸿铭非要"给他做个彻底的体检",才能放心。因为父亲是辜鸿铭的缘故,他在学校中也应该受到不少老师和同学的关注,沈来秋曾这样回忆道:

> 那时我上"哲学入门"的课程,讲师是奥国籍好赫善心博士(H. Gutherz),他提到中国现代哲学家辜鸿铭的名字,我们全班同学没有一个人知道他。他又说,"他的儿子也在校中学习。你们为何不知道?"这时我们才向辜守庸查询他的父亲究竟是怎样一个人物,为什么外国的教师这

---

① 吴思远编译,《辜鸿铭信札辑证》,第113页。

样推崇他？辜守庸把他的父亲所著《张文襄幕府纪闻》上下两册介绍给我们看。我们读后觉得内容很平常，看不出著者有什么惊人出众的学问。直到十年以后，我德国留学，在那边读到辜氏一些德文版的著作，结合我一向对他所闻所见的，逐渐明白了为什么很多外国人这样崇拜他。[1]

图 6. 青岛特别高等专门学堂教室

沈来秋和同学们在阅读完中文的《张文襄幕府纪闻》觉得不过尔尔，因为他们不知道更能全面透彻反映辜鸿铭思想的文章和书籍大都是他用外文写就和发表的。而在 1910 年时，虽然《中国牛津运动的故事》英文版正在由卫礼贤翻译成德文准备出版，但使他扬名海外的《中国人的精神》《呐喊》等书的英文版还未出版，遑论德文版。所以直到十年以后，沈留学德国后才见识到辜守庸父亲那"惊人出众的学问"。辜

---

[1] 沈来秋，《略谈辜鸿铭》，第 109—110 页。

鸿铭赖以自傲的辫子是他守旧保皇的标志之一，那么在"辛亥革命"之后，针对儿子的辫子，他又持有何种态度呢？沈写道：

> 1911年，广州黄花岗之役后，青岛大学学生纷纷自动剪掉发辫，这时武昌起义尚未爆发，学校当局虽然不赞成学生的举动，但也无可奈何。我们福建省同乡十余人劝辜守庸也参加行动，但他没有得到父亲的许可。辛亥十月武昌革命，全国响应，校中只余少数学生还拖着辫子，这些人多半是满清大官僚的子弟，辜守庸也属于其中一个。[①]

1911年11月，时任上海南洋公学教务长的辜鸿铭，因为反对革命而遭到学生们的抵制和围攻，所以他被迫辞职，在同年11月21日他写给卫礼贤的信中，有着这样的描述：

> 犬子从青岛返回后，我就给您发了一封电报："阿斯卡尼俄斯已抵家，安然无恙。"当时就想写信感谢您对犬子的厚爱，也感谢您帮我找到房子，我如果移居青岛，也终于能有个住处了。我和家眷已在上海安顿下来，非常

---

① 沈来秋，《略谈辜鸿铭》，第110页。

安全，这一切都多亏一位奥地利绅士——索伊卡先生的帮助。是一个很偶然的机会让我们认识的，受上帝意志的指引！学潮开始不久，学生们在学校就开始抵制我，因为我义不容辞地致函报社。因此我只好辞职，离开了学校。因为家离学校很近，而学生们的行为也愈发嚣张，所以我举家搬到法租界的外国旅店，十天后才找到现在的住所……待事态平静些后，我再送阿斯卡尼俄斯回青岛。我会寄还您借予的四十美元，之后他会回青岛。①

1912年2月22日，待事态稍微平缓之后，他写就了一封长信给卫礼贤，对于袁世凯当选民国大总统的事件大发议论，在末尾他写道："请您原谅此信的拖沓冗长，提前感谢您照顾犬子。请告知医药费数目，我好如数奉还。"② 可见辜守庸的身体的健康状况的确不是太好。之后，这封信函的主体内容在经过修改后，收录在1912年第二版《中国的牛津运动故事》的正文之前。③ 由于在上海无法立足，应北京奥地利公馆使节的邀请，辜转而北上去寻找谋生的机会。他于同年4月27日，再次致信卫，表达他的苦闷，也提醒其盛夏即将到来："我的家眷仍留在上海，我打算谋到差事后

---

① 吴思远编译，《辜鸿铭信札辑证》，第128—130页。
② 同上书，第136—137页。
③ 吴思远：《从独白空间中重建东西文化对话语境：以辜鸿铭致卫礼贤的21封信为中心》，载《全球史与中国》，2017年，第一辑，第108—133页。

再接他们过来。解决生计问题是如此之难。您找到犬子留在青岛学校的夏装了吗？劳烦您惦记此事，盛夏已临近。"①

其实辜在北京期间各方面都不是很顺利，所以他最初也没有打算一定要留下来，因此在 6 月 29 日，他在给卫的信中就表达出他的这种观望态度：

> 我令犬子寄上此信，因为他即将去青岛执行一个特殊任务，届时他会告诉您任务的具体内容。朋友们想雇犬子做些口译工作，但我认为他还太年轻，因此无法胜任。所以我想让他到您那去，听从您必要的建议和指导。对外人而言，他此行目的是在青岛为我谋住处……我和家眷在北平已无险情，我们在等待政局的发展。②

1912 年秋冬之际，辜鸿铭亲身赶赴青岛，和诸多在那里藏身的清朝遗老遗少聚在一起，他们在自己的"桃花源"做着有朝一日能重返京师的迷梦。沈来秋对于当时的情况，也有过相应的记录：

> 不久，辜鸿铭从上海避居来青岛，他拖着大辫子，

---

① 吴思远编译，《辜鸿铭信札辑证》，第 138 页。
② 同上书，第 138—139 页。

以遗老自居，反对革命，大谈其保全清室的大道理，有人斥他为"宗社党"。那时青岛为遗老的逋逃薮，他们托庇于德帝国主义势力之下，纷纷在这里租地盖屋，以为可做世外桃源。辜鸿铭混迹其中，高谈阔论，目中无人，他被人指为"宗社党"即此之故。但他只是喜欢发表惊人的谬论，骂人骂世，实际上并不是政治活动家。①

在青岛时，我们的一些同学在他家中见到他，他问我们"朋友"是什么意义？于是，他广引"四书"中有关朋友的章句，为我们说教。他实在是个"四书"迷。他曾反对废科举，并且说能做八股的人，具有大本领。可是他自己想学做八股而无成。②

1913年9月22日，他得知袁世凯要下令将他扣留，这时的他已经无力再给辜守庸寄钱了，所以他宁愿又一次给卫礼贤写信借钱，也不愿意放下他那高贵的自尊来顺应世道和改变处境："刚收到您十七日的来信，赶忙致信感谢您资助犬子四十美元。犬子来信告知，说他要去上海，但没解释缘由。"③到了该年的12月24日，辜氏的处境已经到了山穷水尽的地步

---

① 沈来秋:《略谈辜鸿铭》，第110页。
② 同上书，第118页。
③ 吴思远编译,《辜鸿铭信札辑证》，第143—144页。

了，他还是给卫礼贤写了一封信，详细地罗列出他所有的欠款和未来的打算：

> 我还未曾致信感谢您慷慨解囊，资助我移居台湾。因为想随信一并寄上文章的前言。近来一直用中文创作，因此英文有些荒疏，所以总也无法将前言写好。但我会尽快完成，可能会在下周寄出。由于您一直在善意资助我，所以想再次劳烦您，给我在上海的儿子汇五十美元，汇款地址在另外一张纸上。我总共的欠款金额如下：
>
> 资助犬子三十美元
> 资助犬子四十美元
> 现在需要的五十美元
> 总共为一百二十美元
>
> 柯德士先生已资助了我一千美元，但我不想进一步领受他的好意了。家里女眷的首饰、衣物可变现两千五百美元，但这是我的救命稻草。新年正在临近，我将入不敷出。因此我恳求您来资助犬子。[1]

---

[1] 吴思远编译，《辜鸿铭信札辑证》，第146—147页。

然而由于种种原因，辜最终没有移居台湾。1915年1月5日，从辜鸿铭致骆任廷的一封信中我们得知，此时的辜守庸工作已经有了着落，这给了辜鸿铭莫大的安慰："犬子目前受雇于京奉铁路局，每月薪俸四十美元，所以现在我不需要再资助他了。"[①] 接下来的1916年对于辜鸿铭来说，是相对比较平稳的一年，他在北京大学的教职稳定，拿着最高级别教授的工资，在过去的一年也出版了《中国人的精神》和英译《大学》两本书，此时的他正在积极准备着下一年即将发生的"复辟"行动。他生活中更为值得欣喜的事情是，辜守庸马上要结婚了。在1916年8月17日致骆任廷的信中，他向好友吐露了这个消息：

> 您对于犬子阿斯卡尼俄斯的关心，在下不胜感激！他现在就职于京汉铁路局，月薪四十美元。我十分欣慰，对他也很满意，因为他很安分，没有时下年轻人的那些恶习。我在台湾的同族兄弟是一位富商，他向我提供了经济上的援助，我打算在今年的九月或十月给犬子完婚。[②]

辜对于儿子的满意不仅仅是因为他那稳定的工作和经济上的收入，而更是因为他"安分""没有时下年轻人那些恶习"。

---

① 吴思远编译，《辜鸿铭信札辑证》，第79页。
② 同上书，第86—87页。

可见，他对儿子虽然宠溺，但是道德标准似乎却从未放松过，这一点在后面的资料里还会有所体现。这里所提及的"台湾的同族兄弟"即辜显荣（1866—1937），字耀星，他是日据时期台湾五大家族之一的"鹿港辜家"成员，辜振甫与辜宽敏均为其子。辜鸿铭在晚年时，两人交往甚密。当年的12月25日，辜再次致信骆任廷，分享儿子完婚的好消息：

> 首先向您致以节日的祝福！在新的一年里，祝愿您及家人健康和快乐永驻！借此机会我还想告知您，就在昨天，犬子阿斯卡尼俄斯从上海将一个年轻貌美的新娘带回了家，他们在农历上个月十九日[①]在上海喜结连理。新娘是出身名门的大家闺秀，和我一样也来自厦门。因此，我现在也终于可以期望，新娘将会成为犬子的"贤内助"[②]。[③]

1917年7月的"张勋复辟帝制"事件让身在北京的辜鸿铭变得更加声名狼藉。辜鸿铭因当时负责外交方面的工作而参与其中，还被任命为"外务部侍郎"。辜鸿铭对于复兴清朝

---

① 西历1916年12月13日，农历十一月十九日。
② 原文所称的"a real help meet"来自《圣经》中《创世记》第二章第十八节：耶和华神说：那人独居不好，我要为他造个和他相配的帮手。And the Lord God said, It is not good that the man should be alone; I will make him a help meet for him.
③ 吴思远编译，《辜鸿铭信札辑证》，第38—39页。

的迷梦随着复辟活动的失败而破灭。他的儿子自然也受到了连累。一年后的1918年8月12日,他在给骆任廷的信中这样写道:

> 说到我自己,在去年的新年,我处于人生的一个低谷期。我的儿子失业了,他之所以被开除是因为我这个父亲是个声名狼藉的保皇分子。此外,还有许多家人要靠我来养活,甚至内人日本的娘家还有一个生病的姐妹也来我这里避难,我也只能算是勉强度日。所幸得到一个外国友人的援助,犬子两个月前在山西太原府的盐业管理机构谋到一份差事。因此,我的负担也就稍稍轻了些。但是无论负担或轻或重,可以说我的生活总是比较愉悦的,也希望自己可以多活些年头,能够看到世界新纪元的到来。①

此时距离贞子去世已经13年了,而日本大阪娘家的生病姐妹来到北京,还要由辜来照料。辜守庸因为"父亲是个声名狼藉的保皇分子",也被京奉铁路局开除了。好在他又在山西谋到差事。可是在1921年3月25日的一封信中,辜向骆任廷提出了另一个要求:

---

① 吴思远编译,《辜鸿铭信札辑证》,第88页。

犬子阿斯卡尼俄斯现已转移到了江苏的板浦镇，他目前在英国人罗斯顿先生手下做事，罗先生曾告诉我说他是您的好友。不知道您会不会觉得我的请求有些过分，但在您离开中国之前，我想劳烦您写信给罗斯顿先生，告知他在其手下工作的一位名叫辜守庸的中国职员是您老朋友和老同学的儿子，并请他不仅多关照犬子的职业升迁，更要关注这位年轻人的道德操守。①

这封信告诉我们，辜守庸在山西的工作应该维持了不到三年。当然，无论做什么工作，辜鸿铭更为关心的是自己儿子的"道德操守"。此时的骆任廷已经决定离开山东威海卫而返回苏格兰老家了，临别之际，辜依旧不忘敦请老友利用其在中国最后一段时间内所拥有的权力来为自己的儿子谋福利。1920年，英国文学家毛姆（William Somerset Maugham, 1874—1965）曾登门拜访过辜鸿铭。他在回忆文章中谈到有关辜在烟花场所乱花钱的传闻，而且对辜守庸的反应做出了如下的评论："他的大儿子，一个城中颇有地位的人物，对于这种行动的丑闻觉得非常烦恼而羞辱；只是他那强烈的孝心阻止他以严厉的话去斥责这浪荡子。"②但是辜在1923年的一篇

---

① 吴思远编译，《辜鸿铭信札辑证》，第99页。
② 毛姆：《辜鸿铭访问记》，载《人间世》，1934年，第12期，第36页。

文章中称："我今有一子，自被盐务署裁汰后，即无职业。"①由此可知，辜守庸在江苏的工作很有可能是临时的差事。因此我们无从知晓毛姆所谓的"城中颇有地位的人物"一说从何而来。萨摩雄次曾回忆，在 1925 年辜访日时，"子当时在北京财政部供职"②。辜逝世后的一年，有报刊称，"辜有子曾为张作霖大元帅邸之秘书。"③1933 年 4 月 5 日，辜鸿铭的生前好友郑孝胥（1860—1938）在日记中写道："辜守庸来见，求借三百元。"④两天后，郑孝胥在 4 月 7 日的日记里写道："辜守庸来借款，付之。"⑤根据郑的记录，1935 年辜守庸任需用处印刷厂长。⑥自此之后，有关辜守庸及其后人的消息，大都来自于王理璜在 1956 年的报道："守庸先生长子能以现在台湾鬻文为生，已有四男二女均在学年。次子营商现在滞留北京铁幕之中，久无讯息。"⑦1956 年正值辜鸿铭百年诞辰之际，叶公超 (1904—1981)、蒋梦麟 (1886—1964) 和许世英 (1873—1964) 共同在台湾成立了"辜鸿铭著作出版委员会"。在他们的支持下，由辜能以牵头的辜氏宗亲，以传播发扬先辈思想

---

① 《辜鸿铭家庭之自述：辜太太的责任心究竟如何？》，载《时报》，1923 年 2 月 23 日，星期五，第四版。
② 萨摩雄次：《追忆辜鸿铭先生》，第 337 页。
③ 《张学良之未来弟媳：辜鸿铭之幼女》，《礼拜六》，1929 年 9 月 7 日，第三版。
④ 劳祖德整理，《郑孝胥日记》，北京：中华书局，1993 年，第 2452 页。
⑤ 同上书，第 2453 页。
⑥ 同上书，第 2596 页。
⑦ 王理璜：《一代奇才辜鸿铭》，第 164—165 页。

为宗旨，集中出版了五本辜氏作品：英译《中庸》、英文版《中国人的精神》、中译《痴汉骑马歌》、德文版《中国人的精神》和德文版《中国牛津运动的故事》。之前也确实有报道称："辜氏逝世，身后萧条，一切稿件珍物均归娜之兄辈所有。"①但是平心而论，这些书籍也并不一定是经过辜守庸再传到辜能以手中的遗稿，因为这五种作品都是曾在西方世界流传颇为广泛的，并且大都再版多次，所以找到并非难事。对于辜的后人，辜振甫在2002年的回忆中却给出了另一种答案："鸿铭先生之哲嗣（乃独子）名守庸，容仪俊雅，才识出群，曾来台前后三次，于六十年前逝世，惜无后。"当然，辜振甫也承认他的回忆是"乃就饶其意义或趣味者拣以记之，至于其余，或因年久失忆，不甚牢靠，或属末节琐事，无甚可录，不须赘述可也"②。因此，辜守庸后人的谜团也只能等待今后更多资料现世后方能解开吧。

三、沧海二遗珠

辜鸿铭除了辜守庸这一独子外，还有两个女儿，这在上文的一些资料中已经得到证实。从辜鸿铭的私人信函中，我

---

① 《张学良之未来弟媳：辜鸿铭之幼女》，《礼拜六》，第三版。
② 钟兆云：《文字祭台：晚年辜振甫信中忆述辜鸿铭》，载陈远编，《斯人不在》，桂林：广西师范大学出版社，2006年，第4页。

们可以确认的信息是，他的大女儿是由吉田贞子在1894年前后所生，小名叫"好好"。据王理璜的报道，大女儿叫辜珍东，二女儿叫辜娜娃，她们二人"从父亲学得了好几国语文，也学会了父亲的骄傲，因此始终不能议婚。在辜先生去世后，两人均到苏州一所庙里落发为尼"[1]。辜鸿铭在北大教书时期的得意门生袁振英，也是辜的入室弟子，他曾这样记述过这位辜的千金："他的女儿也常常同我们的同学跳舞和打台球。因为他说跳舞是西洋一种很要紧的礼仪，很像我们中国古代的进退左右的礼仪一般。"[2]可以想见，在西方社会浸淫多年的辜鸿铭，在培养子女的时候也势必会洋为中用吧。所以王理璜才写道："当年辜氏的一位门生曾经极力追求过珍东小姐，据说珍东小姐请他用中、英、法、德、意、日六种文字各写一信为条件，婚事因而未成。这位先生，记者昨曾访晤，已经是年逾古稀的白发老者了。"[3] 1929年有一家小报曾称，辜鸿铭有"女二，长以沉沦黑籍，常昼伏夜动，足不出户，至今尤未婚配。"[4] 1933年，另一家报刊则称此时辜的长女已经嫁人。[5]然而在辜振甫的回忆里，她的名字和婚姻状况是这样：

---

[1] 王称，"辜先生有子女三人，子守庸为日籍夫人吉田所出，女珍东和娜娃则为广东籍夫人所生。"此处有误，珍东实为吉田贞子所生，而第二任夫人冯氏为湖南籍。王理璜：《一代奇才辜鸿铭》，第164—165页。
[2] 震瀛：《记辜鸿铭先生》，载《人间世》，1934年，第18期，第22页。
[3] 王理璜：《一代奇才辜鸿铭》，第164—165页。
[4] 《张学良之未来弟媳：辜鸿铭之幼女》，《礼拜六》，1929年9月7日，第三版。
[5] 《辜鸿铭有女》，《北洋画报》，1933年7月25日，第20卷，第963号，第2—3页。

"鸿铭先生唯一掌珠震东,喜着男装,经年长袍马褂,举止有若须眉,未曾出嫁。"①

遗憾的是,除了以上这些众说纷纭的坊间传闻之外,我们无法得知其他更多更确切的信息。但值得庆幸的是,由辜鸿铭第二任妻子湖南人冯氏所生的小女儿辜娜娃则留下了相对较多的信息。按照辜鸿铭的说法,辜娜娃出生于1912年2月12日,即清宣统皇帝退位的那天。②随后,冯氏便给娜娃认了好几位干妈,而且还让她在庙里寄名出家。③娜娃在一岁的时候,辜鸿铭和波利曾经谈到过娜娃英文名的由来:

> 1913年,辜氏光临我在什坊院的住所。他以一种赞美的神情侧耳倾听我女儿玛丽泰蕾丝牙牙学语,当然她是试着学她的中国保姆的语言。有一天他对我妻子说:"我也有一个小女儿,我给她取名叫'新星'Nova,表示生逢新时代的意思。我虽然毫不迟疑地给她取个有象征意义的名字,可是要让她裹小脚,我却感到踌躇。"我妻子没费什么口舌就使辜氏答应放弃这种根深蒂固的荒谬结论。④

正如辜所言,让他自己给女儿裹小脚,是颇为难的事情。

---

① 钟兆云:《文字祭台:晚年辜振甫信中忆述辜鸿铭》,第4页。
② 毛姆:《辜鸿铭访问记》,第35页。
③ 金秉英:《京华寻梦》,第94页。
④ 佛朗西斯·波利:《中国圣人辜鸿铭》,第280页。

所以娜娃无忧无虑的童年想来大体应该是在新式文化的环境中度过的。

1919 年的春天，金秉英一家迁到北京。当时她就进入高小学习。同年暑假，全家又迁到东城水磨胡同，她也转学到邻近的东观音寺的公立第五小学。当时小学四二制，1920 年时她就高小毕业了。① 所以 10 岁的金秉英与 7 岁的辜娜娃一起度过的暑假是在 1919 年的夏天。在金的眼中，娜娃是这样的一个"小大人的模样"：

> 娜娃和姨母一样，有一双大而明亮的眼睛，初来做客时，穿着一身蟹绿色上有玉堂富贵图案摹本缎的薄棉袄裤，周身缀着墨绿丝织花边，胸前挂着金锁片，手腕上戴着长命百岁铃铛的小金镯。怯生生的，不说话，渐渐地熟识了，话来得多，说起话来，那双明亮有神的眼睛睁得好大，口小，包不住牙齿，牙很白，不活泼，颇有小大人的模样。②

到了暑假，金就搬到椿树胡同和娜娃一起住了：

---

① "父亲送我到崇文门内教会办的慕贞中学，而且做了住宿生。"金秉英:《京华寻梦》，第 7 页。
② 金秉英:《京华寻梦》，第 94 页。

> 我在高小读书时，有一年假期，曾在娜娃家住过。姨母天天带着我和娜娃晚间去听戏。那时梅兰芳年轻、知名度不高，正在东安市场吉祥戏院唱戏。我们听过他的《天女散花》《黛玉葬花》《春香闹学》等。还有一出《邓霞姑》是时装戏，内有文明结婚一场，那时文明结婚还是新鲜事，极为轰动一时。娜娃好聪明，只听了几回《春香闹学》，回来便学唱，学台步，学身段，引得姨母也笑了。①

1920年的假期，金原本约好又去娜娃家住，可是最终她从辜鸿铭岳母的口中得知未能成行的原因：

> 不久放暑假了，原是和娜娃约好的去她家，但姨母未遣人来接我，我也未曾去。秋后，娜娃来了，对我说："姐姐不和我好了，为什么两次来接你，你都推脱不肯去。"问得我一怔，我确实不知道，也不好直说，只用好言安抚她。过后我问妈妈，妈妈推不知。我问外祖母，外祖母说："因为你父亲不大愿意你住在他们家，觉得一个学生，岂能经常出进戏院？说什么'玩物丧志'。"我听了这番话，心里好不自在，赌气再也不去娜娃家了。

---

① 金秉英：《京华寻梦》，第95页。

不久，娜娃放学后又来我家附读……不过，听说，她在书房里，也是喜欢哼戏，走台步。有一次听见父亲对妈妈说："家庭教师吴先生说，娜娃很聪明，就是不知用心读书，有些戏迷。最好能够告诉她的家长，及早注意。"①

在金秉英充满感性的文字里，虽然童年娜娃天真烂漫的形象无处不在，但是字里行间却弥漫着一种无法挣脱的精神束缚和道德管教。比如，金说："娜娃的家，坐落在北京东城椿树胡同中间路南，街门不大，有三进院子。但是娃能活动的地方，只局限于后院，只有午餐、晚餐，必须到前面饭厅去就餐，形同点卯。"②金还透过外祖母的口，间接地批评了冯氏的家教方式：

> 我的外祖母十分怜惜她，背地里对妈妈说："家教太严了，把孩子管得丧了胆。辜鸿铭整天埋首书房中，家事全不过问，当家的是他们的大小姐，也不过二十出点头，娜娃的妈妈本也是一位大小姐，未必懂得疼孩子，也未必懂得教育孩子，孩子可怜。"③

---

① 金秉英:《京华寻梦》，第 97 页。
② 同上书，第 95 页。
③ 同上书，第 94 页。

毫无疑问，冯氏自己是金莲小脚的旧式妇女，虽然辜氏未给娜娃裹小脚，但是冯氏却仍然有意无意地在把旧式的生活方式套在娜娃的身上：

> 有一回，我看见姨母满脸怒容，举起鸡毛掸子来，要打娜娃，怪她不好生走路，把鞋后跟倒破了。我没有见过姨母发怒，着慌了，又不敢上去劝。还是她家的女佣，一边劝说着一边夺过鸡毛掸子才罢。后来我问娜娃，才知道她从七岁上，姨母便给她穿上紧袜套，防着长大，脚不瘦溜，担心脚"由着长，将来到鞋店去买鞋都买不到，岂不出乖露丑？"[①]

上文也提到过，1920年的时候，毛姆访问过辜鸿铭，在他的描述中，辜是如此宠爱自己的这个小女儿：

> 可是在那时候我们的谈话被阻断了，一个小女孩轻曼地走了进来，挨近这位老绅士的身旁。她用惊异的眼光凝视着我。他告诉我说那是他最小的孩子。他用手臂围住她，低声说着珍惜的话，很亲热地吻她。她穿着一件黑色的衣裳，裤子刚长到她的脚踝，一条长辫子挂在背上。

[①] 金秉英：《京华寻梦》，第96页。

她是在革命成功、皇帝弃位那一天出世的。"我想她是新时代起源的使者，"他说，"她是这老大帝国覆亡的末了一朵花。"他从那有能转动的盖的书桌上的抽屉里拿出一包钱交给她，叫她出去。①

辜鸿铭对于这个聪明伶俐的小女儿的慷慨和溺爱也在金秉英的笔下得以证实：

记得有一年重阳节，是星期天，姨母打电话来请，我也随着妈妈去了。她们正商量着要打牌，姨夫进来了，说要出门，姨母照料他换衣服，他看见了我，便和娜娃说："今天是重阳节，和姐姐去中央公园（即今之北京中山公园）登高吧！"拿出一块钱（当时一块钱可买一百个鸡蛋）给娜娃，说明请我们吃点心。我们去了公园，在土山上玩了一会儿，算是登高。娜娃想拿这一块钱到来今雨轩去买奶油蛋糕，到了来今雨轩，看见茶桌已满座，又不敢进去，折回春明馆，娜娃不喜欢吃包子，要到柏斯馨买奶油西点，进了柏斯馨，娜娃就把一块钱放在柜台上，说买点心。再到玻璃柜里一看，什么奶油卷，巧克力三角饼都卖光了，又不好意思要回钱来，只得随着柜台里面的人，给

---

① 毛姆，《辜鸿铭访问记》，第35页。

包了一包西点，便走出来。娜娃捧着点心包，走到后面柏树林边的一张游人椅坐下。我拿了一块表面堆有椰丝的点心吃着，娜娃吃了一半，便说椰子的不好吃，又掰了一块果子酱的，咬了一口，摇摇头，把一块桃仁的看了一看，又包了起来，三步两步地跑到筒子河边，把点心丢了下去，待我追上来，只见满河的残荷败叶。[①]

这应该是发生在1920到1921年左右的事。1920年秋，辜鸿铭正式被北京大学辞退。虽然他此时已经收到日本一家大学的聘书，邀请他去做教授，但他仍在犹豫这事关重大的去留问题。和北大每月280银元的收入相比，给日本报纸《华北正报》定期撰稿的稿费也大概算是杯水车薪了吧，但他随手就甩给娜娃当时够买一百个鸡蛋的一块钱，请她们吃点心。看来娜娃的童年不算衣食无忧，但也应是十分快乐的。她大概是北京有名的"来今雨轩""春明馆""柏斯馨"等这些地方的常客，否则诸如"奶油蛋糕""奶油卷""巧克力三角饼""椰丝点心"等这些平民百姓的孩子们连做梦都吃不到的美味西点，她也不可能在"咬了一口，摇摇头"之后，便可以毫不吝惜地丢到河里。

1924年秋，辜鸿铭应邀访日演讲。1925年，他携带冯氏

---

① 金秉英：《京华寻梦》，第94—95页。

和娜娃再次踏上赶赴日本的旅途。这一次他一待就是两年。当时的情形，萨摩雄次是这样回忆的：

图7. 辜鸿铭、萨摩雄次（左二）、冯氏（左三）、娜娃（左一）在日本东京火车站

大正十四年（1925）阳春四月下旬，先生再度应大东文化协会的正式邀请，偕夫人与女儿东渡（贞子夫人时已病逝，女儿为这位中国夫人所生，据称贞子夫人之子当时在北京财政部供职），并计划侨居日本。我每天都带着辜先生一家三口寻找住所，终于以月租五十元在麹町平河町一丁目租下了马场氏日式与洋式合璧的公寓，并立即从

帝国饭店搬进了新家。安顿妥当，使先生得以安心外出演讲。①

娜娃在他们安顿之后，也进入日本女子学校开始学习日语和其他课程。②但是辜鸿铭逐渐发现日本并非埋骨地。1927年秋，带着失望的心情，他决定重返故土。《字林西报》的美国记者吉尔伯特（Rodney Gilbert）和辜是老相识。在得知1928年4月30日辜逝世于北京椿树胡同寓所的消息后，他在5月1日当即撰写了一篇回忆性的文章《一位非常卓越之人》来纪念他们之间的友谊。其中他写道："辜鸿铭博士身后留有妻子、儿子和两个女儿，他们无依无靠。但是他在台湾的胞弟是一位非常富庶的蔗糖商，辜的朋友认为，这位胞弟将会前来接济他们。张作霖元帅后来对于中国旧式哲学抱有同情，也因此聘请辜鸿铭博士作为自己的顾问。毫无疑问，张将会让辜的葬礼办得风风光光的。"③在辜鸿铭的生前，张作霖有心识得辜的才气，但是无力驾驭辜的脾气。在辜去世之后，他对于葬礼

---

① 萨摩雄次：《追忆辜鸿铭先生》，第337页。
② 《明治大帝の『御製』や四書五経を英訳？辜鴻銘氏三箇年の仕事》，《読売新聞》，4.3，1925。
③ Rodney Gilbert, "A Very Remarkable Man: The Extraordinary Career of Dr. Ku Hung-ming, Leading Scholar, Foreign Born, A Royalist Supporter to the End," *The North China Daily News*, May 3, 1928, p.18.

和抚恤安排的确是尽可能地施以了援手。林斯陶在1921年曾从学于辜鸿铭。1934年,林语堂主编的《人间世》第12期特意安排了"辜鸿铭"特辑,林在文章中这样写道:"至其家庭,有一妾一子二女,余从学时,其次女年方十二,时相晤面,闻师归道山,身后萧条,伊亲营丧事,实一孝女也。"①

在辜去世后,分别在1929年和1933年,有两家报刊登载过有关辜氏儿女的情况:

图8. 辜鸿铭葬礼中的辜娜娃　　图9. 辜鸿铭葬礼中的辜守庸

辜有子曾为张作霖大元帅邸之秘书。女二,长以沉

---

① 林斯陶:《辜鸿铭(汤生)》,载《人间世》,1934年,第12期,第48页。

沦黑籍，常昼伏夜动，足不出户，至今尤未婚配。幼尝毕业于某大学，善交际，北平各阔佬之门，常有此辜二小姐之芳踪。张盛时，辜欲以幼女字张四子，议垂成而辜死。遂搁置，旋辜子随张出关，佐小张幕府其年未提旧事，但辜氏自鸿铭死后，综理家计供由鸿铭夫人任之。子则屯戍关外，仅由两女伴寓故都，生涯殊觉落寞，乃极欲了此一笔心事。因嘱子重续进行。闻已得张氏同意，不日即将行聘。故鸿铭夫人日来已摒挡行囊，负家离平云。[①]

已故之怪文豪辜鸿铭氏有掌珠二，长者已适人，次者名婀娜，年廿二岁，聪颖异常人，国文钻研颇深，貌亦娟好。辜氏逝世，身后萧条，一切稿件珍物均归娜之兄辈所有。娜母为辜氏继室，湘籍，竟于所天殁后，不顾其生女，席卷一切，嫁人他适。娜女士遭家不造，丁此鞠凶，毅然以营葬亲父为己任，奔走于辜氏昔日弟子之门，吁请援助。其门人慷慨解囊者甚夥，惟竟有少数不肖之徒，欲借此达其觊觎"师妹"之目的，施以威迫利诱。女士当时因欲葬父，不得不虚于周旋。及营葬既毕，女士心身交瘁，神经受刺激太甚，遂成疯癫，寒暑不知，

[①]《张学良之未来弟媳：辜鸿铭之幼女》，1929年9月7日，第三版。

啼笑无常。医谓复原之希望极少，现在平寓中照料其疾者，仅有其姊一人，亲友往观者，均感叹不置云。[①]

第一则消息称，辜鸿铭在世时曾打算把娜娃许配给张作霖的四子、张学良（1901—2001）的弟弟张学思（1916—1970），消息的题目也明确写着《张学良之未来弟媳：辜鸿铭之幼女》。辜逝世后，此事由辜守庸再次提起，经张氏同意后，"不日即将行聘"。我们无法确认这则消息的可信度，但可以确认的是，张学思的夫人并不是辜娜娃。然而考虑到辜鸿铭与张作霖之间的关系，此说也应该并非全假。四年后的第二则消息称冯氏是"继室""湘籍"，这都是准确无误的。然而这位"吼狮"却"不顾其生女，席卷一切，嫁人他适"，这就令人咋舌不已了。这种说法并非空穴来风，辜鸿铭的丈母、冯氏的母亲亲历了所有过程，她曾说："想不到辜鸿铭一死，真是他们家的一棵大树倒了。娜娃的妈妈一气，去了南方，音信皆无，怎么能丢下自己的女儿不顾呢？娜娃一定是一时感到走投无路，一狠心奔了尼姑庵。"[②] 更有意思的是，郑孝胥在1935年8月21日当天的日记中曾写道："民国二十四年七月廿三日：辜守庸求见，言将嫁妹，乞资助，现为需用

[①] 《辜鸿铭有女》，第2—3页。
[②] 金秉英：《京华寻梦》，第99页。

处印刷厂长,其言颇无赖。"①那么,从辜氏去世后一直到娜娃决定出家,其间娜娃究竟经历了怎样的世态炎凉和苦痛折磨,恐怕只有她自己才能说得清楚吧。

在金秉英进了国立女子师范大学之后的一个星期六的下午,她见有一位比丘尼来访,在仔细辨认之后才发现这位到访的尼姑正是娜娃:

> 她那双眼睛比以前更觉大了,是不是因为面庞儿消瘦了?那眸子又黑又深,这里面容纳了多少的愁和悲,有没有怨?看着那件灰布道袍,我又想哭,因为刹那间我记起那年她穿着粉红泰西纺的衣裤,领头,袖口,裤脚都缀有淡绿色丝纱花边,她哼着《春香闹学》,走着台步,曾几何时!再打量她的脚,白布袜,黑布双领鞋,鞋是方头方脑的,鞋后跟再也不倒倒了,紧袜套也不必再穿了。②

原来第二天寺庙里有佛事,娜娃恳请金秉英一家参与其中,顺便多带些水礼。在佛事的素宴上,金秉英"略动一动筷子,也就放下了",感到心酸的她一一罗列出菜码:"午席吃面,豆腐干炸酱,两盘面码,是绿豆芽和萝卜丝。晚席四

---

① 劳祖德整理,《郑孝胥日记》,第2596页。
② 金秉英:《京华寻梦》,第98页。

碗菜，最好的一碗主菜是海带烧萝卜。"金还从娜娃的口中得知她每天要做的事情："每天早晨三点钟，要到佛堂去诵经，晚上诵经到十点就寝。我是新来乍到的，粗活暂时都归我做。不会时问师兄。"①对此感到无能为力的金秉英，除了哀叹还能做些什么呢？

在那四十年后，金秉英离开了北京而移居镇江。她的家里请了一位半日工的用人，是解放后蓄发吃素的比丘尼。这位用人时常在她面前提到一位绰号"古三猴子"的比丘尼：

> 她法号体定，人生得清雅，不是本地人，经文记得多，诵得好，又能说会道，被上面师傅称赞。而且南京上海的许多官太太，和她有往来，这样不免招来下面许多同辈的妒忌。上海龙华庵里的一位师太，圆寂前，一定要她去。镇江定福寺，也是三番五次请她来，由于这里师太和她有缘，她才来了，主持了定福寺。在我们比丘尼中，真是个了不起的人呢。当然，她不免挡了别个的路，一般妒忌她的人，背后才给她起了这个绰号。②

听了佣人的解释后，金这才明白了，"古三猴子"就是"辜三猴子"。娜娃最终决定主持的"定福寺"，位于镇江市城

---

① 金秉英：《京华寻梦》，第101页。
② 同上书，第101—103页。

西的宝盖路 320 号，其始建年月已经无从考证，在同治十年(1871 年) 的时候重建。寺庙横额上有石刻字样"古定福寺"，边款刻"同治十年建"。存天王殿、大雄宝殿及两侧偏殿，均坐北朝南，硬山式。大殿面阔五间，进深 11 檩，颇具规模，天井内有古柏两株。[①] 有传说此处最早为"灶群庙"，也有人说是"昭君庙"，由一军阀妾在此出家时重修，[②] 如今已经改建成民居。

图 10. 镇江"定福寺"遗址

金秉英在回忆的最后写道："直到改革开放年代，我才放

---

① 详见《镇江市志》第三章建筑中的详细介绍，http://szb.zhenjiang.gov.cn/htmA/fangzhi/zj/5703.htm
② 参见《浙江文物古迹》，http://www.chncci.com/artcci/3.html#mulu，以及文章《寻访定福禅寺》，载《镇江日报》，2008 年 8 月 4 日 http://www.jsw.com.cn/2008/0804/498761.shtml。

心去找她,那里料到她已经走了,有人说她去昆明投奔兄长,有人说她去北京访问亲友,她究竟去了哪里?"然而这一问题的答案,以及其他众多谜团的答案,连同那个年代的人情冷暖和是非恩怨恐怕都已湮灭在历史的烟云中而无处可寻了吧。

彼岸观源——旅德南开学者胡隽吟（1910—1988）

吴若明

图 1. 胡隽吟（1910-1988）

数年前我尚在德国海德堡留学，一位德国艺术史老师向我引荐了他的项目合作人——傅復生（Renata Fusheng Franke）。随后我在去柏林时专程拜访了她，紧邻德国柏林自由大学和植物园的达莱姆区，一处静谧雅致的居所中，陈设着古典的中国式家具，让人备感亲切。客厅的墙壁上挂着汉隶拓片"能忍则安 知足常乐"；另有三条幅水墨画作，其中右侧的寿桃更是著名的华裔画家，即马来西亚现代艺术教育开拓者钟正山先生专门为祝贺傅吾康胡隽吟夫妻七十双寿所绘的《双寿图》。

图 2. 本文作者与傅復生女士（左）在其家中

去之前也曾略听得一二，知晓她的祖父是福兰阁（Otto Franke），汉堡大学汉学系的建立者，父亲是傅吾康（Wolfgang Franke），是福兰阁幼子，家学渊源之下也成为汉学家。她的母亲是一位中国人——胡隽吟（1910—1988），生于安徽寿州，说来与我也属同乡，不觉多了几分亲近。谈话间往昔如是，宛若昨日事……

胡隽吟于1910年（宣统二年）生于安徽寿州，幼年时期举家迁往天津，住在天津东南城角内丁公祠邻屋。外祖父曾在天津任职，参与成立天津第一所女子学校，其母亲和姨母都曾乘轿上学。母亲也知书达理，常教她读书识字，对她影响颇深。胡隽吟虽有大家闺秀之风，亦不乏个性。比如曾被要求裹足，自己却总夜间悄悄放开裹足布，家人亦不得不终弃此事。读书反是无须督促、自己积极争取的事情。胡隽吟幼时在天津曾上普育小学，并自己去偷偷考取河北省立女子师范，因不收学费，家人遂也应允。毕业后又考取南开大学想继续读书，这时期家中意见不一，入学时曾因学费遭到家中反对，后幸得母亲典当陪嫁首饰，交了学费。1928年胡隽吟顺利进入南开大学预科。

胡隽吟女士在南开大学学习期间，主修教育心理学，先后学习了中文、英文、历史、心理、物理、体育、哲学、法文、经济、政治、教育等多门课程。当时在校女生数量少，且时局动乱，不乏中途辍学者。胡隽吟坚持学习，后来又获得奖学金,并担任家教,终完成大学学习(1929—1933),并于1933年顺利毕业,获得南开大学文学学士学位。据胡隽吟女士南开大学数学系陈姓校友回忆,当时校园内在校女生仅仅三十余人,住宿在校内宿舍西柏树村五号、六号。西柏树村一至八号为半月形之弦,女生宿舍在其中部偏南,与教师住宅相间。后来随着女生的增多,在西柏树村北另建女生宿舍,曰芝琴楼,即今天南开大学幼儿园所在地。胡隽吟在校期间除学习外,也与同学交好,校外二三里处有清龙潭水,师生假日常结伴泛舟。胡隽吟也多与朋友泛舟青龙潭(今水上公园),其乐融融。胡隽吟女士不仅自己积极争取读书,且对家中姐妹都有影响,均有读书,胡隽吟还积极分担家中妹妹学费。

胡隽吟与德国渊源甚深,其父亲胡万吉曾在德国柏林留学,攻读林科专业,惜归国后适逢军阀混战,未能学以致用,多任文官之职。胡隽吟女士从南开大学毕业,曾执教于天津安徽中学,后应寿县教育局之需,回乡参与创办师范学校。后收到天津南开中学喻传鉴之邀,终回天津,任教南开中学。在抗战中,南开大学和中学都有激烈游行及宣传,被日军轰炸,南开中学被日军洗劫,校舍充当马厩。胡女士所幸不在津,却因学校及宿舍均被炸毁侵占,遂不得不辗转至北京。在蒙藏学院教授英文为生,同时协助辅仁大学德籍教授艾克(Gustav Ecke)先生查找明代版画资料,为编写明代家具艺术性的书籍。艾克教授同时研究中国书法、绘画等，这次工作让胡隽吟女士潜移默化学习了中国古代的艺术，并引以为豪，为日后在中外文化艺术交流和教学活动中对传统精髓的继承和传播奠定了基础。

1939年中德学会秘书傅吾康先生约其为学会杂志《中德学志》译稿，中德学会本是1933年由中德学者成立并经中国政府批准成立的一个学术机构，由德方资助。但因1937年中日战争全面爆发，大部分会友及负责人南下抗日，留在北京的少数成员继续坚守，维持学会的纯学术性发展，免受日军及伪政府的干涉。胡隽吟女士正是此期留在北京的人员之一，很多译文也在此期完成，多收录于此后编著出版的《德国学术论文选译》。

1941年她接任《中德学志》常务编辑，从此全身心投入中德文化工作。正如胡女士回忆中所说，正是这段工作对其个人的思想也有了影响，即要后半生从中国国内的小圈，转向永久从事国际化的文化交流的大洪流中。胡隽吟女士在战争年代坚持待在北京，等待最后的胜利，并通过在中德学社工作，以赚取稿费补贴家用。此期间，胡隽吟负责中德学志、丛书、丛刊、特刊等多种编辑，翻译工作中，胡隽吟注重学术严谨性，文笔偏于拙直朴实，初时不免句子生硬，后经与养病中的先生多次讨论，在坚持翻译内容的严谨性同时，又加强了行文流畅等能力，日臻完善。

如果说传道授业、译书著文是胡隽吟女士的事业追求，那么在爱情之路上，胡隽吟女士也怀有梦想，虽一路辗转，亦终成佳话。胡隽吟女士1933年自南开大学毕业后，按家族婚约成亲，先生后因病在京治疗。胡隽吟女士在1937年暑假因夫家亲戚离开北京，不放心行动不便且在病中的先生，便去了北京，这也是她在南开中学被炸时不在津城的原因。来京后，随着卢沟桥事变的发生，天津与北京间的火车就断了，城内车辆均忙于运送伤病入城中医院。胡女士在协和医院的帮助下，终于坐上唯一留下的车行至香山寻得丈夫，接入同仁医院，与伤兵同住，后因费用过高不得不转入出租房照顾夫家，亲力亲为，身兼数职，照顾夫君至痊愈。友人相助为先生开厂后，自己也帮忙买机械设备得以谋生。然先生移情别恋，后去往南京，两人终散，结束了这段十年姻缘。爱情的挫伤也曾让她心灰意冷，恰因其此时已任《中德学志》编辑一职，遂全身心投入20世纪初德国汉学文章的编译和东西文化交流工作中，几乎每期杂志上都有胡女士的一篇译文。这些译文后来以《德国学术论文选译（1933—1944）》之名出版，内容涉及德国汉学研究者、中国历史、中国考古、中国艺术、中国城市、心理等领域，代表文章有《德国的青年汉学家》《中国治外法权史》《明各朝实录之纂修及现存抄本考》《三种安阳铜刀考》《评明清画家印鉴》《疾病侵袭与心理的状态》等，和胡隽吟女士所学也戚戚相关。

独立上进的胡隽吟女士受到傅吾康先生的爱慕,并表达了自己的求婚之意。在工作中她和傅吾康先生的感情也在慢慢升华,看似美好的跨国婚姻也是困难重重,特别是当时德国的纳粹政党主张民族血统的纯正,排斥异族婚姻,不可否认这潜在的担忧。幸运的是,傅吾康先生认为纳粹是逆行而必败的,跨国婚姻正是对纳粹的反抗,反法西斯的表现。这样的思想潜移默化的感染了胡隽吟,二人于1945年3月3日在京举办中西结合的婚礼。战争结束后,中德学会解散。傅吾康则在北京辅仁大学执教,胡隽吟在北京市社会局工作,负责救济事宜。1946年7月她们生下了女儿,正是我认识的这位傅复生女士。这时期胡女士的父亲等家人均辗转至四川,

图 3. 傅吾康与胡隽吟结婚照

傅吾康赴四川大学和华西大学任教，胡隽吟也在四川大学教育系执教，主讲心理学及教育学。1948年，傅吾康被北京大学西语系主任朱光潜先生聘为德文组教授。次年，又得一子。适逢德国汉堡大学请傅吾康归国任汉学系主任，胡隽吟便在百般不舍中离开祖国，随夫远赴德国。

胡隽吟女士在德国一方面协助傅吾康学术研究，同时教授中文，多次应邀举办讲座。尤值一提的是，胡隽吟女士还有极高的京剧造诣，既通晓理论，亦擅长唱京剧，曾在汉堡大学、马来西亚大学开设了京剧课程。胡女士还多次参加欧洲中国学术研讨会、欧洲历史学会等学术会议，并作会议发言。如1873年创始在欧洲的国际东方学会，三年一次的例会，胡隽吟女士多次参加（1954英国剑桥、1957德国慕尼黑、1973法国巴黎）；还参加了两次国际历史学会（1956罗马、1960斯德格尔摩）；第四届国际亚洲历史会议（1968吉隆坡）；并出席了海德堡大学（1973）和柏林自由大学（1974）的汉学研讨会等。值得一提的是，从1951年起，胡隽吟及傅吾康夫妇每年都参加欧洲青年汉学会，此会最初在1948年由英国剑桥大学龙彼得教授创始，至1951年第四次会议在巴黎举行，胡隽吟开始参加，也是第一位参加此会的中国人。在欧洲会议中，胡女士大多以德国或英文演讲，此次却大胆地说，我用中国话吧，这是汉学研讨会，试试诸位耳音。获得鼓掌，反响热烈。后来历届该会也大都参加，并在1953年做主题演讲"中国京剧的特点及艺术性"。至 1976 年该会在巴黎举行已是第 25 届了,并发展成为具有一定规章的组织。胡女士也在此次会议中得知了毛泽东主席去世的消息,在会议结束时,没有参加其他团体组织的追悼会,而是独自专程绕道回东德首都波恩的驻德中国大使馆所设的悼念灵堂,凭吊行礼中亦伤痛万千。

图 4. 傅吾康与胡隽吟夫妇 1978 年于澳洲

1957 年傅吾康受美国哈佛大学费正清教授之邀请,举家迁往美国,胡隽吟也参与研究。此后,胡隽吟随傅吾康到访过东京、吉隆坡、新加坡等各地,特别是在傅吾康任马来西亚大学客座教授的三年任职期间，胡隽吟在马来西亚大学中文系任讲师，开设中国古典文选、京剧艺术、白话文等多门课程，备受欢迎。后回到德国，胡女士受到法兰克福大学汉学系主任张聪东教授之邀，成为法兰克福大学的正式教员，并担任文言、白话及口语课程。

图 5. 傅吾康与胡隽吟（前排左 5）与马来西亚大学中文系师生合影

回顾胡隽吟女士的一生，事业多围绕文化教育、中国艺术。很多时候还有传统思想影响，跟随傅吾康辗转多地，协助先生学术研究。但其在南开大学接受到的教育和新时代女性独立的思想亦让其在人生走过的不同地方，留下自己独特的声音，展现自己的能力。如果说，南开大学总是一个让人时刻心系的学校，胡隽吟女士也正是如此。她对南开大学亦怀有深情，1981年她举家回国探亲，专程赶到天津，并在10月11日带傅吾康参观南开大学，引荐给南开师友。10月17日还在天津参加母校校庆。而南开大学的学习，更为其孜孜不倦的教学生涯奠定了基础，养成人在天涯、心系祖国的使命感。天津的京剧之风又让其多才多艺，更显东方才女魅力，在世界范围传播中国传统文化。

图 6. 胡隽吟女士 1981 年摄于德国

2017年我在南开工作时期，恰逢傅复生女士来北京旧居小住，并对一些书籍整理。得知我在其母亲的母校工作，傅女士特意寄送两本书籍，以及一些母亲照片，托我转赠其母亲的母校留存。一本是前文提及的，由其母亲翻译编著的《德国学术论文选译》，后来在和北京外国语大学的李雪涛教授及广东外语外贸大学的杜卫华副教授交流中，两位研究海外汉学的专家对这本书的学术价值均作出肯定，并收存复本。另一本是在胡隽吟女士和傅吾康先生的古稀之年贺岁文集《奇——傅吾康教授伉俪七十双庆贺册》，书中夏鼐、胡适、饶宗颐等多位先生均做诗词祝贺。文学院的沈立岩院长亲自联系，转交南开大学档案馆收藏。颇值一提的是，南开大学档案馆的魏茜老师还从南开大学的档案中找到胡隽吟女士1929年（民国18年）入学南开大学的成绩单。2018年初我再来柏林访学之际，亦将这份珍贵的成绩单和南开大学档案馆的捐赠证书转交傅女士，一段往事，浮现眼前。

图7. 傅復生女士向南开大学档案馆捐赠其父母作品的捐赠证书

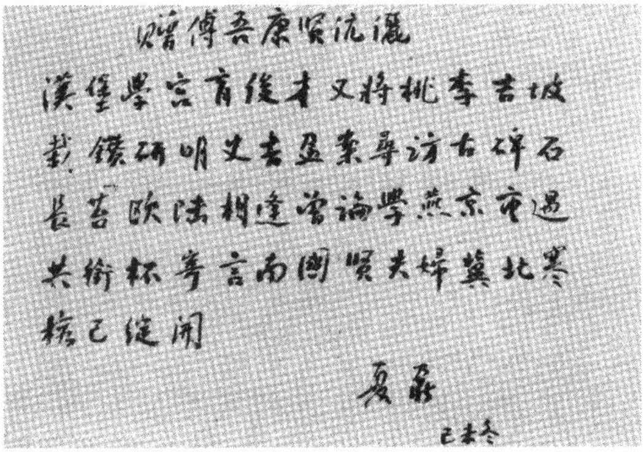

图 8. 夏鼐赠诗

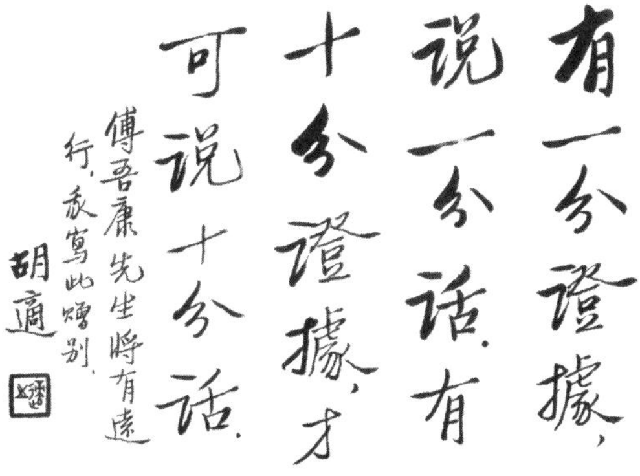

图 9. 胡适赠别傅吾康文字

记起和傅复生女士初次见面时，适逢我在联系归国事宜，南开大学恰好是重点联系的学校之一。2018 年再次在柏林相遇时，我已在南开执教，还在胡女士曾就读的文学院，翻看着几案上的两本书,追忆这位南开才女胡隽吟的往昔旧事,一时间,百感交集。人生,何处不相逢……

附记:本文初刊于《一百个南开故事》纪念文集(2019/10),后由北京外国语大学李雪涛教授及《寻找》吴礼敬老师建议,图文部分均作出修改补充,入选期刊,特此致谢!亦感激傅复生女士为此文提供的文献及图片资料。

罗存德的三次来华经历

熊英

2011年深秋，在北京外国语大学那被书海包围的办公室里，李雪涛教授从巨大的书架上抽出一本《近代来华外国人名辞典》[①]递给我，没想到这本辞典就此开启了我的学术之旅。这部辞典中不乏耳熟能详的人名及书名，但"罗存德"（Wilhelm Lobscheid，1822—1893）这个名字却让我产生了一种莫名的好奇，似乎有一种无形的力量引导着我去发掘他鲜为人知的故事。就这样，我迈上了寻找罗存德的学术之旅。

2012年10月至2013年9月，我辗转于英国伦敦大学亚非学院档案馆、大英图书馆、德国伍珀塔尔市（Wuppertal）

---

① 《近代来华外国人名辞典》，中国社会科学出版社，1981年12月。

的新教联合会档案馆①以及奥地利的国家图书馆，翻遍了和罗存德有关的档案、手稿、著作以及相关研究及资料，他的一生就像放电影一样，一幕幕在我的眼前呈现出来，那么鲜活，那么生动……

1822年3月19日，罗存德出生于金博恩（Gimborn）的古梅尔斯巴赫（Gummersbach）镇的洛布沙伊德Lobscheid地区。父亲名叫洛布沙伊德（J. W. Lobscheid），是烈酒酿酒工和农民，母亲名叫威廉明妮·莫伦斯得雷彻（Wilhelmine Mohrenstecher）。1829年，在罗存德七岁的时候，母亲早逝，他便过着孤立无依的生活，还经常受人欺负。1831年，父亲再婚，娶了一位来自许森布什（Hülsenbusch）的寡妇。本以为来了一位家庭主妇，家里的状况会好得多，但是，新来的这位继母似乎不仅对丈夫没有深厚的感情，也无法很好地融入这个家庭。他的父亲一直活在自责和后悔中，1833年9月

---

① 亦被称为联合差会，德语简称为VEM，1971年莱茵差会联合德国伯特利（Bothel）差会组成Vereinigte Evangelische Mission（简称VEM），即联合福音差会，1978年为庆祝VEM成立一百五十周年（追溯RMG于1828年成立），在德国举行第一次成员教会代表磋商会议，成员来自德国、非洲和亚洲。非洲和亚洲的教会日渐成长，愿为宣教事工团结一致互相支持，并展开彼此间的联系。在1988年举行第二次磋商会议中，来自非洲和亚洲的成员教会与德国差会，由"从属"关系调整为"合作伙伴"关系，成立委员会，英文名称为United In Mission(简称UIM)。1996年总会通过易名为Vereinte Evangelische Mission–Gemeinschaft von Kirchen in dreiErdteilen（英文名称为United Evangelical Mission–Communion of churches in three Continents，简称UEM)，即现时的联合差会。

17 日也离开了人世，成了忧伤和痛苦的牺牲品。

父母双亡的罗存德寄人篱下，投奔了贝恩堡（Bernberg）的亲戚，堂（表）兄费巴恩（Viebahn）照顾了他三年。罗存德原本立志从商，因为某些原因放弃了这个想法，转而学习制鞋手艺。1837 年，他在雷特马特（Letmathe）的一家鞋店开始当学徒，后来跟着师傅搬到弗罗伊登贝格（Freudenberg）。1839 年，他又回到古梅尔斯巴赫，1840 年 9 月，他去了伦内普（Lennep）。

直至这时，罗存德除了阅读德国宗教作家约翰·海因里希·伊翁－施蒂林（Johann Heinrich Jung-Stilling，1740—1817）的作品之外，还没有正式接触过基督教，尽管他后来也看过一些传教的小册子。阅读就像是一缕光芒穿透了黑暗，指引着他被唤醒，并得到滋养。

1841 年，罗存德来到了伍珀塔尔（Wupperthal），这是一个活跃的教区。在那里，罗存德第一次看到了派遣传教士的差会活动，促使他跪倒在上帝面前，开始实现他为上帝服务的愿望。[①]

1844 年，罗存德正式到莱茵差会（Rh. Missions-Gesellschaft）报到，同年进入 Missionshaus 传教士训练学校学习，以便担任向异教徒传播新教的重任，并于 1847 年 9 月 29 日被

[①] 德国新教联合会档案馆传教士们的简历 "第 48 罗存德"。

118 / 寻找

授以神职，成为牧师。

图 1. 罗存德照片

图 2. 罗存德档案卡 –1

图 3. 罗存德档案卡 –2

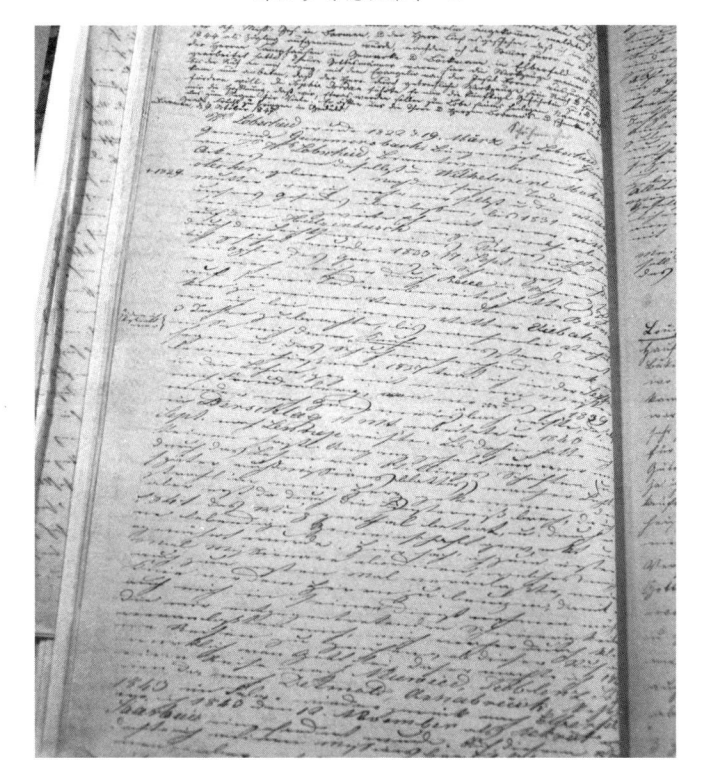

图 4. 罗存德的个人自述材料 –1

图 5. 罗存德的个人自述材料 –2

图 6. 罗存德手稿

第一次来华（1847—1851）

1847 年 10 月 11 日，罗存德受德国礼贤会（Rhenish Missionary Society）派遣，前往中国。他于 1848 年 5 月 22 日抵达香港，然后往返于香港和广东沿海一带进行传教。根据已故日本学者那须雅之的研究，罗存德来中国是担任郭实腊（Karl Friedrich August Gützlaff）的助手。实际上，罗存德来华后与叶纳清（Ferdinand Genähr，1823—1864）的联系更多，他在写给 von Rohden 的信中也承认自己"服从传教士叶纳清的命令，并由他领导"。

1849 年 1 月 1 日，罗存德乘坐一艘来自广东始兴（Saiheung）的船前往该地传教，这是他第二次前往广东始兴，经过一夜的航行之后到达目的地。许多民众前来欢迎，不少是他曾经治疗过的病人，当然也包括出于好奇前来围观的人们。在这里，他受到人们很高的礼遇。尽管有人会用"洋鬼子"的字眼来称呼他，但他在心里安慰自己：一年后他们一定会为自己曾经这样称呼别人而愧疚，会在主的面前跪下来忏悔。他在这里白天医治病人，晚上布道，被大家公认为"好心人"。

1 月 17 日，他应邀前往 Kusu[①]，带两名助手同行。1 月 23 日除夕之夜来给他送礼物的人挤满了他的小屋，全都是他曾经医治过的病人。很快，他就学会了礼尚往来，在家设宴款待邻居，当然，更是出于传教的目的。这时，他感受到建立一所学校的需求，向叶纳清寻求帮助。叶纳清派了一位姓朱的老师来。朱老师是位有经验的好老师，很快便收了 12 个男孩，开始教学。但没过多久，罗存德发现朱老师不值得信任，便解雇了他，学校也随之解散。

---

① 地名有待考证。

2月9日，罗存德召集人们，考虑到如何通知到人，他第二天便派人去买了鼓充当教堂里钟的功能。从此，他每天晚上六点半召集民众起来讲经布道。随着人越来越多，罗存德考虑借用当地庙宇作为布道的场所。他每天免费医治病人，使人们对德国人产生了好感，当听说另一位德国传教士（叶纳清）即将到来的消息时，人们都非常高兴地说："我们喜欢德国人来这里，他们没有派战船，也不贩卖鸦片，而是来医治我们的疾病，做的都是善事。"2月20日，叶纳清到来后，罗存德将手头的事务都交给他，自己动身前往Lau-zun-tong[①]进行传教。3月9日，在叶纳清的要求下，罗存德返回香港，沿途还医治了不少病人。

1849年3月20日，罗存德写下"到中国传播福音的时机已经成熟（China is ripe for the gospel）"。于是，他沿着香港西北方向的海岸，到达台山（Tai-shan），然后从广东始兴东头邨（Tung-tau）再次回到广东始兴。罗存德依然是白天治病救人，晚上布道。据他记载，每天从早到晚医治的病人超过一百以上。可能是太劳累的原因，他自己的健康状况也不太好，经常感觉肝脏疼痛。他担心自己的病会日益加重，便给叶纳清写信，请他过来。罗存德当时住的房子非常宽敞，可以住下二三十人，还有一大片围墙围起来的地方，也很适合

---

① 地名有待考证。

办学校。叶纳清收到信后,带着助手和学生们赶来加入罗存德的工作,他们于1849年5月1日抵达广东始兴。

自叶纳清来后,罗存德的身体有些好转,到夏天快结束的时候,他还学习了一些中文典籍。随后,他的身体逐渐好转,汉语也说得更加流利,便将教学转交叶纳清,自己前往香港、澳门附近的各岛屿进行传教。他从广东始兴沿着海岸走了六英里,到达有六千居民的福清(Fukwing),在这里,他同样受到了老百姓的热情接待。第二天太阳还没升起,房子里和门口的大街上就站满了前来就医的人。罗存德一共待了两周,医治了大量眼科、牙科和其他病人,有时一天治疗的病人甚至达二百人以上。

罗存德打算前往向西五英里有着三万居民的Sankiu[①],福清的居民担心一路有强盗,提出主动送他过去,轿夫一路为他呐喊壮胆。他在那儿住了四天,做了十多个眼科手术。后来,他收到香港来信,德国有传教士即将抵达,才不得不返回香港。

为了躲避强盗,他穿上中国人的服装。但有一次在大陆的旅途中,有个中国人看到他全身上下都是中式打扮,便问他:"你们国家的人,是不是都用手指吃饭?"接着还问了他很多"奇怪"的问题,这些"傲慢"的问题突然让罗存德领

[①] 地名有待考证。

悟到：他的中国式打扮让中国人误认为他是来向他们学习的，而不是来教他们的；他穿上中国人的衣服没有使他从心理上接近中国人，相反，却让中国人更加"自豪"和"傲慢"。于是，他剪掉辫子，把所有中式服装都送给叶纳清，自己重新换回欧式的打扮。他的做法一开始遇到了一些非议，被认为是不明智的，但他还是坚持了下来。后来事实也证明了这一点，即使他穿着欧式的服装在中国传教，也没有遇到任何障碍或强盗，这也增强了其他传教士的信心和勇气。

1850年4月1日，罗存德再次前往福清、Sankiu、Shatzing和Uzhikngam[①]传教，因为肝疼发作，他回到广东始兴。这时，他们在始兴已经建立了两个教堂，有12个助手以及12个男学生学习基督教义，其中三位正在学习小提琴，女子学校也正在筹备中，但人手欠缺。这时，罗存德从传教的角度意识到女子教育的重要性。他在传教中感觉到向妇女传教比较困难，在他看来，传教不是针对独立的个人，而应该以家庭为根基，如果女子教育发展不起来，所有的传教工作都是缺乏根基的。同时，郭实腊也提出，应该派遣一些受过良好教育的女性来中国担任向妇女传教的工作。

1851年3月18日，罗存德因健康原因返回欧洲。同年，他脱离礼贤会。1851年7月《海外布道杂志》(*The Chinese &*

---

① 这几处广东地名也有待考证。

General Missionary Gleaner）上简要报道了罗存德这次返回欧洲、抵达伦敦的情况：

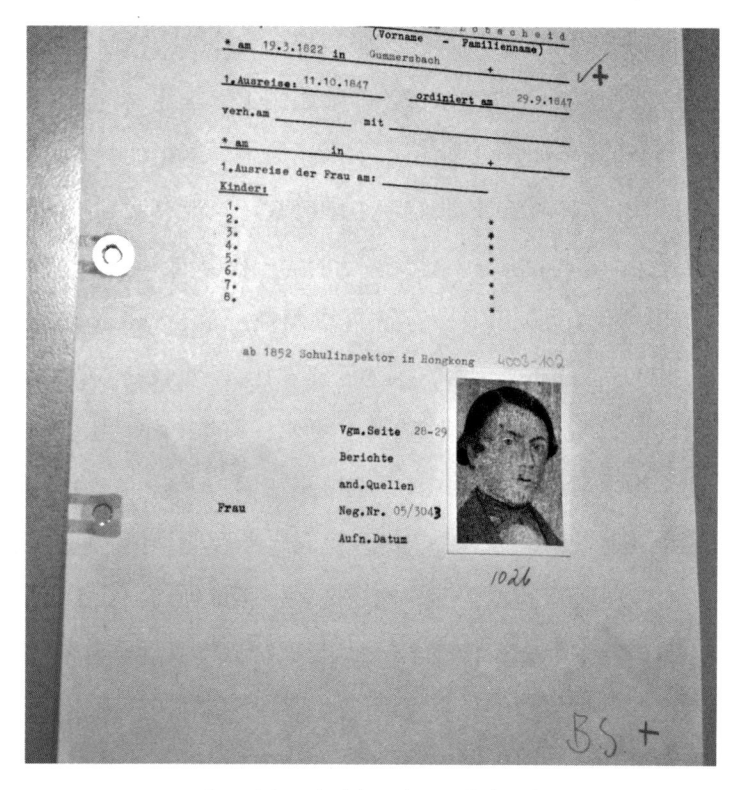

图 7. 联合福音差会保存的罗存德档案

一位传教士返回

礼贤会传教士罗存德在中国传教三年，因健康原因不得不暂时离开他传教的教区 Saiheong 及广东附近地区。

他于18日抵达伦敦,他的健康因旅途休整有很大好转。[1]

图 8. SOAS 档案馆保存的罗存德手稿封面 -1

---

[1] 《海外布道杂志》(*The Chinese & General Missionary Gleaner*),1851 年 7 月,第 28 页。

图 9. SOAS 档案馆保存的罗存德手稿封面 -2

第二次来华（1852—1861）

1852 年 9 月 14 日，罗存德与艾薇儿（Alwine Kind，1832—1854）在伦敦喜结连理，9 月 16 日便携新婚妻子乘坐阿特米希亚号（Artemisia）前往中国，《海外布道杂志》上曾予以报道。同行的还有即将加入广东始兴 Saiheung 礼贤会的莱克勒小姐（Miss Lechler）和即将加入纽曼先生和纽曼夫人（Mr. and Mrs. Neumann）所属的香港柏林协会（the Berlin Society）的波塞尔小姐。①

艾薇儿与罗存德一同来华，正好符合当时基督教在中国的工作需求，通过受过教育的女性向中国妇女传教，并筹建女子学校。《海外布道杂志》1852 年 10 月的报道中曾提到"罗存德夫人和莱克勒小姐正在前往中国的途中，她们的到来将有利于妇女的召集，建立女子学校"。

1853 年 2 月，罗存德安全抵达香港后与伦敦会（London Missionary Society）的赫希伯尔格博士（Dr. Hirschberg, 1814—1874）待在一起，随后不到十天便告别妻子，于 3 月 1 日抵达他以前活动的教区——广东始兴，莱克勒先生与之同行。不久，赫希伯尔格博士搬去厦门（Amoy），赫希伯尔格夫人不能将自己照顾的孩子们带走，便将两个留给罗存德夫人照顾，两个由莱克勒夫人照顾。

罗存德再次受到民众的热烈欢迎，并被告知，现在已经不像以前那么危险，他其实可以带夫人一同前往。这次他只待了短短四天，于 3 月 5 日坐船返回香港。

---

① 《海外布道杂志》（*The Chinese & General Missionary Gleaner*），1852 年 10 月，第 37 页。

1853—1854年间，罗存德除了往返于以前去过的广东始兴和福清，还去了很多没有去过的地区进行传教，而且希望自己有机会去北部和南京。1853年底至1854年初，罗存德已经雇请了六名中国人帮他散发《圣经》，每人每月支付25英镑薪水。据他的日记记载，他在1854年2月18日至3月12日的旅行中，沿着海岸走访了始兴、福清、Manko和Shiklung[①]，沿途一共散发了4300多本福音的册子，医治了600多名病人。

艾薇儿在中国期间收养了四个女孩，她清楚地认识到中国女子教育的艰难，并为倡导中国女子教育做了一些工作。她曾在信中写道："中国女孩的教育是一项非常困难的工作，需要付出九牛二虎之力。……这些孩子现在已经与农村的孩子大相径庭，不再与她们相提并论。"

1854年7月，瘟疫流行，许多人患病，一时罗存德的住所俨然成了医院。罗存德夫人因患上"香港热"，又因生孩子耗尽体力，8月6日生下儿子后不幸去世。

1854年12月，罗存德作为汉语和德语的翻译与卫三畏等一同乘阿达姆率领的第三次日本远征舰队前往日本，参与日美合约的换文签字活动。这时，他向日本负责翻译的崛达之助赠送了麦都思的两种辞典 Chinese Dictionary（1842—

---

① 地名有待考证。

1843）、*English and Chinese Dictionary*(1847—1848)。[①]

1856 年是充满了战争与动乱的一年，罗存德主要在 Polowai 和荷坳传教，传教工作中充满了危险，甚至有性命之忧。罗存德除了传教，散发了 2 万多册福音书，也医治了 2100 多名病人，并请了一位名叫 Aloi 的医疗助手。他关注教育，在 Polowai 和荷坳建立了包括一所女子学校在内的三所学校，共收了 40 名左右的男学生和 10 名女学生，后来因为教师的问题不得不解散了女子学校。

1856 年，罗存德成为伦敦会会员。1857 年他与福汉会脱离关系，为香港殖民政府工作，被英国政府任命为香港政府的视学官（Government Inspector of Schools）。

1857 年初战火纷乱，在华外国人经常遭到打劫，甚至屠杀，他们不得不轮流值班，保护自己生命财产的安全，传教工作一度遇阻。

1860 年 1 月 14 日罗存德写信辞掉香港政府的工作，请布里格斯博士（Dr. Bridgs）转交香港政府秘书办公室，17 日默瑟先生（W. T. Mercer）先生回复批准，并对其辞职深表遗憾。

1861 年，罗存德担任英国"神秘号"船的医生，随船经德梅拉拉返回欧洲。他这次随船去西印度群岛的目的，是了

---

① 罗存德参与日美合约的换文和向崛达之助赠送辞典的活动参考那须雅之的研究，见沈国威，《近代英华华英辞典解题》，日本：关西大学出版社，2011 年，第 99 页。

解当地的情况，有助于为中国人向德梅拉拉的移民提供信息。他在1872年写给冯·罗登（von Rohden）的信中提到，自己去德梅拉拉还是"出于传教的兴趣，建立学校，改善中国人和印度人的宗教和道德状况"，并不是去"建劳工代理处"。

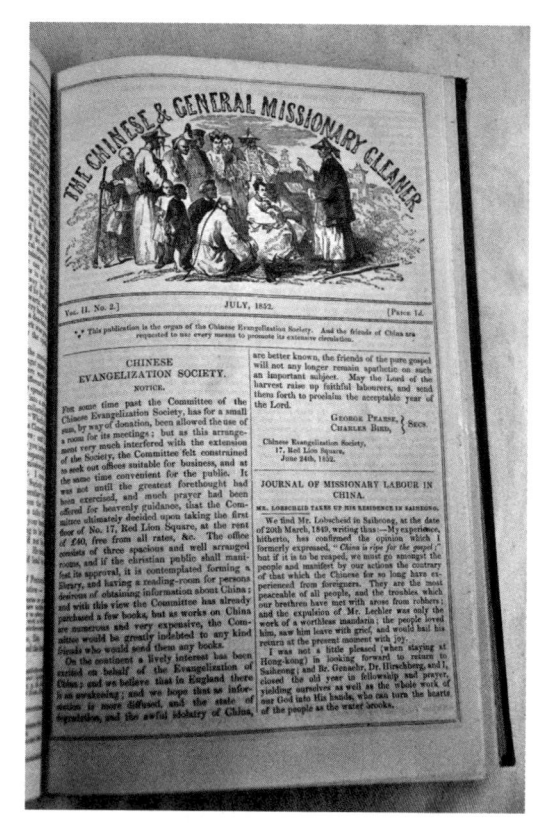

图 10. 1852年伦敦出版关于罗存德在华的报道

图 11. 1872 年罗存德写给罗登（L. von Rohden）的信

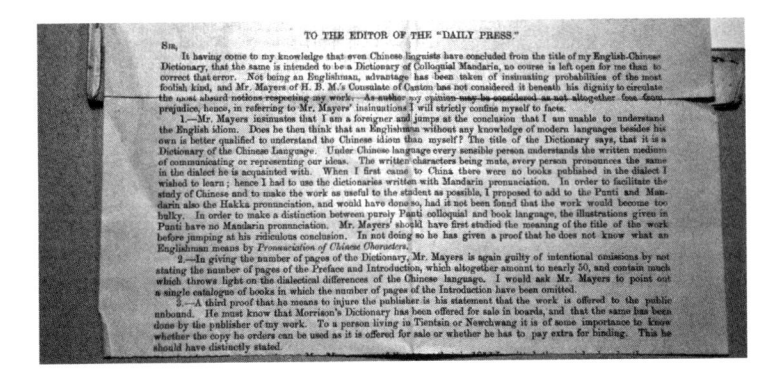

图 12. 罗存德写给香港每日新闻出版社的信 -1

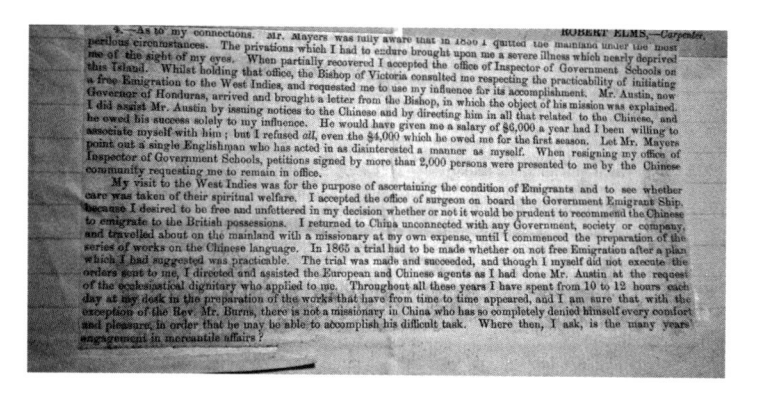

图 13. 罗存德写给香港每日新闻出版社的信 -2

第三次来华（1862—1869）

1862 年 9 月，罗存德第三次来华。与前两次相比，这次他并未与汉斯帕（Hanspach）去广东北部和西北传教，而是参与传教学院（Missions-Instituten）(香港) 的建立和运行，并亲自授课、演讲。

同年，罗存德与贝莎（Bieberstein, Bertha Thekla Agnes Rogalla von，1836—1908）在香港结婚，生了两个女儿。一个女儿名叫奥格·洛布沙伊德（Olga Lobscheid），罗存德去世时她在美国，尚未结婚，后来似乎回了德国，于 1893 年 11 月 10 日又从汉堡抵达纽约；另一个女儿莉迪亚·洛布沙伊德（Lydia Lobscheid），在德国嫁给了朱利叶斯·施密特牧师（Rev. Julius W. A. Schmidt），后来全家定居美国。

1863年5月，罗存德前往太平天国首都南京拜访太平天国首领，受到直王①、干王和其他许多首领的热烈欢迎。因为"天国"二字来自《圣经》，建立太平天国后的首要任务之一便是"向民众灌输基督教思想"。太平天国初期，基督教信仰博得了洋人尤其是那些新教传教士的同情，罗存德即是其中一位。

吟唎（Augustus Frederick Lindley）②得知罗存德渴望拜访太平天国首都的消息后，决定给予帮助，后来在其著作《太平天国革命亲历记》中详细记录了罗存德拜访的细节。

至于罗存德赴南京的原因，据他自己发表在1863年6月10日《香港日报》写给编辑的信中说，是"叛军情况及叛军性格的可怕记述"使他"急于访问南京，亲自去观察一下这些记述究竟具有多少真实性"。到了南京，他受到了"礼貌和友好的接待"，看到一幅安居乐业的景象后，他仍然持谨慎的

---

① 直王原文为Sz-wang，是"负责南京近郊和各炮台堡垒的高级首长"。参见（英）吟唎著，王维周译，《太平天国革命亲历记》，上海：上海古籍出版社，1985年，第185、207页。笔者推测，直王并不是太平天国所封的王，而是一位姓王的将领。
② 奥古斯塔斯·弗雷德里克·吟唎（Augustus Frederick Lindley）(1840—1873)，英国海军军官。1857年加入英国海军，1859年前往香港服役，次年辞职后前往太平天国控制区经商，曾在上海附近一内河轮船当大副。1861年初，加入太平军，投效太平天国忠王李秀成，为其训练军队，先后率炮队作战，教练太平军操演，为太平天国采购武器和粮食。1864年太平天国起义失败，其回国后，怀着对太平天国的深情，于1866年2月3日出版《太平天国革命亲历记》(*Ti Ping Tien Kwoh : The History of the Ti-Ping Revolution, Including a Narrative of the Author's Personal Adventures*) 一书，该书记述了他参与太平天国运动的历史，歌颂太平军将士业绩，抨击英国政府对华政策，并将其题献给李秀成。该书译者王维周将罗存德译为"洛勃斯克"，可能是根据Lobscheid的发音而译。

态度,直到他参加了宗教聚会,并特别说明"这些聚会每日早晚有规则地举行,我是直到了解了他们聚会的性质之后才参加的",当观察到他们"以很大的毅力和虔诚去唱圣歌并祈祷"之后,对太平军的宗教性的认可使他心里的天平慢慢朝着他们倾斜了。他明确写道:

> 奥斯本舰队刚到中国,清政府方面就开始限制扬子江的贸易发展,可是在太平军方面,只要外国人向他们伸出友谊的手,他们就愿意向外国人开放全境,因此每个人都可以判断哪一方面是对他有益的。外人借助罗马天主教传教士侵略中国,一百五十年来,清皇室一直处于这些罗马天主教传教士的影响之下。只要清朝皇帝利用这些罗马天主教传教士,他们就兴盛起来,一旦他们把这些罗马天主教传教士从北京赶走,马上就变得昏庸腐败和萎靡不振了。……而外国人的影响也总有一天会在太平军方面取得优势的。

据呤唎记载,罗存德是最后一个访问太平天国首都的传教士,直王和干王及其他首领再三恳请他留下,罗存德借口私人原因没有答应。其实,罗存德拒绝太平天国另有隐情。在他之前,1853年4月,英国在华全权代表文翰和翻译密迪乐(Thomas T. Meadows)乘坐"神使号"(H. M. S. Hermes)

前往南京，送呈了一封信函，解释英国的中立立场，要求太平军承认英国的条约权利。而太平军则摆出居高临下的姿态，将英国当作一个属国来对待，引发了外国政府对太平天国的"复杂的情感"，原本在外国政府与传教士眼里，虽然太平天国号称的基督教与真正的基督教还有很大差别，但总比没有任何改革意识的清政府强。

因此，在清政府和太平天国之间，英国虽然表面上持中立态度，其实是倾向于清政府的。此外，1872年，针对罗登（von Rohden）在其作品中提到的罗存德对叛乱[①]很感兴趣这一点，罗存德本人并不认同，并进行了辩解：我1863年赴南京的目的是拯救基督教所处的环境，而天王和统治阶层不同意，因为他们怕满人不会信守承诺，后来这一点在佛山（Fushan）得到了证实"。一切都很清楚，罗存德亲身前往南京了解实际情况，本意是打算帮助太平天国的，但迫于压力，未能如愿，面对他们热情的挽留罗存德只能找个借口离开。

这一次在华期间，罗存德将主要时间和精力放在编纂出版上，有明确时间记载的作品就有12部，其中包括其代表作《英华字典》。罗存德将德万博士（Dr. Devan）的《英汉字句》（*Household Companion*）进行修订，出了第四版，还花了一年半的时间写好《语法大全》和其他一些作品。此外，

---

① 太平天国革命。

他还担任一家中文报纸的编辑工作,每月薪金 100 美元,必须在每天早上七点前就完成工作,非常辛苦。

1864 年,他开始筹备《英华字典》的编纂工作,直至 1869 年完成最后一卷。四卷本的《英华字典》收录了 5 万以上的英语单词,译词使用了 60 万的汉字,被誉为"代表了 19 世纪西人汉外辞典编纂的最高成就"[1],对近现代汉语的形成乃至汉字文化圈都产生了深刻的影响。

完成这部鸿篇巨制后,罗存德被迫离开中国。他在给罗登的信件中提到,"1869 年我完成了艰难的工作[2],为了维护家庭关系我只好回家。"

罗存德的一生充满了传奇。他在华工作的身份也非常多样:既是医生,更是传教士;既当过香港政府的视学官,也为欧洲其他国家做过翻译。因为医术高超,又有着语言优势,罗存德前期在华活动都是深入民众进行传教,后期则转向教育、出版等。在华多年的亲身体验使他对中国文化、风俗感受颇深,成为他后期写作的源泉。

由于他医术高超,不管去哪里,每天上门来求医的病人络绎不绝,深得老百姓的信任,这也启发和鼓励了其他传教

---

[1] 沈国威,《近代中日词汇交流研究:汉字新词的创制、容受与共享》,北京:中华书局,2010 年 2 月,第 125—132 页。
[2] 指的是完成了《英华字典》(1866—1869)的编纂工作。

士。《海外布道杂志》在1851年10月和1852年11月曾专门发表文章,提到借用医治病患的手段进行传教的优势,两次都以罗存德为例。

1852年,罗存德受"福汉会"(CES)派遣来华时,由于他丰富的语言知识、中文能力以及精湛的医术,被认为是最有价值的传教士。在福汉会的档案中,笔者找到了当时传教士们的薪资记录:

> 罗存德每月200英镑,支取权限480英镑
> 泰勒·亚瑟[①]每月150英镑,支取权限240英镑
> 戴德生[②]每月80英镑,支取权限160英镑
> Paker每月200英镑,支取权限340英镑
> Hall 每月150英镑

可见,罗存德的薪水在最高级别,权限最大,其在福汉会的地位和影响力可见一斑。

罗存德在华时期正好是中国社会转型的过渡时期,孕育着现代性的核心价值观念,也孕育着19世纪后半叶到20世

---

① 1853年10月乘坐Wynnstay(船名)出发,1854年3月4日抵达香港,拟帮助罗存德在广东始兴(Saiheung)和邻近地区建立医院、出版局。
② 1853年9月乘坐Dumfries(船名)从利物浦出发,1854年3月1日抵达香港。

纪初的历史性变革。在传教士的眼里,基督教代表着先进和文明。以罗存德为代表的西方传教士来到中国,期望用医学、科技等先进的物质文明成果让中国人认识到自己的落后,从而达到信仰基督教的目的,但他们在中国主要从事的教育、出版工作,把西方现代的知识、观念、规范和制度传入中国,从客观上推动了中国现代化的进程。

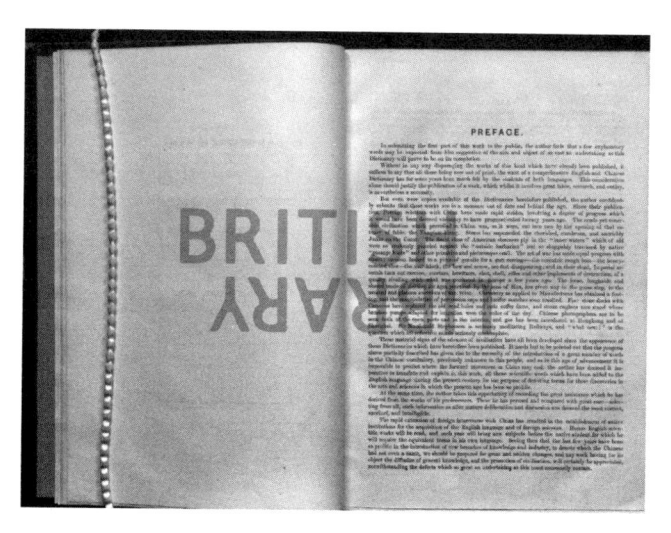

图14.《英华字典》前言-1

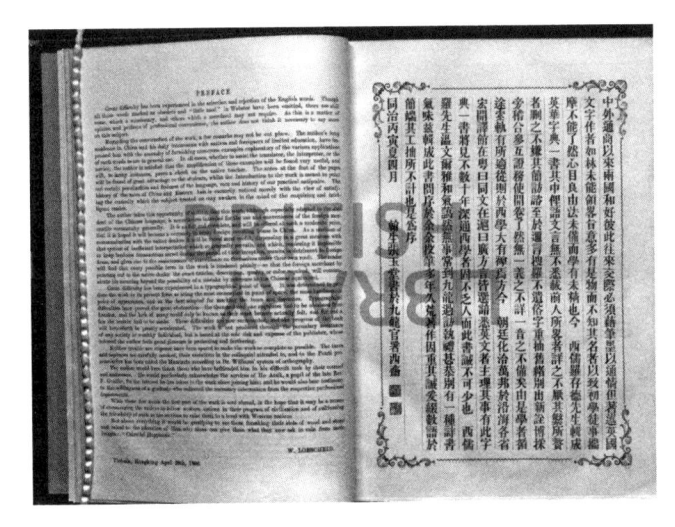

图 15.《英华字典》前言-2 以及张玉堂写的序

罗存德大事年表

时间	主要活动
1822年3月19日	出生于金博恩(Gimborn)的古梅尔斯巴赫(Gummersbach)镇 Lobscheid 地区
1829年	母亲 Wilhelmine Mohrenstecher 去世
1831年	父亲 J. W. Lobscheid 续娶了一位来自许森布什(Hülsenbusch)的寡妇
1833年9月17日	父亲去世,投靠贝恩堡(Bernberg)的亲戚,由堂(表)兄费巴恩(Viebahn)照顾
1837年	开始学习制鞋的学徒生涯
1840年	来到伦内普(Lennep),初步接触基督教
1841年	来到伍珀塔尔(Wuppertal),第一次目睹派遣传教士
1844年	到礼贤会(RMG)报到,同年进入传教士训练学校学习语言、医学

续表

时间	主要活动
1847年9月29日	被授予神职成为牧师
1847年10月11日	受礼贤会派遣动身前往中国
1848年5月22日	抵达香港,开始在广东始兴及附近地区传教
1851年3月18日	因健康原因离开中国抵达伦敦,同年脱离礼贤会
1852年9月14日	与艾薇儿(Alwine,1832—1854)在英国伦敦结婚
1852年9月16日	携夫人从伦敦前往中国
1853年2月	抵达香港,往返于广东、香港进行传教
1854年8月6日	罗存德妻子因患"香港热"去世
1854年12月	随日本远征舰队赴日,参与日美合约的换文签字活动,负责翻译的崛达之助赠与罗存德《华英字典》和《英华字典》
1856年	成为伦敦会成员
1857年	与福汉会脱离关系,就任香港政府视学官(Government Inspector of Schools)
1859年	鼓励中国人移民圭亚那(Guiana)
1860年1月	辞去视学官一职
1861年3月2日	担任"神秘号"船医,自德梅拉拉返回欧洲
1862年9月	第三次来到香港,同年与贝莎结婚(1836—1908)
1863年4月	前往南京拜访太平天国直王、干王
1869	被迫离开中国

续表

时间	主要活动
19世纪70年代初	在美国加利福尼亚州旧金山圣马可·路德教会任牧师,后前往扬斯敦(Youngstown)定居,担任牧师、医生和眼科医生
1893年12月26日	在美国扬斯敦离世 注:遗孀贝莎于1908年6月在奥地利Meran, South Tyrol, Austria(现在的意大利)去世。

新旧兼容的吴汝纶

胡堡冬

一

1840年早春,桐城南乡高甸村传来一声婴儿的啼哭,这声啼哭十分响亮,划破了乡村清晨的宁静,这让乡间秀才吴元甲喜出望外,这个婴儿就是吴汝纶。

吴汝纶的到来,真可以用生不逢时来形容。这个时候,正逢第一次鸦片战争爆发,延续了二百多年的大清王朝,在鸦片和洋枪洋炮的攻击下,正在经历痛楚的挣扎和嬗变。一方面,封闭的国门被打开,各种思潮涌入,引发了社会动荡,帝国列强用坚船利炮在威逼,清王朝摇摇欲坠;另一方面,民族矛盾急剧上升,民不聊生。桐城虽然位处皖中一隅,也一样饱受国运不济的艰涩之苦。

吴元甲作为一名读书人,知道国势的衰竭,空谈是没有用处的,重要的是能够拥有知识,知识会改变社会;读书是桐城人的传统，更是吴家的传统。因此，吴元甲恪守桐城人的"穷不丢书，富不丢猪"的古训。在儿子吴汝纶很小的时候，他就把桐城先贤读书和做人的故事讲给他听。特别是明清以来，桐城那些硕儒大哲、高官显宦们的道德情操和为官为政两袖清风的故事。他希望吴汝纶日后能有出息，成为桐城文派和未来教育的继承者和传播者。桐城从明清以来，之所以文风昌盛，官宦迭出，就是因为教育发达，古人的讲学之风，使桐城的学子们心灵受到净化，思想得到升华；所以，桐城人外出为官做事，十分注重操守，心清如水，清风盈袖。吴汝纶在家乡崇文重教风气的熏陶下，耳濡目染，刻苦学习，感受到桐城历史的深厚和文化的灿烂。那些走进历史的人物，对他有着深刻的影响。吴汝纶特别尊崇姚鼐，那是桐城派文章及理论的集大成者，是清代文化、学术和品行的一座高峰，他的身上集中了桐城官吏和文人最优秀的品质。

吴汝纶在父亲吴元甲的精心指导下，12岁时，就以非凡的表现，"为论说之文"[①]，23岁参加县学，考试名列第一，府试第二。在同治三年（1864）江南乡试中，吴汝纶中试第九名举人。这接二连三科考优异的表现，令人称慕不已。

吴汝纶的才气和考试中的表现，受到晚清重臣曾国藩的关注。1861年秋，曾国藩率领湘军攻打安庆，很快荡涤了太

---

① 郭立志，《桐城吴先生年谱》，民国雍睦堂丛书铅印本。

平军。随后,曾国藩决定驻扎安庆。这是因为安庆居长江中段,可控制八百里皖江流域,是战略要地。为了湘军军械供给的便利,曾国藩在城里又建起了军械所,这也是中国近代工业最早的萌芽。第二年,曾国藩奉旨任两江总督协办大学士。7月18日,为借兵助剿,他上书力陈利害:"岛人借助剿为图利之计……而中华之难,中华当之"①,决不能让洋人以助剿为名来蹂躏中国的土地。9月,曾国藩为死于战乱而未及安葬的桐城儒生方东树、戴钧衡等六人立石修墓,妥为安葬。

曾国藩在学术上尊崇桐城派,继承方苞、姚鼐而自成一体,创立了"湘乡派"。因此,他对桐城的士子格外关注。他看到年轻的吴汝纶表现出如此的才华,不免相信桐城派后继有人,吴汝纶就是桐城派的后起之秀。而吴汝纶也没有辜负曾国藩的期望,第二年,他赶赴京城会试,中了第八名进士,并得授内阁中书。曾国藩欣喜不已,对吴汝纶灵秀深刻的文章大为赞赏,看到吴汝纶文章中透出的睿智和才干,认为此人日后必成大器。吴汝纶对曾国藩也十分仰慕,知道这是位拥有智慧、学识渊博、人品高尚的人。曾国藩十分注重自己的言行,每天坚持写日记,清正廉明,严于律己,当时深受人们的尊敬。

吴汝纶留在曾国藩身边,成为他的幕僚。曾国藩对他十

---

① 钱仲联,《曾国藩文选》,苏州:苏州大学出版社,2001年,第453页。

分欣赏。曾国藩在日记中写道："吴挚甫来久谈，吴，桐城人，本年进士，年仅 26 岁，而古文、经学、时文皆卓然不群，异材也。"[1] 此后，曾国藩大量的公文都交给吴汝纶撰写，他惊叹吴汝纶出手之快，行文之准确，文辞之多彩，才气令人称赞。曾国藩问他："从何受学？"吴汝纶坦诚地回答，是父亲吴元甲教授的，这让曾国藩更为惊讶，同时，对吴元甲也十分钦佩。决定聘请吴元甲为"公子之师"。这让吴汝纶的父亲大感意外，又受宠若惊。吴元甲便从桐城来到曾府，悉心教授公子，曾国藩对他尊敬有加，后来因在侯门生活不习惯，吴元甲离开了曾府。临行时，他对儿子吴汝纶叮嘱再三，要他好好学习曾大人的做人，堂堂正正，心清如水，又方圆有度。

二

时光荏苒，吴汝纶跟随曾国藩已经六七年了，在这六七年的时间里，吴汝纶深受曾国藩的教诲和关怀，他目睹了曾国藩是如何在官场、朋友以及家庭处理各种关系。曾国藩对大清王朝经历过康乾盛世之后出现的腐败非常清醒，他指出，"国贫不足患，惟民心涣散，则为患甚大"。并对吴汝纶

---

[1] 郭立志，《桐城吴先生年谱》，民国雍睦堂丛书铅印本。

说,"士大夫习于忧容苟安",要求他时刻要防止"苟安"。并指出,"行政之要,首在得人",危急之时需用德器兼备之人,要倡廉正之风,居官要"总以钱少产薄为妙"。这些,成为吴汝纶日后为官的座右铭,并对他的人生产生了极大的影响。吴汝纶看到了恩师曾国藩身上许多优秀的品质。曾国藩认为,"处此乱世,愈穷愈好","德以满而损,福以骄而减矣"[1]。"清正廉洁"这四个字,成了吴汝纶为官做人的重要准则,这也是他在曾国藩身边学习到的美好品质。

同治十年(1871),曾国藩老了,他思来想去,还是决定把最器重的吴汝纶奏荐出任直隶省的深州知州。曾国藩十分舍不得吴汝纶离开,在他身边,张裕钊、黎庶昌、薛福成、吴汝纶这四大弟子,个个都是栋梁之才,而且名满天下,尤以吴汝纶令他最为喜爱。这些年,吴汝纶勤勤恳恳,总是手不释卷,遇到问题,凡经、史、子、集学术上的事,他总是寻根问底,一定要弄清楚源流,因此,学问大为精进。几年来,吴汝纶竟在繁忙的公务之余,完成数十种著作。可以说,没有辜负对他的培养,他们之间有了惺惺相惜之感。他舍不得吴汝纶,还因他处事公正,品德高尚。美德与修养,因知识的蓄积,越发散发出人格的魅力。但幕僚不能永远做,为了吴汝纶的前途,曾国藩还是忍痛割爱,把他放到重要的岗

---

[1] 钱仲联,《曾国藩文选》,苏州:苏州大学出版社,2001年。

位上去，让他的才干在实践中得到锻炼和成长。

吴汝纶当然也舍不得离开恩师。这些年，在曾国藩身边接触了官场上的种种人和事，看到、学到、悟到了曾国藩的处世为人，看到了这样一位可敬的恩师，处理大政有条不紊，做学问扎扎实实，诚恳待人，清正廉洁，品质可贵，让他获益匪浅。吴汝纶怀着无限眷恋的心情离开了曾国藩。

吴汝纶在深州的任上，并非一帆风顺。深州从清雍正二年（1724）升为直隶州，领武强、饶阳、安平三县，属正定府。吴汝纶下车时，迎接他的，不是掌声，而是滹沱河的河水泛滥。洪水如凶狠的猛兽，漫过堤坝，肆虐横流，把村庄和庄稼都淹没了，百姓们蜷缩在高地上，欲哭无泪。这着实给吴汝纶一个下马威。面对灾情，吴汝纶并没有手足失措，他立即组织州县官员，动员一切力量，深入百姓之中，了解灾情，掌握受灾面积和损失状况，提出赈灾的具体措施：一是保证不饿死人，向灾民发放粮食。二是组织百姓抗灾自救，尽量减少损失。三是保证社会稳定。民众的恐惧心理，因吴汝纶的正确决策而迅速得到了安抚。

吴汝纶遇到这么大的困难，表现出缜密的思维，果断的行政能力，令人钦佩不已。他上书李鸿章，详细地把他来深州后，对灾情、灾民，以及对滹沱河的考察情况作了报告，同时提出按"西洋治河之法"，加固河堤，"议治滹沱"。由于措施得当，很快安定了人心，把灾情损失减到了最小。

在百姓安定、洪水退去之后，吴汝纶又走街串巷了解深州的具体情况。他发现深州虽然很古老，但教育滞后，一些豪绅显宦霸占教育资源，阻碍当地教育的发展。吴汝纶决心扭转这种状况，他找到当地一位姓李的豪绅，要求他把霸占的学田退出来，还给书院。那位豪绅纠集一些地方势力给吴汝纶施压，吴汝纶不为所动。他力排众阻，把1400余亩学田全部收回，重新归还给书院。同时，吴汝纶限令那些拖欠书院银两，以及许诺捐资而不兑现的人，要及时还钱和兑现承诺，否则将严肃处理。这些人见吴汝纶真抓实干，说到做到，很快把钱都还了。吴汝纶用拖欠的银两为书院购置了图书、教学设备，改善了书院的学习环境。吴汝纶身为一州之首，还亲自登上讲堂授课，引得书院听课之人爆满。

同治十一年（1872）二月，曾国藩溘然去世，吴汝纶听到噩耗，悲痛不已，他在上李鸿章书中写道："某以草茅后，承曾相招致门下，扶植而栽成之，至六七年之久，私恩亦云至矣，甫别一年，遽成永诀，痛何可言。"吴汝纶的沉痛是发自肺腑的，这些年曾国藩对他的教诲和培养，使他渐渐成熟，他们之间，可以说是亦师亦友，曾国藩每每教导他时，因"说话太多，舌端蹇滞"。曾国藩不仅是文章学术之师，更是为人做官之道的楷模，让他懂得了清正廉明，为百姓谋福祉，才会得到百姓的拥戴。

同治十二年（1873），吴汝纶的父亲去世，按循例卸职，吴汝纶"扶丧侍母，南归营葬"，由于他为官清廉，在任时"未尝置一金之产"，回乡时，连路费都没有，一时让吴汝纶一筹莫展。他在日记中写道，"此次南旋资斧，现尚一筹莫展，迢迢千里，无计谋归"。吴汝纶只好找朋友帮忙，借贷款项才回到家中。

三

光绪二年（1876）五月，吴汝纶决定北上，他从家乡桐城出发，一路跋山涉水，来到了直隶总督李鸿章的府上。做出这种选择，吴汝纶是有自己的考虑的，因为他对直隶的人事较为熟悉，曾国藩在城南报国寺僦居时，李鸿章与之"朝夕过从，讲求义理之学"。太平军兴起时，曾国藩和李鸿章又各自回乡办理团练，曾国藩不忘把自己的体会及时告诉李鸿章，这种一脉承袭的关系，让吴汝纶有种情感上的依归，加之自己一直跟随曾国藩，是他的弟子，因此，李鸿章与吴汝纶交情深厚，这不只是因为李鸿章是安徽人，李鸿章的妻子周氏，就是桐城东乡周家潭人。李鸿章欣赏吴汝纶的才华，更钦佩他的人品，所以吴汝纶便留在李鸿章身边做了幕僚。此后，吴汝纶署理天津知府，一年后卸任。

光绪七年（1881）三月，吴汝纶补冀州知州，这是他南归桐城营葬父亲后，再度担任直隶省的知州。他感到肩上的责任无比重大。冀州是黄河历次泛滥冲积而成的低洼之地，而漳河、滹沱河加重了它的灾难，但洪水之后，又因太行山的阻隔，这里空气十分干燥，极度缺水。沙质土壤不利水土保持，春来时，别的地方都漾青泛绿，冀州却旱风吹拂，极少下雨。到了夏季，又炎热多雨，沙质土地很快将地上积存的雨水渗光。那些低洼的地方，是古代葛荣陂故地，盐碱严重，地上到处都是白花花、松软的盐碱土，要么就是硬壳一样的碱土，踩上去，尘土飞扬。

土地不养人，人们为了生计，就背井离乡，到外地去要饭。历任州官都无力改变这个严峻的现实，冀州成了直隶最头疼、最棘手、最贫困的地方。吴汝纶决心改变这里的现状，可这又谈何容易。他让几个水利专家跟随他，沿着漳河、滹沱河流域考察了一番，接着，把冀州的地图打开，让人测量地势和河水之间的落差，可是，这两条河流的引流工程太大，且水位太低，没有提灌设备无法完成。于是，吴汝纶又考察了滏阳河，发现这条河流可利用的价值较大，如果把渠道修好，充分利用雨季，河水的蓄积和调控，就可以改变这里的缺水状况。

吴汝纶筹集资金，组织民众，开始在沿途开渠建闸，大水时可以泄洪到滏阳河，缺水时引滏阳河水灌溉土地。一时间，冀州百姓称赞吴汝纶是治水的"李冰"。贺涛在《冀州开渠记》称颂道，"水既有归，田皆沃饶。今七八年，所获涪蒎所费。而夏秋水盛，舟楫往来，商旅称便，州境遂富"。吴汝纶改变了冀州的现状，让清澈的滏阳河水流入干涸的土地，流入百姓的心田，水给冀州带来了商机与繁荣。所以，贺涛的文字，忠实地记录了吴汝纶的功绩。

商业的繁荣，百姓们安居乐业，不等于冀州就太平了。冀州从元朝时起，就作为陪辅京都的"畿内巨州"，一直为路（元）、府（明）、布政司（清）直辖，故称之为"直隶冀州"。这里，一直为王公贵族们消闲玩乐之地，地痞流氓猖獗于街巷和乡村地头，百姓们敢怒不敢言。吴汝纶发现这一情况后，决心给这里的百姓一个安稳的生活环境，整治那些黑恶势力。于是，州府贴出告示，让各级官吏把他的意图贯彻到位，对那些罪大恶极的要犯，该抓则抓，该判则判，而他"以听断为主"，"每月讼狱，约在四五十起，庶冀穷民少清讼累，不为胥吏所鱼肉"。吴汝纶整治社会治安采取标本兼治，他下令各级官吏督导到村，各村要办理联庄，互通情况，群防群治，让冀州的社会偷盗和寻衅滋事的地痞无赖没有生存的土壤。

吴汝纶清正廉明，处事果断，其勤政能政，处处为百姓着想，也为人们称赞。在他的眼里，民众之事无小事。他在给张裕钊的信中写道："目下境内蝗蝻迭起，凡去秋被水之处，往往皆有。旬日以来，日日逐村督捕，虽尚系初起，扑灭不难，而民间各惜禾稼，恐遭践踏，不顾虫灾，专以讳匿为计,虽严惩不改,以此疲于奔命,真有日不暇给之势"[1]。吴汝纶一心为民,勤于政事,由此可见一斑。

吴汝纶担任过两任知州、一任代理知府,熟知"今人为官发财之术",自己却"不求善地,不羡美仕,等贵贱于一量,委升沉于度外……为贫而仕"。清廉是他人生的重要准则,清廉为官,清明做人。尽管清廉让吴汝纶近乎赤贫,但他的内心和精神却是极大的富有。他认为,为百姓甘苦若饴,而为一己之私,"吾若欲所意……万万不可"。

四

光绪二十四年(1898),清政府推行新政,下诏建京师大学堂。此时,吴汝纶已辞官九年,他无意进取仕途,到保定莲池书院当了山长。作为桐城派后期的领军人物,他敏锐地感觉到时代的变化。他提出新旧教育并存的观点。这一见解比起改良派的主张更具有可行性和先导性。这与吴汝纶广交外国有识之士,汲取新的思想观念有关。"吾喜与西国人往来,见其室图,百数十法,随所择用之,不颛颛故常也。"[2] 在具体实践中,吴汝纶大胆地在莲池书院开设新式学堂(西文学堂),这是按照西方的教学理念开办的学堂,延请外籍教师,

---

[1] 郭立志,《桐城吴先生年谱》,民国雍睦堂丛书铅印本。
[2] 施培毅、徐寿凯校点,《吴汝纶全集》第2册,第122页,合肥:黄山书社,2002年。

设置外语、欧美历史、化学和体育等课程,这在当时是闻所未闻的,比光绪诏令各省书院一律改为学堂要早两年。

吴汝纶在保定莲池书院期间,结识了传教士李提摩太。这位英国传教士学识渊博,思想活跃,对中国文化很感兴趣,也早就闻知吴汝纶的大名。吴汝纶对待李提摩太的态度,与很多官吏不同,他不是排斥洋人,而是注重交流,细心地感受中外文化差异。他发现这些西方人身上散发着工业革命带来的新鲜气息,而少有陈腐的等级意识和门阀之见,教育理念上注重培养学生独立的人格,在知识的灌输上,注重系统性、科学性和实用性,与中国传统的古板、僵化、陈腐的儒学教育理念完全不同。吴闿生在《先府君事略》中就生动地记录了吴汝纶与林乐知和李提摩太的交往过程,他写道:"先君喜结外国人与欧美名士,上下议论,意气勤勤恳恳,见者无不倾倒,英美人林乐知、李提摩太之属,皆慕交先君,美教士路崇德尝语人曰:'吾见中国人多矣,学识襟抱,未有万一及吴先生者,真东方第一人也。'"① 吴汝纶与这些外国友人交往,注重讨论问题,比较中外文化差异,洞悉世界发展的大势,但更多的则是学习到西学知识,大开了眼界,触动了他对当时教育现状的思考。吴汝纶在莲池书院开设新式学堂时,聘请英国牧师贝格耨以及日籍教师中岛裁之来授课,教

---

① 吴闿生,《先府君事略》,《吴汝纶全集》第 4 册第 1157 页附录一,合肥:黄山书社,2002 年。

授英语和日语，讲授欧美历史，让学子们耳目一新。新式教学注入了欧美工业化国家新的思维和意识，使书院学风开始转变，学子们在对比中感受到清王朝的落后和腐败无能。

吴汝纶与西方友人的交往，让他具有了广阔的国际视野，逐渐对政治、教育、科技、卫生形成了自己独特的西学思想。他认为，政治上应该向日本学习，走富国强兵、富国利民之路。明治维新让日本发生了深刻变化，而变化则来源于引入西方工业国家的教育理念和人才培养方式，所以，他呼吁"若中国变法，取而鉴之"①。在教育上，他倡导西学，废除科举，重视学校，培养人才，这是国家强盛的根本。

1902年，吴汝纶出任京师大学堂总教习，随即带领方槃君、史恕卿和李光炯等人去日本考察，随行的翻译是中岛伯成。中岛伯成和吴汝纶相识于保定，他知道保定莲池书院是直隶培养人才的地方，也是桐城文派在此最有影响的地方。吴汝纶执掌书院，他的很多弟子，如范伯子、姚永朴、贺涛等都是桐城派后期的中坚力量。与此同时，他将日本的教育状况和社会发展状况介绍给吴汝纶，同时也将中国的历史文化以及吴汝纶本人介绍到日本。吴汝纶对中岛伯成非常赏识，聘他在莲池书院教授日语。

吴汝纶到日本，在长崎上岸，引来朝野各界数千人欢迎。

---

① 吴汝纶，《答王西渠孝廉》，《吴汝纶全集》第3册第161页，合肥：黄山书社，2002年。

在 118 天的考察中，先后访问了长崎、神户、大阪、西京、东京等地，日本外部、文部均派官员陪同，日本天皇破格接见，这对于一个五品官来说是极其罕见的，由此可以看出吴汝纶在日本的影响。一些文化、教育、学术界精英慕名而来，他们组织各种欢迎会、座谈会，向他请教，或探讨中国儒家文化和桐城派的一些问题。有位叫菊池晋的学者，特意邀请吴汝纶来寓所晤饮，因吴汝纶考察日程安排紧密，他竟然等候了 7 个多小时。当他们相见后，在寓所饮酒赋诗酬唱，遂成为知己。

在日本的考察，让吴汝纶感慨甚多，他写信给管学大臣张伯熙，说："教育与政治有密切关系，非请停科举，则学校难成，前既屡面论之，此事终望鼎力支持。"他主张普及教育，"使中国妇孺知文，即国民教育进步也"[1]。他全面地考察了日本的幼儿园至大学，理科至文科，工科至师范学校，将考察情况整理编为《东游丛录》在日本印刷出版，介绍日本明治维新后教育兴国的经验。与此同时，他将日本的考察结果付诸实践，回国后创办了以西式教育理念为主的桐城中学堂，并题写了"后百十年人才教育胚胎于此；合东西国学问精粹陶冶而成"的对联，表达了他对家乡教育和学子们的深切情怀。

---

[1] 吴汝纶，《答国字改良部干事小岛一腾》，《吴汝纶全集》第 3 册 398 页，合肥：黄山书社，2002 年。

吴汝纶由于操劳过度，1903年9月12日，因病溘然离世。他的日本弟子兼桐城中学堂日文教授的早川东明十分悲痛，作了一副挽联：

六十老翁，毅然赴东海遨游，学界破天荒，为支那教育独开生面；

二百年来，默焉数南洲物望，耆儒世不出，桐城古文派更属一人。

这副挽联准确地概括了吴汝纶人格的伟大和学识的渊博，以及对中国近代教育的巨大贡献，同时，早川东明还设计了中日合璧的桐城中学"半山阁"藏书楼，以纪念这位伟大的教育家。

一 媒介

夏志清夏济安书信选刊

季进　王洞　编注

1. 夏志清致夏济安（1962年4月25日）

济安哥：

　　信两封和在Las Vegas寄出的卡片一张都已收悉。这两个星期我忙着写那篇《水浒》paper，一口气写了四十页，现在把它整理成二十多页的文章，但negative criticism太多，措辞较困难，恐怕听众不服也。文章两三日内可整理完毕，那时再写长信。因为恐你悬念，先写这封短信。

　　李钰英的事，你处理得很恰当，你愿意资助她来美，很好，但她能否出国，还是问题。我上封信上把这种事看作"天作之合"，亟望有"奇迹"的发生，但这种奇迹是不大可能的。假如我还没有结婚，父母帮我做媒，我想我自己也要缓词拒绝他们的好意的。所以我那封信，凭一股热情，乱说了一阵，很使你读信后，被perturbed了一阵，是很不应该的。

可能我写信时明知你不会答应这段婚事的,所以敢放胆乱说。最近父亲有信来,觉得李小姐个性方面不妥处很多,已由母亲和李小姐谈妥,把此事作罢了。父亲写信时,还没有看到你的覆信。父亲信下次附上。(胡昌度太太最近逝世,也是致命于胡世桢太太一样的那种脑病。)

你和世骧夫妇去玩 Las Vegas,玩得很痛快,甚喜。Desert Inn 的 show,美女如群,是纽约看不到的。在纽约 nude girls 根本不能上台,night clubs 只有一两家大的,以前 Billy Rose 的 Diamond Horseshoe 都早已关门了。你喜欢沙漠地带的气候,Harley 对 desert climate 也极爱好,住在沙漠地方,可体会到宇宙之静穆,结庐人境而无车马之喧,人真可变得性平气和了。纽约城实在是 hell,住在那里,我的 nervous system 一定变得更坏。上星期我去看了一场 burlesque,因为 Mai Ling 又在登场,离开 Pgh. 后,没有机会再看到她了。Mai Ling 貌不美,但身体很结实,她挂二牌,头牌是 Justa Dream,是 blonde。她们两位真是一丝不挂,裸体跳淫舞,是以前我所没有看到的,但戏院极挤,观众极下流,comedy skits 都听不入耳,到这种戏院去,实在是受罪。月前 *Time* 介绍 Mexican border 几个小城,专供美国军士娱乐,你有机会,倒可到那些地方去 seek adventure。

春天到了,气候很和暖,Pgh. 城树木不少,有些开着花,看了很有鲜艳的感觉。我们去看一次 flower show,希

［奇］怪花车有不少。枇杷树放在热带室，室内开放了暖气，humidity 极高。江南有枇杷，大概 humidity 要比美国与日本诸城高得多。哥大房子没有消息，大概非得自己去纽约一次不可。建一身体很好。隔两天再写长信，专颂

　　春安

弟　志清　上
四月二十五日

2. 夏志清致夏济安（1962 年 5 月 2 日）

济安哥：

　　《水浒》一文写好了，今天晚上翻看《企鹅英国文学史》 *The Modern Age* 消遣，的确如 Walter Allen 在 *N.Y. Times* 上所说，是 Leavis 徒子徒孙包办的 enterprise，想不到 Leavis 在目前英国徒弟这样多，但 Leavis 只管英国文学，对欧洲文学有仇视态度，美国批评界近况也不大熟悉（他赞许的有 Winters, Trilling 两人），比起 Eliot 来，实在没有做"一代宗师"的资格。Eliot 一直着重全欧的文化和文学，使人扩大眼界，Leavis 只着重英国的几个大诗人，大小说家，approach 实在较狭，而企鹅文学史执笔诸公，把他的每句话，都当作经典，岂非怪事？Leavis 我一向佩服，从他的文章里，得益匪浅，但他学问不够广，也是

事实。最近他大骂 C.P. Snow，我特找出 *Spectator*[①] 那一期把全文读了，他骂 Snow 骂得很有道理，他是文化界"俗气人""官僚派"的代表。但 Snow 的小说，我一本也没有读过，不能发表什么意见。

我就要准备写"妇女与家庭"。这种应酬文章，我不预备多费气力，但材料总得要找一些。匹大中共书籍太少，无法做研究。在 Berkeley 时，参观你的办公室，中国文学作品你们 Centre 搜集了不少，可否你选择几本与"妇女家庭"看来似乎有关的小说、选集之类（作者也似较有名的），寄几本给我作参考（邮寄可用 Special Handling 的 rate，较快，而邮费不大）。1949 年前的妇女家庭我了解得很透彻，1949 后的作品我实在读得不多也。丁玲、赵树理的作品，我已由 interlibrary loan 去借，所以你不必寄来了。《水浒》一文打好后，当寄上，Indiana 大学前两日有信来，paper 限半小时读完，我的 paper 可读一小时半。伦敦的 conference 大约也只要半小时读完的 paper（见到 Birch，可问问他，我预备写封信给他），准备了长 paper，也无法读完。下星期我们要去纽约，研究一下 housing 的情形，哥大如无 apartments 可出租，寻房子必大伤脑筋。在哥大时，可能把全套《人民文学》借来翻看一下。

[①] *Spectator*（《旁观者》），英国著名记者罗伯特·润特尔（Robert Stephen Rintoul）创办于 1828 年的政治文化周刊，是英国历史最悠久的周刊之一，主要发表政治、文化、时事评论，也发表一些图书、音乐、影视方面的评论，其政治立场偏向于支持保守党。

多看了旧小说，新小说的文字觉得很生硬，没有兴趣多读。

前信曾托问《毛姆短篇小说集》，不知你已向台湾通信否？附上彩色照片五张，是二月间摄的，父亲看到后说建一瘦了，那时她病后，也难怪。现在她已长得很结实了。照片上可看到我们所住 apartment 布置及 apartment house 的外形。印度小孩是邻居 Epen 的千金。父亲信上讨论李钰英的问题的一段，剪了寄给你，不必寄还了。

上星期四下午我去 apply for passport，passport 今天（星期三）收到。华府办事如此迅速，令人吃惊。Kennedy 大约很讲究 efficiency，但他的"小暴君"面目已完全露出来了，Cuba 和 Big Steel 两事对照，正可看出他"欺内惧外"的胆怯心理。你近况想好，长信隔两天再写，即请

近安

弟 志清 上
五月二日

3. 夏济安致夏志清（1962 年 5 月 5 日）

志清弟：

两信并照片父亲来信都已收到，悉一切平安，甚慰。上海李女士的事这样了结，亦是不差。我做人所企求的是心境平和，谁能帮助我保持心境平和的，我总是感谢的。

你的《水浒》一文已完成，很好。关于《水浒》可说的话很多，要挤在半个小时内说完，的确是大不容易的。中共治下的"妇女与家庭"，那实在是太难的题目了。

……（以下有删节）

我现在乱七八糟的东西看得很多，除《人民日报》外，还看了二十卷陈诚的 microfilm——有关江西共产（1931—1934）的资料。我初看是为了"Five Martyrs"研究之用，后来完全为了好奇。我们的 Center 举行过一次座谈会，请我和 Hoover Library 的吴文津来报告该 Collection 的内容。吴文津（Eugene Wu）为人很好，帮了美国学者很多的忙。那天的报告我看出来我同他的 approach 的大不同。吴文津为人亦很谦虚的，但一报告起来，俨然是 authority 的样子，一副指导别人研究的样子。该 Collection 是 Hoover 花了很大的心血弄来的，当然要暗示：研究中共江西 period，非此莫由的。我在报告前，亦做了一篇讲稿，怀疑该 Collection 的用途（因 70% 以上是新八股，并不新奇，并无多大研究价值的），后来怕得罪吴文津，没有说。我所讲的倒亦很有趣：一是强调我在这里不懂，在那里不懂——我只是草草地把机器摇过一遍，实在并未做什么研究也；再是约略介绍江西苏区的生活情形。相形之下，我的 approach 是我个人的，我的报告中有我的个性在；而吴的报告则是一个学者的报告而已。在美国做学者很多人是把个性抹煞的——如张琨等。

你批评Kennedy是小暴君，很得当，但我在U.C.有个印象：U.C.一些年轻有为教授，有意无意地都是在学Kennedy。或者说，Kennedy是这一类人的代表。这一类人很smart，讲起话来头头是道，但绝不谦虚。他们最为enjoy的，是authority——在学校里的发言权，对于foundation的影响，以及在学术界的权威等。得到这些东西后，他们很引以为乐。对于学问本身的兴趣，似乎反居次位。因为他们如真爱学问，至少应该承认the little known, the unknown vast等也。尤其对于研究中共一门，非得人人谦虚不可，因为中共过去和现在搞些什么，实在无人知道得完备或清楚。我们现有的evidence，我称之为archaeological evidence，实在是鸡零狗碎得很，谁敢说是把他们的"底细"都"摸"清了呢？我是个satirist, psychologist, moralist，见之自然很觉amused，但我同他们并无利害冲突。我的朋友们得意了，对于我自然是只有好处的。(陈世骧还是中国旧式读书人那样的厚道，不是那一类人。)

我现在闲事少管，生活可说是以intellectual life为主。我能注意的，和你似稍有不同。我在文学方面花的工夫实在很少。我现在的野心是想写一部《中国革命史》，把辛亥前后以来，中国人的无知莽撞以及牺牲等，好好地写一部大书。但我亦很贪求享受，写大书太吃力，非有人逼着，很难写出来。其实要写这样一部书，我还算是个合适的人。我的长处是 sanity，对各方面的了解，亦相当够，而且很肯做 research，只是怕吃力。

最近看的书，有本 Meridian Book，*The Varieties of History*①，很好，集印了很多大史学家的文章，很开眼界，很多人的文章亦写得好。还有一本 Vintage Book，Stuart Hughes② 的 *Consciousness & Society*：*The Reconstruction of European Social Thought, 1890—1930*——欧洲在那个时期的思想，很是丰富（Croce 和 Mussolini 的关系，很想［像］胡适之与老蒋），可是对于同时期的中国思想的影响很小。还有一本 *Freud & the 20th Century*（Meridian），里面亦有很多好文章。还有一本 *Freud：The Mindof the Moralist*，似还不够深刻。我的兴趣主要还是在 ideas 方面。看看这些东西，再想想中国近代社会，觉得有很多话可以说。

程靖宇的《独立论坛》于今天收到。封面上的题词，大约是从我那篇文章里转录过去的。我那篇文章，冒充是香港

---

① *The Varieties of History: From Voltaire to the Present*（《历史的多样性：从伏尔泰到现在》），由著名历史学家、哥伦比亚大学教授 Fritz Stern（弗利兹·斯特恩，1926—2016）编选，纽约 Meridian Books 公司初版于 1956 年，后多次重印。

② H. Stuart Hughes（斯图亚特·休士，1916—1999）美国历史学家，代表作有《美国与意大利》（*The United States and Italy*）、《意识与社会》（*Consciousness and Society: The Reorientation of European Social Thought, 1890—1930*）。

一个学生写的,批评五四时的前辈,反而捧蒋介石,大约不对他们编委会的胃口。其实不登亦好,我很怕再发表中文文章,甚至不愿贱名在中文报纸杂志出现(你上次剪寄的《海外论坛》把我吓了一跳;后来看,没有出大乱子,方才放心),但程靖宇盛意难却,只有用这个办法使他不敢向我要稿子。《独立论坛》封面上的"自由,民主,科学"和下面的"成见不能束缚,时髦不能引诱"实构成强烈的讽刺也。个中道理,程靖宇是不会了解的。(程靖宇强调你的"博士"和"主任",亦很可笑。)

最近电影看了不少。*Experiment in Terror*[①] 你大约猜得到我很快会去看的,但并不顶紧张。法国片看了两张 Fernandel,两张 Jean Seberg[②]：*Breathless*[③] 亦不够紧张。*Five-Day Lover* 中,Jean Seberg 非常之美,她头发留长了好看得多。她说法文另有一功,我都会学她了。非常细腻,描写爱情之熟练,好莱坞是达不到的。Fernandel 并不特别发松,不知怎么胡里胡涂的我把他的片子(来过美国的)大约都看全了。他的法文腔调我亦很喜欢模仿(可惜无人欣赏)。Debra Paget[④] 最近和孔祥

---

① *Experiment in Terror*(《昼夜惊心》,1962),惊悚片,布莱克·爱德华兹导演,福特、雷米克主演,哥伦比亚影业发行。
② Jean Seberg(珍·茜宝,1938—1979),美国女演员,代表作有《圣女贞德》等。
③ *Breathless*(《欲海惊魂》,1960),法国电影,让·吕克·戈达尔(Jean-Luc Godard)导演,贝尔蒙多、珍·茜宝主演,UGC 发行。
④ Debra Paget(德博拉·佩吉特,1933—   )美国女演员,代表作有《十诫》(1956)、《铁血柔情》(*Love Me Tender*,1956)。

熙的儿子结婚。(*The Bridge* 很好。Rhoades Murphey 说，我的"Five Martyrs"像这个电影里的故事。)

希望你们在纽约找到很好的房子。胡昌度所住的附近并不太脏，只怕 Joyce 没有地方玩。像我这里（Berkeley）那种闹中取静的街，花树多，纽约恐怕是很少的。反正你同 Carol 都很 energetic，在纽约花几天工夫好好地找吧。吃饭是我主要的乐趣，纽约的中国饭是不比旧金山差的。再谈专颂

近安

济安

五月五日

［又及］台湾好久未写信去，今天一起发出一信给吴鲁芹，讨"毛姆"之书与《文学杂志》。

4. 夏志清致夏济安（1962 年 5 月 7 日）

济安哥：

寄上《水浒》文一篇，请指正，有几段译文，可能不妥，请查原文对照，如有译错之处，可以早日改正。全文把《水浒》批评得很凶，读者可能不服，但文章已太长，优点无法多讨论了。Indiana Conference 大概只好读 Section I，SectionII 可否能出［在］Conference Proceedings 内注销，尚成问题。Section I 所讨论"fiction"和"history"两个 concepts，我觉得

很有道理,虽然我举例不够,说理恐怕也不够清楚。Section II 使我想到周作人《人的文学》,周氏兄弟曾大骂旧礼教、旧文学残酷不通之处,想不到我和他们有同感。我觉得《水浒》的 sadism 实胜其他小说。

前日收到程靖宇的《独立论坛》,杂志内容很单薄,一半倒是文摘,两篇讨论胡适的专文,也毫无见解,看来程靖宇朋友不太多,杂志似不易维持。预告上把我大捧,居然不出你所料,"……博士原著"等字样,看看很肉麻,倒是你笔名投稿较妥。程靖宇的"书评",想必也是乱捧一阵,不会有什么道理的。隔两天即去纽约一行,星期四动身,星期六返。即祝

近好

弟 志清 上
五月七日

5. 夏济安致夏志清(1962年5月9日)

志清弟:

前日寄上这些书:

(1)《女副社长》
(2)《吕玉华和她的同学们》
(3)《杜大嫂》

(4)《双喜临门》

(5)《第一年》

(6)《新中国的新妇女》

(7)《中国妇女第三次全国代表大会文献》

(8)《1957年短篇小说选》

(9)（上海）《十年短篇小说选》（上、下）

(10)《苦菜花》

(11)《创业史》（第一部）

其中长篇小说不多，有些长篇小说描写的似皆为1949以前的社会，与你所要写的题目不合。这批书中有些是non-fiction，可能亦有点参考价值。

Birch给我电话说，MacFarquhar已决定请我去英国，题目是《中国文学中的"英雄"》。这个题目比你那题目好写多了，盖大陆任何小说中皆有"英雄"也，但是好好地写一篇文章亦不容易。大陆的小说我从未看过，现在得好好地看了。我劝你不妨骂中带些幽默（英国的环境亦许不便大骂）——虐待妇女破坏家庭是太明显的事，不必骂，其罪状自见。

关于出国事，移民局方面我已去打听过，毫无问题。照我现在身份，我一年可以出国四个月，只要不去东柏林就可以。

现在要谈谈我们的旅行计划。世骧和Grace可能亦从东部起飞；我到东部来join你，一起飞最好。你八月中在匹次堡抑纽约?

到欧洲去，我们预备去逛哪些国家？（亦许得跟世骧他们分手）我得报告移民局。法国是总该去看一下的，虽然据说巴黎在热天毫不好玩。西德和意大利如何？

这次他们请我是完全出于你的推荐。我虽然当初并不起劲——我是不喜欢"挨上前八尺"①的，但是既有请帖来了，我还是非常高兴的。和你一块作长途旅行，当是极大的乐趣。Carol 和 Joyce 是否一起去？她们一定亦会 enjoy this trip。

论文总得写 20 页——预备一个钟头讲的。这个研究加上我的"公社"，是够我忙一阵子的了。你如没有空，请不要写长信。假如我们能一起去，一路上可有说不完的话。再谈。专颂

近安

济安

五月九日

[又及] 哈佛有个研究生 Mrs. Merle Goldman②写信来借我的《鲁迅》一文，我手边只有一份原稿，其中涂改颇多，footnotes 又添了许多，不便借出。她可能写信来向你借，你

---

① 吴语方言，意思是水平不够还要逞强出头。
② Merle Goldman（戈德曼，1931—），美国中国史研究教授，哈佛大学博士，曾任教于韦斯利学院和波士顿大学，代表作有《共产中国的文学异见》（*Literary Dissent in Communist China*）、《在中国播撒民主的种子：邓小平时期的政治改革》（*Sowing the Seeds of Democracy in China: Political Reform in the Deng Xiaoping Decade*）、《从同志到公民》（*From Comrade to Citizen: The Struggle for Political Rights in China*）。

如有，不妨借给她。

6. 夏志清致夏济安（1962 年 5 月 15 日）

济安哥：

　　知道你也要去英国，大喜。TWA 已同我接头，我预备八月十一日下午（or evening）的飞机，十二日晨抵伦敦。TWA 和你接洽时，你最好也定这一班。八月中我们早已搬到纽约了，你可先乘飞机到纽约，玩两天，我们一同起飞如何。我暑期工作相当紧张，预备 conference 结束后，再玩一个星期，在欧洲多留恐怕没有时间，巴黎我是想去的，西德、意大利也应去一看，假如有时间的话。你可在欧洲多玩一些时候，玩三个星期也是值得的。

　　上星期四我们开车到纽约，星期五晨即找到房子，是学校的房子（Apt.63, 415 W. 115th St. N.Y.27），房租特别廉，仅 102 元（Rent Centre 的规定：tenant 换一次人，房租可涨价 15%，那 apartment 的 tenant 住了 18 年，房租仅八十多元，所以我们的 apt. 特别便宜），地点在 115 号街上，between Morningside Drive and Amsterdam，离哥大极近，对我是极方便的。Joyce 可能进附近一家圣公会办的小学（St. Hilda's School），功课较紧，不知她吃得消否？此外，有 teachers college 自办小学 more progressive，不大讲究读书，或者对她较适合。Apartment 在顶高一层六楼，二间卧室，一间 living room，一间 study，kitchen 较大而无 Dinning Room，对我们当适合。较大较好的公寓房子，大概非 200 元以上租不到。我们这次运气很好，Housing Bureau 恰有两个 vacancies，暑期开始后，抢的人多，恐怕就不很容易。

书一大包已收到了，谢谢你找到这许多材料，对我很有用，我从哥大借到了十年以来的《人民文学》(1960 年后的匹大有)，这两天一期一期翻阅，极感兴趣，可惜 distractions 较多，不能专心研究"妇女"问题。有一期吴兴华发表了两首诗，同期沈从文写了一篇文章。看了不少小说，觉得艾芜的几篇超人一等，真是大不容易。他的《百炼成钢》想也可一读。艾芜抗战期间和 1949 以前写了很多自传小说，我没有读到，我想他在我书内是 deserve 一个 chapter 的。师陀有一篇也不错，自己的 style 还没有走样。那些新人的技巧文字都是较拙劣的。小说对"妇女"并不太注重，讲的莫非他们结婚和生产努力问题，"家庭"都是新旧冲突的家庭，新家庭生活情形如何很少提到。文章中我预备多讲一些丁玲，她的个人主义的被打击，也是妇女自由的打击。

《水浒》一文想已看过，第一节立论如何，请多指教，因为可能有不妥的地方。重读一遍，发现 compel 拼为 compell，也是自己脑筋昏乱。Merle Goldman 如来讨文章，当转寄。

Hans Bielenstein 据 de Bary 说是 Karlgren① 的高足，有人说他曾在加大读过，不知世骧认识他否？房子事情，我叫 Carol 和你通信。我们六月中旬搬家。再谈，附父亲、焦良来信，即颂

近安

弟 志清 上
五月十五日

7. 夏济安致夏志清（1962 年 5 月 29 日）

志清弟：

来信与大作收到多日，一直未覆，甚歉。大作非常精彩，关于《水浒》的话，胡先生已隐约提到，现在你"直言谈相"，把它的 inhumanity 彻底地分析，实在是极其需要的工作。我相信这是很多人藏在心底下的话，给你一说出来，眼目为之清爽。五四时代，对于"下等人"，有种肉麻的抬举；其实下等人是真正会吃人的（鲁迅恐怕还看不到这一点），所谓礼教吃人，倒还不过是象征性的说法而已。

---

① Karlgren（Bernhard Karlgren 高本汉，1889—1978），瑞典最有影响的汉学家、语言学家，曾任哥德堡大学教授、校长，一生著述极丰，研究范围包括汉语音韵学、方言学、词典学、文献学、考古学、文学、艺术和宗教。他运用欧洲比较语言学的方法，探讨古今汉语语音和汉字的演变，创见颇多。代表作有《中国音韵学研究》(Études sur la phonologiechinoise)、《中日汉字分析字典》(Analytic Dictionary of Chinese and Sino-Japanese)、《古汉语字典》(Grammata Serica Recensa) 等。

……(以下有删节)

有本怪书,希望你将来能评它一下。《荡寇志》是另外一种 wish fulfillments,把草寇一一杀死(林冲、武松二人恐怕死得还不惨,足见作者俞某对他二人还有同情)。我已三十年未看此书,大约布局很花工夫。但后来索然无味,因为那些寇反正一一都要杀死,故事结果已经讲明,小说就不紧张了。(书里的"正派人物",亦不可爱。)

金圣叹把《水浒》剪到 70 回(71 回),实在是有了不起的胆识。《水浒》是越到后来越不行,70 回后简直是毫无精彩(除了燕青等)。《水浒》亦肯定了些东西:强盗的义气等。这些东西竟然能掩改[盖]了许多不人道的事,而仍旧受到广大的读者的欢迎。《水浒》的 reputation 实在是中国社会一个很特殊的现象。

中国对于淫妇的痛恨,是三种阶级共同有之者:一、士大夫;二、农民;三、都市流氓。而《水浒》里面的人物之痛恨淫妇,恐还在他们痛恨昏君与贪官之上。一般人把中国社会硬说它是受儒家的影响,是很不透彻的。孔子与较激烈的孟子,似乎都并不痛恨淫妇。宋儒反对"失节",但似乎并无 sadism 成份在内。中国实际的 puritanism 不知道是从哪里起来的?有一本通俗小说(我未看过)《倭袍》[1](刁刘氏),恐

---

[1] 即《倭袍传》,清代禁毁小说,弹词底本,全名《绘图校正果报录》,八卷一百回,作者不详。《倭袍传》讲述了两个故事,一是唐家倭袍的故事,另一个是刁刘氏与王文的恋爱故事。

是根据实事（当时的 yellow journalism）写成。刁刘氏骑木驴游街，详情我亦不知。但木驴游街古时的确有此刑罚（这是"民意"！），刁刘氏大约是全身赤裸的，驴的生殖器放在女人的生殖器之内，游行四门，任人观览。中国这一类有关淫妇的故事与实际的刑罚，值得好好地研究一番（周氏弟兄对于这种事情，大约知道得很多）。"民意"视之当然，小说里写得再残暴，读者亦就不以为怪了。

上面只是些拉杂的意见。我劝你大胆地把你的《水浒》研究发表——文字很得体，我已看出来你已经尽力地设法要替《水浒》回护，但是回护不了；思想清楚而有力——这是有功世道人心之作也。（亦即真儒家精神）

你和 Dubs 的论战亦已看到。你的文字很有分量，你比 Dubs 有礼貌多了，但是你的打击他还是受不了的。那天我们谈起此事，世骧和 Levenson 等都早想打击 Dubs，现在由你来出马，他们都很高兴。Dubs 我是不知其为何许人，但看他文章，此人学者的风度很不够。

我最近忙得不可开交，但文章写不好，亦是无可奈何之事。那篇"公社"的论点，将是：公社失败原因之一，是语意学的混乱（Semantic Confusion）。党的干部（大部分低级的，一部分高级的）与农民（大约是全部）都不知道公社是要搞些什么。他们越不懂，生产越失败。我来写此文，自己先得把"公社"弄懂——这就是件很吃力的工作；再则硬做把我的知识和 Semantics（我只看过两三本很浅的书）配合起来，亦是 tour de force 也。这篇文章在短期内是写不好的。其次是到英国去宣读的文章，尚未开始。他们如限时缴卷，我是只好不去了。Birch 以前曾让我缓缴，因此我才较定心，如逼紧了，我只好不去。他们通知得太晚，我文章来不及写，亦是无可奈何之事。反正我做人无可无不可，决不为贪着去英国，把自己赶得焦头烂额。我总是想：这种会，以后大约还会有；今年不去，还有明年后年也。

你那篇妇女家庭大约快写完了吧？我的飞机票倒已定好，8月10号同世骧与 Grace 从金山起飞，走 Polar Route。如去成，当同你在英国见面。Levenson 下学期得 Guggenheim 奖金，去英国休假，他太太是英国大富之家（犹太人），在英国有房子，8月间请我们（有你）去玩。返美后，再在纽约住几天，欣赏一下你们的新环境，参观一下哥大。你们公寓已找到，价亦不贵，闻之甚慰。建一学堂事，我主张进圣公会。读书紧一点，使人的精神可以焕发（唯一缺点，是伤眼睛，女孩子读书读出近视眼来终是不好），否则一天到晚，精神散漫，神无所属，对于身体亦未必是好。我过去得肺病后，读书——就病人来说——还是相当用功的。这精神的支撑，还是日后健康的基础。

你们又要搬家，Carol 又将大为忙乱，甚为系念。希望这次以后，好好地住定在纽约，一直到自己买房子为止。世骥他们最近在 Berkeley 山上，买了一幢很漂亮的西班牙式房子，花木极多，松柏青翠，环境十分幽静，样子就像我们在 Monterrey 17-Mile Drive 一带所见者相仿。价 33,000，不贵。他们原有的房子，已经 18,750 卖掉。他们大约在 7 月间搬家。

我在 Settle 的房子已找好。暑假时，Berkeley 之屋，我要保留，免得搬来搬去麻烦，因此将出两面房租。如去英国，则将把两面的房子都空出来了。暑假时，如有朋友来住我可以让给他们住。

我大约 6 月 15 日飞 Seattle。事情应该很乱，但我亦不去想它。

你如有关于 Heroes 与 Model Characters 的材料与感想，请随时摘录（打成英文最好），只要断断续续的就够，三四页即可。文字不必求工整。你的零碎数据，可以成为我的正菜。寄来了，可省我很多时间。我现在一脑筋的公社——牵连到公社以前的农村合作社组织——没有工夫去想"英雄"也。

别的再谈，专此敬颂

近安

济安

五月廿九日

8. 夏济安致夏志清（1962年6月19日）

志清弟：

　　长途搬家，加上到 Indianan 开会，想把你忙累了。我于六月十五日晚飞抵西雅图，但行李被误送至 Los Angeles，十六日（星期六）我在家等了一天，等行李送来。

　　新住公寓 1404 N.E.42nd St. Apt.316 Seattle Wash.，房子很宽敞，离学校很近。只是对门有一家 All Night Café，半夜以后，总有一群不良少年在彼集合，骑 motorcycles，总有五六辆，骑士穿黑色皮 jacket，上有白铜钉，很像一群小 Nazis（看过 Marlon Brando 的 *The Wild One*① 没有？）。他们倒守规矩，只是 motorcycles 的引擎太响，他们又来去无定。每十分钟似乎总有一辆车来或去，引起很大的响声。我两晚被他吵得睡得不好，星期天写了一封信给警察局。信写好了，但现在习以为常，不觉过闹，所以信亦没有发，免得跟他们结仇。

　　马逢华最近为了招待远客（来看 Fair 的），很忙。我已跟李方桂他们去过了一次 World's Fair，觉得毫无道理，你看了（你是反对机器文明的，何况 Fair 里所展览的机器文明亦很简陋）大约会起反感。最有趣的是五十国的小吃摊子——价廉物美。只是每次进去要两元门票，加上我没有车——否则真

---

① *The Wild One*（《美国飞车党》, 1953），拉斯罗·本尼迪克导演，白兰度、玛丽·墨菲（Mary Murphy）主演。哥伦比亚影业发行。

想把五十国一一的吃遍。

关于公社，做了很多 research，文章没有写完。到这里又得搁下，开始弄"英雄"。我看中文书极快，已看完一部长篇小说：吴强①的《红日》。Berkeley 寄来的大批书籍尚未到，预备再看三四部长篇小说，就预备动手写了。大致将讨论战争中的英雄（如《红日》）与生产中的英雄（什么书尚未定，亦尚未看），要点已定，讨论不难。文章最难两点（一）言之有物；（二）言之成理。那篇"公社"，我搜集的材料太多，可是真相我还是茫然，所以很难写。讨论几部大陆小说，问题简单多了。

去伦敦开会的全部名单我昨天才看见，才知道李祁写"战争"，杨富森（原在 Seattle，现在 U.S.C.）写"工人"。他们如何写法，我不知道，但是我的"英雄"一定要侵犯到他们的领域的。

《红日》里亦有几个妇女，没有一个是有趣的——压制爱情，鼓励男人打仗，崇拜英雄等，这些 qualities 你早已知道，用不着我来谈。《红日》不是一部好小说，但篇幅长（约 500 页），作者难免透露一些"人情"的弱点。像这样一种长篇的历史战争小说，最值得谈的还是书中的"历史观"，而其"历

---

① 吴强（1910—1990），原名汪大同，江苏涟水人，早年参加左翼作家联盟，抗战爆发后投笔从戎。后曾任上海市文联副主席、中国作协上海分会副主席等职。代表作有《红日》《堡垒》《三战三捷》等。

史观"和马列主义的历史观是不会完全一致的,其间的歧异就大可做文章。

你到伦敦去念的文章,不知有没有讨论"婚姻法"?这在某一时期应该是很重要的。大陆新出女作家,其中有"茹志鹃"①一名(冰心女(士)在《人民日报》上曾作文捧过她)似很重要(我没有读过她的东西),不知你曾提及否?

做你的文章的 discussant 的人是时钟雯②女士,她和刘君若是 Stanford 两个女博士,出身英文系,而在教中文的。为人方面,刘似乎是属心高气傲一型,下学期将去 Vancouver,接王伊同③;王伊同(常州人)到 Pittsburgh,我和王伊同相当熟。时较天真,她对中国东西恐怕知道不多,这次她要去伦敦讨论"公社与合作社",她真是茫然无从下笔。我对于公社,虽然已经 follow 了好几年,但如问我公社在文学上如何反映,我亦说不出来。她来请教,我亦曾和她瞎谈谈。她将要讨论你的文章,我亦曾提起茹志鹃的名字,希望你稍加准备。

我是讨论 Boorman 的 "Conditions of Writing in Communist China"。Boorman 对此不知如何写法?我亦得好好准备一下

---

① 茹志鹃(1925—1998),上海人,祖籍浙江绍兴,早年参军,在军区话剧团和文工团工作,1955 年从南京军区转业到上海,任《文艺月报》编辑,1960 年起转为专业作家。代表作有《百合花》《高高的白杨树》《静静的产院》等。
② 时钟雯,曾翻译关汉卿名剧《窦娥冤》,亦是其博士论文《窦娥冤:〈窦娥冤〉的翻译与研究》(*Injustice to Tou O: A Study and Translation of Tou O Yüan*)。
③ 王伊同(1914— ?),字斯大,江苏江阴人,1942 年受聘于金陵大学,后留美获哈佛大学博士学位,执教于匹兹堡大学直至退休,代表作有《五朝门第》《南朝史》。

这样一个大题目，施友忠写"Old Writers"，预备讨论三个人：茅盾、巴金和沈从文。

世骧的论诗，我已看过，为篇幅所限，他只能讲冯至、李季①、戈壁舟②等三人极少数的诗。他的论点，conscious use of metaphor 倒是很要紧的。

我定7号（8月）飞回旧金山（旅费由伦敦出），10号和世骧他们从金山飞越北极到伦敦，大约要比你先到。到英国后的旅行计划尚未定。无论如何，我要到纽约来玩几天的。

关于"英雄"，我自信已经有很多话好说（虽然目前还只看了一部小说），所以你如忙，可以不必把你的材料转让给我了。别的再谈。专颂

近安

济安

6月19日

［又及］Carol 和 Joyce 搬家后，辛苦如何，甚以为念。

---

① 李季（1922—1980），原名李振鹏，河南唐河县人，曾任《人民文学》副主编、《诗刊》主编、中国作协副主席、书记处常务书记等职。代表作有《王贵与李香香》《生活之歌》等。
② 戈壁舟（1915—1986），原名廖信泉，四川成都人，曾任《群众文艺》编辑，代表作有《别延安》《延河照样流》等。

9. 夏志清致夏济安（1962年6月29日）

济安哥：

6月19日信已收到，知道你已安抵Seattle，甚慰。寓所对门那些少年夜间太闹，我想你在那里住了一月搬家较妥，反正你没有什么行李。

我们6月12日搬的家，当晚到纽约，在King's Crown Hotel住了两天，行李到后，即搬入新居。Apt房子较旧，有蟑螂，但地点很静，我们在六楼，被同样的公寓房子包围着，连街上的车子声音也听不到。搬家时Pittsburgh已很热，我只穿了单薄的夏衣，把sport coat, sweater等都让搬运公司搬了，不料在King's Crown两天天气较凉，受了寒。星期六，我到West Point去参加婚礼，有些咳嗽，但当日即痊愈了。过三四天到Indiana去开会，咳嗽又发作，多浓痰，当时精神很不差，后来返纽约后，看医生，知道我患了bronchitis，这星期大多时间在家里，服了anti-biotics药片，差不多已痊愈了。我星期五读paper后，同Potsdam同事（暑期在读研究院）吃午饭，到他寓所坐了一下，因为blow nose太用劲，大出鼻血，是离开Yale后第一次出鼻血。

Indiana校园真大，新建筑真多，比你55年那时更多了很多limestone的大楼，我省钱住了quadrangle女生宿舍内，早晨出去开会后，就无法再回到room休息，很不智（李田意等都住在union）。这次开会中国人到的有田意、陈受荣[1]、吴经熊、黎锦阳［扬］、Stanford 两位小姐等。David Chen 也在那里，刘绍铭[2]现在印大读比较文学，做招待员，很忙。还有一位梁实秋的学生吴岭，以前专攻 Hamlet，现在也在读比较文学，他们两位年纪轻，都把我当老师看待，向我请教。刘绍铭以前在《文学杂志》写文章，我以为他年龄该同我们相仿，想不到他入"坑"如此之早。他有志来哥大。吴岭说你的书籍家具还在台大寓所内，何不把家具卖了，房子退了，书籍寄美国来？

这次东西大会，印度人、日本人、高丽人较多，中国人读 paper 的，除我外，仅吴经熊一人（黎锦阳［扬］星期六晨讲些作家经验，我没有听到），吴是写英文前辈，但英文讲得很简陋，满口"You Know""You see"，不登大雅之堂。他不慌不忙讲了一个半点［钟］头（讲 Justice Holmes[3]），听众都很寡。李田意是我 panel 的 chairman，他介绍我的时候

---

[1] 陈受荣（1907—1986），广东人，1937 年获斯坦福大学博士学位，后长期任教于斯坦福大学，曾任亚洲语言系主任，代表著作有《中国国语入门》（Chinese Reader for Beginners:With Exercises in Writing and Speaking）、《基础汉语》（Elementary Chinese）等。
[2] 刘绍铭（1934—），广东惠阳人，生于香港，笔名二残，1960 年毕业于台大外文系，曾与白先勇等人创办《现代文学》，1966 年获美国印第安纳大学比较文学博士学位，代表作品有《旧时香港》《曹禺论》《二残游记》。
[3] Justice Holmes，即 Oliver Wendell Holmes（奥利弗·霍姆斯，1841—1935）大法官，他是美国著名法学家，1902 年，罗斯福总统提名霍姆斯为联邦最高法院大法官，直到 1932 年退休，被公认为美国最伟大的大法官之一。

故意加些讽刺，想不到多年在 Yale 也算朋友，他气量这样狭窄，不能容人，我去哥大，地位和他相仿，以后避免和他有什么来往。他介绍我的《小说史》，说这本书 at once popular and... 想了半天，用了个"scholarly"字结句。我序上提到他的"delightful conversation"，其实是客套，我只问过他和作家有什么来往，从不和他讨论文学上的大问题。不料他借题发挥，满口谎话，说我们谈话何止"delightful"而已，往往 engage in violent argument，几乎打架。藉此可以证明他对中国近代文学是权威，而且我的意见都是靠不住的。李田意已升正教授（大约是印大争聘的缘故），自己不常写 paper，而常做 panel chairman，学了一些考据方法，以前读的西洋文学早已忘掉，平日靠"交际""捧要人"巩固自己的地位，想不到内心如此险恶。我回纽约是和他，和 Donald Keene 同机的，Keene 为人 shy，不大会交际（但书读得不少，已把 *Ship of Fools* 读过了，我就没有这许多时间），所以同路没有什么好谈的，相当乏味。

黎锦阳［扬］胖胖的，文学方面大约没什么修养。问问他近年中国人写英文小说的，他都没有听到过。他写作材料愈写愈枯，我看是没有什么前途的。最近他为香港电影公司写了个剧本，由黄宗沾①摄影。陈受荣为自己叹气，大骂 Nivison②（他在会上的 concluding speech，英文出口成章，讲的很漂亮）。中国人因陈受颐《文学史》被 David Hawkes③ 大骂，大家抱不平，好像洋人和华人 sinologists 是势不两立的。Hightower 将在 *Harvard Journal of Asiatic Studies* 登载的 review，有人也看过，也是骂的很凶。（JAS 本来请李田意评《文学史》的，但他既怕得罪洋人，又怕得罪华人，所以 decline 了。）柳无忌也在写《文学史》之类，前车可鉴，心中大约很慌张。他为人和李田意不同，相当厚道，对我大约也很有些佩服。他的学生把我的书都读过了。有的学生还提出问题，向我请教。

---

① 黄宗沾（1899—1976），美籍华人，广东台山人，一生拍摄了130多部电影，两次获得奥斯卡金像奖摄影奖，被誉为电影史上最具影响力的十大电影摄影师之一。代表作有《原野铁汉》（*Hud*）、《玫瑰纹身》（*The Rose Tattoo*）、《老人与海》（*The Old Man and the Sea*）等。
② David Shepherd Nivison（倪德卫，1923—2014），美国斯坦福大学荣休讲座教授。1953年获哈佛大学博士学位。长期任教于斯坦福大学，教授中西哲学和古代汉语，曾任哲学系主任、美国东方学会主席，对中国古代思想史、西周系年有着深入的研究，代表作有《行动中的儒教》（*Confucianism in Action*）、《章学诚（1738—1801）的生平和思想》（*The Life and Thought of Chang Hsueh-cheng,1738—1801*）、《〈竹书纪年〉解谜》等。
③ David Hawkes（戴维·霍克斯，1923—2009），1945年入牛津大学学习中文，1948年来北京大学学习，1951年回国。此后长期任教于牛津大学，从事中国文学翻译。从1970年开始，以10年时间，翻译了《红楼梦》前80回，并由其女婿闵福德（John Minford）译完后40回，完成了西方世界第一部《红楼梦》120回本的全译本。此外，还出版有《楚辞》英译（*Ch'uTz'u: The Songs of the South, An Ancient Chinese Anthology*）等。

印大教初级中文的是郅玉汝[①]，你在 Yale 时也见过他，他添了一个男孩，相貌极清秀，他还没有资格卷入 politics，所以生活很幸福。另外有中共专家 Peter Tang[②]，脸黝黑，带黑边眼镜，不像安徽人，他为人很 shy，今夏在印大教书。

《水浒》一文的 discussant 是刘君若小姐，她见我有些怕，所以也不敢批评什么，作了一番大体上同意的赞美。刘小姐"心高气傲"，我有同感。时女士也出席，她的确较天真，是 St. John's 的英文系，Ph.D. 是在 Duke U. 拿的（thesis 写的是 Spencer）。她也向我问了关于"公社"的材料，她要我把文章先寄给她看（summer 她在哈佛读书）。我自己打的文章，只留了一份底稿，现在叫哥大添印两份，一份寄给她，一份寄给你。我这篇文章，仅用短篇小说作材料，research 比较省事。但《婚姻法》也谈到，茹志娟的小说也引了两三篇，我在《人民文学》1958 年看到茅盾写文章捧她，所以对她注意（冰心捧她，可能在茅盾之后）。她的小说在英文本 *Chinese Literature* 已有译文了，我也看到。我文章讨论最详细

[①] 郅玉汝（1917—2016），河北人，1940 年毕业于北京大学，1965 年获印第安纳大学博士学位，长期任教于印第安纳大学东亚语言和文学系。代表作有《陈独秀：其经历与政治思想》（*Ch'en Tu-hsiu: His Career and PoliticalIdeas*）、《高级中文报刊阅读》（*Advanced Chinese Newspaper Readings*）、《陈独秀年谱》等。

[②] Peter Tang，即唐盛镐（1919—？），安徽合肥人，主要研究国际关系、政治学，1952 年获哥伦比亚大学博士学位，先后任教于华盛顿乔治敦大学、波士顿学院等，代表作有《今日共产中国》（*Communist China Today*）、《中共反对现代修正主义的斗争：理论与实践》（*The Chinese Communist Struggle Against Modern Revisionism:Theory and Practice*）等。

的是 1956 年的小说《本报内部消息》,刘宾雁①此人以前不见经传,但那篇小说写得很卖力,女主角黄佳英我认为是茅盾早年和丁玲小说许多女主角同样的是热情理想家,正和中共普通女英雄成了个对照。有一篇小说,因为女主角是韩国人,我没有讨论,你可以一读。路翎②的《洼地上的"战役"》,文章极好,颇有同海明威 *Bell Tolls* 相似之处,有不少心理描写,主角是王顺、王应洪老少两英雄,很明显的是父子关系。小说载《人民文学》1954 年三月号,曾被大攻击,是清算胡风派的导火线。我以为《战役》和《本报内部消息》是两篇最 solid 的近乎中篇的小说。《消息》是反右运动时大受攻击的。我看的都是妇女小说,有一篇《铁姑娘》是报导文章,但铁姑娘她们一小组人苦干的情形,读后令人发指,她们是"劳模",你可以一看。文载《人民文学》1960 年 or 1961 年的一期。艾芜的短篇文艺水平较一般小说高。他的长篇《百炼成钢》你可以一读,大约一定是较好的小说。它可以代表 industrial workers 英雄,正和《红日》代表战争中的英雄一样。伦敦 conference,我曾写信 MacFarquhar 要辞掉做 discussant 的

---

① 刘宾雁(1925—2005),吉林长春人,作家、记者,曾任人民日报社记者、中国作协副主席,代表作有《在桥梁工地上》《本报内部消息》《第二种忠诚》《人妖之间》等。

② 路翎(1923—1994),本名徐嗣兴,原籍安徽无为,生于江苏苏州,是七月派的重要作家。曾任职于南京中央大学、中国青年艺术剧院、中国戏剧出版社等。1955 年受胡风冤案牵连,中断写作 20 多年,一直到 1980 年平反。代表作有《饥饿的郭素娥》《财主底儿女们》等。

责任。今天他回信，要我和 Birch 换一篇文章。既然逃不了做讨论员，我已覆信答应 discuss 李祁的 *War Stories*（Birch 讨论杨富森的《工人》），我对两个题目都是外行，但李祁对中共文学看得多，比较靠得住。

哥大中日文系搬家，搬进旧法学院址 Kent Hall，地方大得多，我和蒋彝同 office，书架 shelves 已装好，明天可以搬书去。Joyce 住在纽约相当不惯，小朋友太少，要 Carol 和我伴着玩。她上学后自己可以看书，情形当可改善。搬家时，我曾伴她看了一张电影 *Whistle Down the Wind*[①]，是 Hayley Mills 主演的，她把一个 criminal 看作了耶稣，故事还可以。昨天看了 *Road to Hong Kong*[②]，有一段 Bing & Bob 在 Rocket 上吃香蕉极滑稽。Bing 看来很衰老，精神远不如 Bob Hope。附近饭馆 Shanghai Café 已变成低级饭馆，中国人绝少去，黑人倒不少。小菜和此前相仿，但少加盐和酱油，淡而无味。附近最好的馆子是"天津"Restaurant，布置很 modern，味道也很好。

"公社"那篇东西把你累死，用 semanticist 的眼光看中共是相当吃力的事。马逢华处我去了一封信，请问候。我 JAS 和 Dubs 论争发表后，赵冈有信来，说明为什么吴世昌认为

---

① *Whistle Down the Wind*（《剧盗柔肠》，1961），英国电影，福布斯（Bryan Forbes）导演，据贝尔（Mary Hayley Bell）同名小说改编，米尔斯（Hayley Mills）、伯纳德·李（Bernard Lee）主演，J. Arthur Rank Film Distributors 发行。
② *Road to Hong Kong*（《香港奇谭》，1962），英国喜剧，诺曼·帕拿马导演，平克、鲍伯·霍普主演，联美发行。

"脂砚"是曹竹碉是不可能的。我信上没有肯定赵冈的theory是绝对准确的，因为问题实在复杂，我自己没有作研究，无法肯定他的theory。我劝他写信给Murphy纠正吴世昌的错误。赵冈在胡适临死前，文字上已正式有了论争。不多写了，即颂

　　暑安

弟 志清 上
6月29日

10. 夏济安致夏志清（1962年7月2日）

志清弟：

　　多日未接来信，甚念。今天接到来信，大喜。并由刘绍铭寄来了Indiana的开会日程，各人讲些什么东西，大体亦有点知道。你辛苦后，犯出鼻血气管支炎等，尚望善自珍摄。我已看了五部大陆长篇小说：吴强：《红日》；杨沫[①]（女）：《青春之歌》；梁斌[②]：《红旗谱》；周立波[③]的《暴风骤雨》与

[①] 杨沫（1914—1995），原名杨成业，湖南湘阴人，生于北京，早年参加革命，1963年起成为北京市文联专业作家，曾任北京作协副主席、北京市文联主席等职，代表作有《青春之歌》《东方欲晓》等。
[②] 梁斌（1914—1996），原名梁维周，河北蠡县人，早年参加革命，曾任河北省文联副主席等职，代表作有《红旗谱》《翻身记事》等。
[③] 周立波（1908—1979），原名周绍仪，湖南益阳人，早年参加革命，曾任湖南省文联主席等职，代表作有《暴风骤雨》《山乡巨变》等。

《山乡巨变》。文章已经开始在写，用周立波的两书作为开头，《山乡巨变》我认为是大陆文学中杰出之作，把农民在土改后分到的土地到合作社运动又要吐出来的痛苦情形，描写得淋漓尽致。该书并无英雄。我主要的将讨论《青春之歌》（很糟）、《红日》（中中）、《红旗谱》（很好）三部书。我文章题目暂定为"Heroes & Heroism in C.C. Fiction"。模范人物不讨论了（讨论了，将破坏全文的完整），免得侵犯杨富森的"工人"，侵犯李祁的"战争"，仅《红日》一部书，亦不去管它了。《青春之歌》讲的是九一八到一二·九学潮中间北大学生情形，写得毫无生气。《红旗谱》中亦有（九一八以后）学潮（保定），把学生受愚弄，饱尝苦辛的情形，直言不讳地讲出来，在大陆文学中亦是难得之作。我的方法将是 Dramatic Irony，研究言外之意；看三书在技巧方面如何写英雄与英雄事迹，发现三书对于领导都有批评（他们的英雄都不算英雄）。《红旗谱》简直是激烈的抗议。我这种写法，相当 subtle，可使人耳目一新。我这篇文章可能很精彩，假如我能言之成理的话。三书都很长，无法详细讨论，现在集中于 Heroes & Heroism 一点，反而使我写文章容易。

文章 7 月 15 日要寄出（别的书来不及看），你介绍的东西，留待以后再看。定 8 月 7 日飞返金山，在金山玩两天，10 日飞。旅馆已定在 Bonnington Hotel（伦敦）。

在 Seattle 紧张的工作（这个工作很有趣，谈起文学来比较有把握,叫我写"公社",那才是苦事!),同时应酬亦不少,所以信不多写了。曾在 World's Fair 寄给 Joyce 德国猴子玩具一只,不知收到否?你们家里有蟑螂,希望勤拍,少用 DDT,*New Yorker* 文章讲 DDT 之害的,你看了没有?别的药比 DDT 更毒。Carol 想必对于新环境很满意。我门前的少年恐怕仍旧闹,但我听惯了亦不觉得了。别的再谈,专祝

近好

济安

7月2日

〔又及〕有桩传闻不妨一谈:Hellmut Wilhelm 有一天喝得半醉之余,向人说道,全美国对于中国文学真有研究者只有六人,中外各半:洋人他自己,Mote 和 Hightower,华人乃陈世骧与夏氏弟兄云。

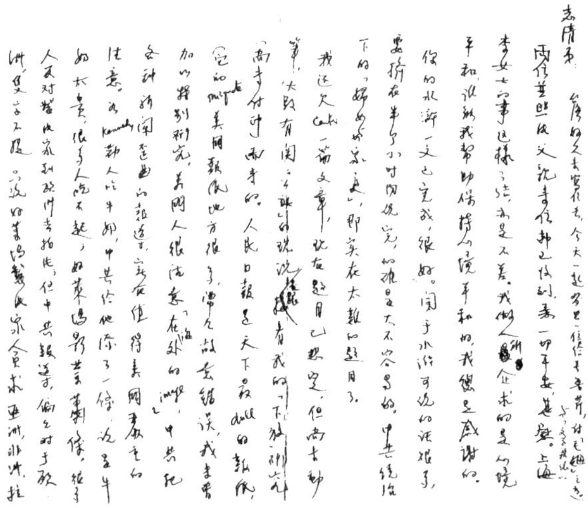

图1. 夏济安致夏志清信

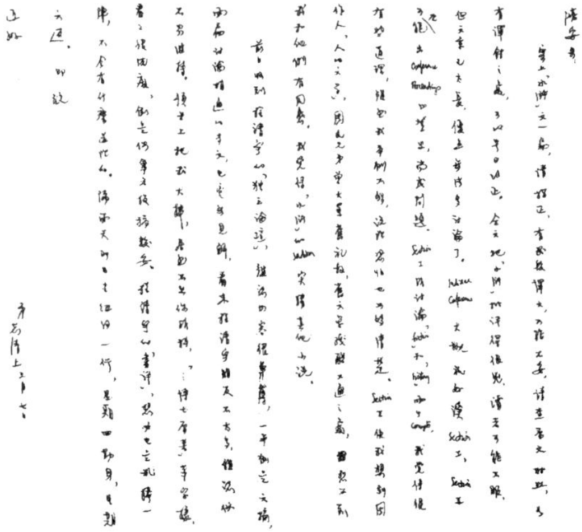

图2. 夏济安致夏志清信

李大钊与袁同礼书札六通

雷强

1918年12月21日下午2时,北京图书馆协会假北京大学(以下简称"北大")文科事务室举办成立大会,北京地区各图书馆代表到会者共计12人,讨论并通过章程、附则各六条,并选举职员。其中袁同礼(清华学校图书馆)被选为正会长,高罗题(Mr. Galt,汇文大学图书馆)为副会长,李大钊(北大图书馆)为中文书记,吉非兰女士(Miss Crilfillon,协和医学校图书馆)为英文书记。本次会议记载于《北京大学日刊》[1],因在中国近现代图书馆事业发展史上具有开创性意义,故在相关论述中常常被追溯。

---

[1] "北京图书馆协会成立纪闻",1919年1月21日,《北京大学日刊》第292号第3版。其中Mr. Galt应为Howard S. Galt,后长期担任燕京大学教育系主任,中文名通称为"高厚德",参见燕京大学编《燕京大学教职员学生名录》,1929年,第4页;Crilfillon应属排版错误,实际为Emily Gilfillan, Peking Union Medical College, *Annual Announcement* (1919—1920), Peking, April 1919, p. 8,其在协和医学校服务时间为1918年7月至1920年6月,后因结婚返回美国,参见李钟履著,《北平协和医学院图书馆馆况实录》,北平:中华图书馆协会,1933年,"序言",第2页。

1916年6月，袁同礼自北大预科毕业后，因深受清华学校王文显的赏识，前往该校图书馆工作。翌年，图书馆主任戴志骞前往美国留学，馆务遂由袁同礼代理执掌，尤其负责图书馆新厦筹建事宜。1918年1月，李大钊正式就任北京大学图书部主任，3月15日，他以图书馆主任身份携本部职员四人前往清华学校参观，李大钊就其大致经过，写下"备承清华校长赵先生、图书馆主任袁先生及各机关诸职员最诚恳之招待……袁先生由午前十一时至午后五时，耗六时间宝贵之光阴，导吾辈遍观各处，一一为亲切之说明，尤令人铭感无已。"[①]事实上，两馆此时皆在营造新厦，相互之间的学习交流十分活跃，袁同礼更是多次向母校图书馆捐赠图书[②]，与李大钊之间的通信亦随之频繁。

1987年第1期《北京档案资料》（以下简称"资料"）以排印方式刊登"李大钊给袁同礼的四封信"[③]，首次披露了李大钊与袁同礼之间的书信往来。此后，1999年出版的《李大钊文集》第五卷将这四封信收录其中[④]，但所系时间甚为不妥。笔者依据这批书信的原件与《北京档案资料》版本比对，发

---

① "通信"，《北京大学日刊》，1918年3月19日。
② "图书馆启事"，《北京大学日刊》第57号第1版，1918年1月27日；"图书馆启事"，《北京大学日刊》第65号第1版，1918年2月6日；"图书馆书目室启事"，《北京大学日刊》第125号第2张第5版，1918年5月1日。
③ "李大钊给袁同礼的四封信"，《北京档案资料》，1987年第1期，第31页。
④ 中国李大钊研究会编注，《李大钊文集》（卷五），北京：人民出版社，1999年，第279—280、288、293页。

现不仅遗漏两封，且已有四封中亦有衍字、错录、漏页等现象，故重录于下，并以时间为序，无法确定年份者放置最后，无特殊说明者皆为李大钊亲笔。

（一）

守和先生：

　　承赐各件及手示均悉。拙译国际法论呈上一册，捐赠贵馆，并乞指正。交换书籍已按单检齐，俟法科将书送到，即汇呈尊处。敝馆所欲借阅之书，容后函告。诸蒙垂爱，感何可言！以后请教之处正多，惟进而益之。匆上，即请

　　公安

弟大钊 顿首

按：此信似写于1918年3月中下旬，因15日有参观清华学校一行，而20日《北京大学日刊》即告知由北大日刊经理部交来《英文清华学报》《清华周刊》数册[①]，如此高效，颇符合袁同礼做事风格。"国际法论"应为《中国国际法论》，原作为日本法学博士今井嘉幸，李大钊、张润之合译，1915年

---

① "图书馆布告"，《北京大学日刊》第96号第2版，1918年3月20日。

7月健行社初版。国立北京大学红栏信纸。

（二）

守和先生道鉴：

敬启者，敝馆编目伊始，拟广加参考以资遵循。兹就先生前次见示之书单中检出数种，如贵馆储有是书而目前可不需用者，乞暂假一阅，即付去手，阅毕奉还。专此，即请

公安

李大钊 敬启

四月十六日

按：资料未收录此信，应写于1918年4月16日。据该年3月29日《北京大学日刊》可知，李大钊着手主持图书馆重新编目，公告校内人员"春假期内本馆拟改编书目，所藏中西文书籍必须清理一次，以资考订。凡本校教职员学生诸君，曾由本馆借用书籍者，务乞一律赐还，是为至荷！"[①] 此时，李大钊写信欲假清华图书馆编目所依据各书参考，合乎情理。该信应为文书代笔，落款为李大钊亲笔，国立北京大学用笺。

---

① "图书馆通告"，《北京大学日刊》第104号第1版，1918年3月29日。

（三）

守和兄：

　　送漱溟先翁挽联已由申府缮就送去。署兄及申府、郭君晓峰并弟四人名，人百名已不及署。惟闻漱溟尚有讣闻，吾辈或尚须送一吊帐，届时可合吾等五人共同为之。尊意云何？

弟钊　顿首

　　按：资料有衍字。该信写于1918年11月中下旬，本月10日，梁漱溟之父梁济先生自沉净业湖（即积水潭）。信中"申府"即张申府，"人百"即雷国能，"郭君晓峰"字仁林，此三人少时与梁漱溟同在顺天高等学堂求学，彼此间甚为熟悉，而梁、袁两家还是世交。[①] 不仅如此，李大钊、袁同礼、张申府、雷国能皆为少年中国学会的正式会员。北京大学西式信纸。

[①] 雷强，"梁漱溟信札四通"，《文汇学人》，2018年4月，第6版。

（四）

守和吾兄：

　　图书馆协会立案已被教部批驳。前闻人言，这是傅次长亲自批的。日昨经过教部，果然有此批示，惜当时未带纸笔，未能将他抄下。这种腾关中外的批文，应该布之中外。不日把批文抄下寄呈，如何宣布之处，乞兄酌裁。此问

　　著安

弟大钊 顿首

廿九日

　　按：资料中该信漏掉其中一页，导致言语不通，具体月份待考，但应略晚于1919年6月。"傅次长"应指傅岳棻，1919年6月6日起以教育次长代理部务。[1] 此事亦记于杨昭悊编著的《图书馆学》，第四章"图书馆协会"中提及"民国七年的时候，北京各图书馆发起北京图书馆协会，当时已经起草章程，修正通过，因教育部不准立案，加以经费困难就停顿了"[2]。至于不准立案的缘由，已公开的史料均未直接

---

[1] "署教育次长代理部务傅岳芬通告就职日期文"，参见教育部编审处编纂股编，《教育公报》第6卷第7号，"公牍"第64页，1919年7月20日。
[2] 杨昭悊编著，《图书馆学》，上海：商务印书馆，1923年，第449页。

点明。李大钊曾发表一短文："听说政府近来很麻烦'联合会'这几个字，所以图书馆联合会在教育部立案，也被批驳了。这真是一个大笑话。"[1] 此时正值五四运动高涨期，北洋政府教育部对学校集会和社团组织甚为忌惮，不予批准申请立案的协会（联合会）自是合理的解释。但，另有一点颇值得注意，此时傅岳棻恰好担任京师图书馆馆长，若以常理似不应阻碍（北京）图书馆事业发展，然而协会中骨干委员除李大钊外，或为以袁同礼为代表的年轻人，或为英美人士；虽有代表京师图书馆之会员如谭新嘉[2]、常国宪，然皆不能与傅岳棻相提并论，恐有僭越之嫌。因此，笔者认为北京图书馆协会立案被批驳，既有时局因素亦有人情成分。国立北京大学用笺。

（五）

守和吾兄先生：

---

[1] 孤松（李大钊），"大笑话"，《新生活》第6期，1919年9月28日。转引自李大钊著《李大钊文集》（下），北京：人民出版社，1984年，第92页。有学者以《新生活》所刊"大笑话"的日期判定此信写于9月29日，但笔者并不认同这一观点，因私人信件究竟在杂文刊登前后实无法判定，参见朱文通、王小梅《关于李大钊研究的几个问题——读〈李大钊文集〉札记》，《北京党史》，1997年第5期，第21页。
[2] "北京图书馆协会成立纪闻（续）"，《北京大学日刊》第293号第4版，1919年1月22日。其中，谭新嘉（1874—1939），字志贤，浙江嘉兴人，谭其骧从父，时任京师图书馆中文编目组组长。

久不晤谈，至为想念。独秀被捕，每日设法营救，稍忙，然终未有结果。各校均已放假，假期不出校么？前呈去书目一册，如欲购买，即乞与书主接洽，不则乞将书目赐还，以书主催问故也。

暑中佳胜为祝！

弟大钊 敬白

按：资料中有错录之处。据"再论问题与主义"可知李大钊于《每周评论》第31期出版后[①]离京返乡。1919年6月11日，陈独秀在北京城南新世界游艺场散发《北京市民宣言》后被捕，后于9月16日保释出狱。书目一册似指叶楚珍出售旧藏之书目，是年6月5日，北大文预科讲师程演生致信袁同礼，代李大钊介绍售书事。北京大学西式信纸。

（六）

守和先生有道：

前蒙赐访，以外出失迓为歉。兹有恳者，敝处欲令工人制一置放杂志之插斗与简片目录箱二具，因恐工人不

[①] 1919年7月20日《每周评论》第31号出版，其中刊登胡适的文章《多研究些问题，少谈些"主义"》，而李大钊所撰回应文章——《再论问题与主义》，刊登于《每周评论》第35号（8月17日出版），起始处即告知："我出京的时候，读了先生在本报31号发表的那篇论文，题目是'多研究些问题少谈些主义！'"

谙做法，特令往贵校参观，藉作模楷，乞即就该什器指示一切。琐事相烦，尚望谅宥。专此，即颂

公绥

弟李大钊 顿首

按：资料未收录此信，具体年月不可考，只能定在1918年至1920年夏之间，似为文书代笔，国立北京大学红栏信纸。

在日本佛寺寻找中国——仙台道仁寺与常盘大定

何燕生

图 1. 东北大学附属图书馆内的"藤野先生"与"鲁迅先生"雕像

提起日本仙台，中国人一般都会想到鲁迅的《藤野先生》，想到"仙台医学专门学校"，想到与之相关联的现在的东北大学。对于中国人来说，仙台因鲁迅而有名，中国人鲁迅作为仙台的一张亮丽的名片，也同时为日本民众所知晓，东北大学更因为曾经培养了中国鲁迅这样的知识精英而引以为耀。鲁迅与仙台，仙台与鲁迅，似乎已成了一对孪生兄弟。然而，当你生活在仙台，如果对周围的环境稍有留意，便会发现仙台与中国的关系不仅仅只是鲁迅，不仅仅只是东北大学。比如仙台的寺院里就有许多与中国相关的故事，且鲜为人知。

位于仙台车站东面"新寺通"的净土真宗大谷派道仁寺，就是这么一座寺院。道仁寺的正式位置是仙台市若林区新寺5丁目9-40。寺前有一条大马路，叫新寺通。从仙台车站步行，沿着新寺通，大约20分钟路程即可到达。寺院规模不大，一个小小的山门，加上一个说不上雄伟的大殿，大殿两边有两间生活住房。寺虽不惊人，但该寺以前的住持却让我非常敬仰，也正因为如此，曾吸引我多次造访，或在寺庭漫步，或在山门前徘徊思索。

图 2. 仙台道仁寺山门

　　道仁寺以前的住持姓常盘，名大定。"常盘大定"这个名字，对于佛教研究稍有涉足者，可以说无人不晓。我们不妨来看一下他的名片：1870 年生，东京帝国大学教授，著名佛教学者，近代日本中国佛教史研究的主要开拓者，生前曾先后五次到访中国，实地考察中国佛教史迹，足迹遍及大半个中国的佛教名山大刹，其考察成果《支那佛教史迹踏查记》和与人合著的《支那文化史迹》12 卷，保留了许多弥足珍贵的中国佛教寺院的照片和碑铭拓片。1945 年逝世，享年 75 岁。常盘大定的一生，为佛教研究特别是为中国佛教史的研究做出了巨大的贡献。

道仁寺出了这么一位重要人物,对于佛学研究的同行,特别是对于来自中国的佛教学者,当然充满着魅力。然而,这么一座与中国有着如此密切关系的寺院,每次只是来私下走走,还真太可惜。如果是进行一次深度的采访,说不定还能有意外的收获呢。

图 3. 作者何燕生(左)手捧常盘大定肖像与现任住持常盘义明合影

带着一种试一试的心态,我冒昧地给寺院打了电话,对方接电话的恰巧是住持,当我说明我的想法后,住持欣然答应了我的要求。

一个星期日的上午，我按照事先与住持约定好了的时间正式访问了道仁寺。

现任住持是常盘大定的孙子，叫常盘义明。在寺院一个不很大的榻榻米的和式客厅，住持接待了我。据他说，我是他接待的第一位中国学者，对于我的到访，表示欢迎，对我此次专程来查找常盘大定的资料，表示愿意积极配合。寒暄之后，我开门见山地问道："我最近一直在阅读常盘大定的《支那佛教史迹踏查记》一书，很想了解一些相关情况，比如寺院现在是否保存有常盘大定当年未曾发表过的著述，是否可以让我看看当时的手书笔迹。"住持回答说："其实，两年前，寺院里确实保存着一些拓片和手迹。我不是搞佛教研究的，也不知道这些东西的价值，正想把它们处理掉，当时寺院的一位信徒告诉我，不妨与东北大学联系一下，看他们那里是否可以保存。后来得到的消息是，他们愿意全部保存。就这样，就把寺院里保存仅有的一些资料全部捐献给东北大学了。现在寺院就剩下客厅里看到的这一点儿东西。"住持指着客厅两个矮矮的书架让我看。

书架上的确没有几本书，而且，大都是什么《佛性の研究》《中国佛教の研究》之类已经出版的书籍。这些书籍虽是常盘大定的代表作，都是名著，但在大学的图书馆也都能看得到。

然而，当住持指向另外一个书架上摆放的厚厚的几个文件夹时，倒引起了我浓厚的兴趣。住持热心地拿来几册放在桌上让我看。"支那佛教史迹写真集"几个黑黑的字，非常醒目。"这难道是那著名的《支那佛教史迹踏查记》的图片集吗？"我迫不及待地问住持。住持说："是的。应该是全的。不过，这些照片的底片也都一起捐献给东北大学了。"

我喜出望外，如获至宝似的翻看着每个册子。我数了数，共有七册，每个册子的封面上都贴有一个标签，两行字，用碳素墨笔写的，比如"支那佛教史迹写真第五集"，"天台山・黄梅・青州・五台山"。我从第一册开始，边翻边看。

图 4.《支那佛教史迹写真》第五集

尽管这些照片都在后来出版的《支那佛教史迹踏查记》中看到过，因此有的非常眼熟，然而，它们都是成书之前的样子，我感觉非常新鲜。从每一张被整理过的照片，我看到了作者常盘大定作为一个学者一丝不苟的认真和细心。而且，当年粘贴的糨糊大多仍然紧紧地与照片粘贴在一起，完好而无脱落。令我深感意外的是，这些拍摄于100年前的照片，除少部分照片的边角颜色发黄了外，大部分都非常清晰，有些照片就像不久前冲洗出来似的，光泽如新。当年日本的照相机技术和冲洗技术，在世界上应该是一流的。据了解，收入《支那佛教史迹踏查记》中的照片，有些似是常盘大定自己拍摄的。若事情果真如此，那么，常盘大定的照相水准，也应该达到了专业程度。我不由得感叹：常盘大定不仅学问做得好，如果他选择做摄像工作，也应该是一流的吧！

图 5. 何燕生与常盘义明在确认《支那佛教史迹写真集》

住持所说的将保存在寺院的常盘大定大部分资料捐献给东北大学的事情，我事先有所耳闻，并且从东北大学的相关人员那里了解到，东北大学拨出专款，请了一家公司对底片进行了处理和修复，效果很好。住持说，当时除底片外，还把保存在寺院的常盘大定当年在中国各地现场拓的碑铭拓片以及当时收集的字画等，也一并捐献给东北大学了。这是一批非常重要的资料，特别是在今天，更加弥足珍贵。因为，很多碑铭后来遭到了毁坏，有的根本就不复存在了。

据我了解，东北大学很重视道仁寺捐献的这批常盘大定的重要书稿资料，他们组织相关的专业人员进行整理，编排目录，将全部的拓片和字画手迹书稿进行了影印，并装订成册，名为《东北大学附属图书馆所藏中国金石文拓片本集：附关联资料》（2013年）。共收录拓片381枚。不过，该书除了常盘大定外，还收录了其他人收集的金石文资料。这也许是该书书名的由来吧。然而，从便于利用和查找的角度讲，把常盘大定分开，独立成册，似乎更合理一些，更利于研究。因为，所收录的东西，常盘大定占了大部分。因此，这个书名，似乎有点欠考虑。这是题外的话。

图6. 道仁寺山门旁之"常盘大定之碑"

据现任住持说，道仁寺其实是常盘大定从东京帝国大学退休后居住的地方，在此之前，常盘在东京有一个寓所，他一直住在东京。不过，东京的寓所曾在1924年的"关东大地震"中遭遇过火灾，大部分资料在那次火灾中被烧毁了。住持还告诉我，保存在道仁寺的常盘大定藏书和与中国相关的资料，除上述一部分捐献给东北大学收藏外，还有一部分收藏在仙台的东北福祉大学图书馆。那么，收藏在东北福祉大学的那部分具体是一些什么内容？是否得到了整理？我没有进行了解，不得而知。

随后，住持带我来到山门口，向我介绍石碑。道仁寺在山门旁边为常盘大定立了一个纪念碑，名之"常盘大定之碑"，约2米高，非常醒目。碑文用汉文写成，撰者是东京帝国大学著名汉学家盐谷温（1878—1962），撰于昭和22年（1947）。记叙了常盘大定的生平和主要业绩。我站在碑前，通读了全文，觉得撰者盐谷温的汉文功底很不错，不像日本有些碑文的汉文，过于日本式，显得生硬，中国人读起来总不免感到别扭。盐谷对常盘学问特征的把握，也算到位，比如开头第一句说："世之论日中亲善者多矣。然或以政策，或以利益。其信道深、操志固而忠信笃敬如常盘大定师者，未多见也。"我们知道，常盘大定虽是东京帝国大学的教授，但他同时是净土真宗的僧侣，有他自己的宗教信仰和宗教情怀，并不是一位纯粹的所谓客观研究者。他五次前往中国，实地考察中国佛教史迹，除了学问上的需要以及当时日本国家环境等一些外在的原因外，还与他作为一个佛教徒的宗教感情不无关系。因此，盐谷在碑铭里这样评价常盘大定，我认为是较为中肯的。

看完碑文，我向住持辞别。接着又一个人在这座小小的寺院走了走。现任住持的生活区间是大殿东侧的一栋一层的房子，生活兼寺务所，大殿的西侧是供信徒活动的一间房屋，叫"同朋会馆"。据住持说，道仁寺其实是在二战后因仙台市区改造的需要，从两公里之外的仙台另一个地方搬迁到这里来的，所以这一带的地名叫"新寺"。寺里看不到一般日本寺院里常见的"墓地"风景，也是这个原因。也许是由于这个缘故，我每次来道仁寺，总是感觉不到"香火"的旺盛。然而，山门外的参道和大殿前面的三棵樱花树的古老却总是令我肃然起敬。两颗垂樱和一棵"江户彼岸樱"，树龄 200 年，高高耸立；它们的存在，似乎显示着这座小小寺院不一般的内涵，似乎在向人们讲述着不同寻常的故事。

图 7. 道仁寺内的三棵樱花树

写到这里，我想起了当年常盘大定邀请铃木大拙来道仁寺做客的事情。据我从其他资料上了解到，常盘大定与关野贞合著的《支那佛教史迹》有英文版行世，书名"*Buddhist monuments in China*"，出版社为"BUKKYO-SHISEKI KENKYU-KWAI"，即"佛教史迹研究会"，很可能是常盘大定自费出版的。未写译者名字，不过，据日本学者考证，译者其实是常盘大定自己和铃木大拙。关于铃木大拙参与该书英译的事情，铃木在自己的日记里有记载，始于大正 14 年（1925）3 月 7 日。第一卷完成于大正 15 年（1926），第二卷完成于昭和 3

年（1928），第三卷完成于昭和5年（1930），第四卷完成于昭和8年（1933）。而且，还了解到翻译地点多半是在东京，或者借与铃木有关联的镰仓的禅寺，其中也有一次是在仙台附近的温泉，二人从东京坐车过来，住在温泉一起翻译。在铃木返回东京的前一天，常盘便邀请铃木到道仁寺住了一宿。铃木大拙当时是东京的学习院大学英语教师，曾协助常盘大定英译《支那佛教史迹》一事，迄今鲜为人知。不仅如此，铃木大拙曾经还"挂单"于仙台的道仁寺，这更是不被人知晓的逸事。

其实，道仁寺鲜为人知的故事还不止这些。几年前，我曾从相关史料中发现常盘大定晚年有过在道仁寺建一座"支那佛教史迹馆"的想法，并且常盘还致函日本外务省"对支文化事业部"，希望政府能给予资助。那是昭和12年（1937）的事情，在给外务省的信中，常盘介绍说，自己担任东京帝国大学教授，研究中国佛教史，特别是曾经冒着生命的危险，五次踏查中国佛教的遗迹，采集到了大量的史料和碑文拓片，为了报答佛恩，感谢中国佛教的法乳之恩，希望能在自己的故乡仙台道仁寺建立"支那佛教史迹馆"，信中还附上了预算表和完成后的示意图。这件事给我留下了深刻的印象。事情后来的结果，当然是没有获得批准。因为从当时日本国内的时局特别是与中国的关系看，这种计划是很难得到实现的。昭和20年（1945），常盘大定逝世。常盘希望在道仁寺建一座"支那佛教史迹馆"的愿望,终究未能实现,这当然是一件非常遗憾的事情。然而,作为道仁寺住持的常盘大定在晚年曾为自己毕生为之奋斗的中国佛教史迹踏查事业的传承有过更为宏大的设想,这个故事,恐怕知道的人并不很多。

"如果道仁寺里有一座'支那佛教史迹馆',那该是一个什么样的情景呢?如果仙台在'鲁迅故居'之外,还有一个与中国相关的'支那佛教史料馆',那又该是一个怎样的情况呢?"尽管对已经过去的历史容不得我们做假设,只能接受,但在道仁寺住持常盘大定关于在道仁寺建设"支那佛教史迹馆"这件事上,我还是愿意去做一些有趣的遐想。那天,我回到家,好像已经是下午了。

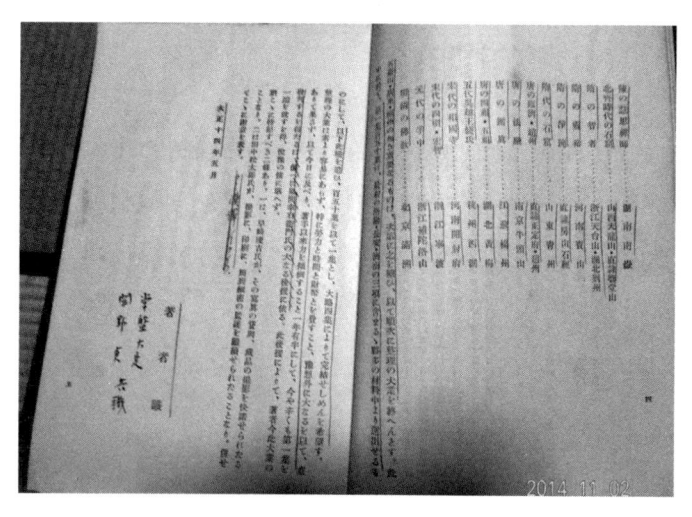

图 8.《支那佛教史迹评解》校对稿。红、黑字系常盘大定手迹

图 9.《支那佛教史迹》中的湖北黄梅"五祖山（东山）"照片

2014 年 11 月 10 日初稿

2018 年 6 月 13 日修订定稿

历史的回响，记忆的旋律 ——《沼泽战士》

韦凌

Die Moorsoldaten

音乐总是能够表达被禁言而又不应因此而沉默的内涵。

—— 雨果关于莎士比亚的文论

2020 年 1 月 27 日，在位于今天波兰境内的奥斯维辛集中营（Konzentrationslager Auschwitz-Birkenau）举行了解放 75 周年的庆典活动。来自近 50 个国家近 200 位幸存者以及政界和社会各界人士参加了纪念活动。

1945 年 1 月 27 日，苏联红军解放了奥斯维辛集中营。在这里，纳粹德国采用工业化、科技化的手段杀害了 110 万至 150 万人。其中 90% 为犹太人，另外还有辛提和罗姆人、同性恋者以及政治异见人士，等等。在被运至这里的受害者中，

80% 被直接送进位于比克瑙（Birkenau）的灭绝营瓦斯间，立刻遭到屠杀。

2020 年 1 月 27 日上午，德国总统施泰因迈尔在会见了三位奥斯维辛集中营的幸存者之后，与他们共同启程前往奥斯维辛，参加纪念活动。每年在这里的纪念活动都是以幸存者为中心，尽管常常有各国的领导人参加，但他们仅仅是众多到访者之一。奥斯维辛集中营的幸存者、94 岁高龄的大卫·列文（David Lewin）再一次回到这个人间地狱。在这里，17 岁的他失去了自己的兄长。他在讲话中陈述道，"那时候，我受到的痛苦，今天依然还在作痛。"斯坦尼斯拉夫·扎拉夫斯基（Stanislaw Zalawski）在发言中指出："今天，我依然还能听到那些绝望的呼喊。我见证了人类因为信仰、因为疾病而受到杀害的时代，见证了为了维护尊严和不堪虐待而自杀的惨状。"尽管再次来到这里意味着重温生命中最最黑暗的年代和失去亲人的痛苦，尽管这些幸存者今天都已是八九十岁高龄的老人，但是，他们还是从世界各地前来参加 75 周年的纪念活动。他们当中不少人都是一个大家族中唯一的幸存者。他们就是要向世界呼吁，不能让纳粹灭绝人性的暴行以任何形式、在世界的任何地方重新上演。

图 1. 奥斯维辛集中营的来访者往往会自发地留下
无法付诸语言的哀悼与反思

图 2. 幸存者在"枪毙墙"前悼念七十多年前死难的难友

1月27日是纳粹大屠杀国际纪念日。每年的这一天，人们都会在欧洲不同的地方纪念纳粹德国的受害者。很多家庭都会聚在一起，翻看那些早已老旧发黄的照片，回忆受害亲人的一生。很多年轻人都会自发地到纪念场所献花悼念，中小学的历史老师们也会率领学生们到各地的集中营祭拜访问。在实地进行一场生动的历史课。人们普遍认为，恰恰正是因为很多幸存者都已经去世，不能再为我们讲述他们的经历，控诉纳粹反人类的罪行，我们更要尽我们的义务和职责，传播他们的故事，让它们成为后代的前车之鉴。尤其是在当前德国右翼，甚至纳粹思想吸引了不少追随者的时候，正直的人们就更加应当不遗余力地宣传人道精神和历史意识。

最早的集中营

在关于欧洲二战史的研究中，一个常见的误解就是，认为纳粹德国的集中营是专为迫害犹太人而设置建立的。实际上，远在纳粹政府决定针对犹太民族施行"最终解决方案"（Endlösung, 1942年）之前，甚至在1935年"纽伦堡（种族）法案"（Nürnberger Rassengesetze）出台之前，集中营便已经存在了。纳粹政府执政早期（1933年），在集中营最终成为主要用于迫害、屠杀犹太民族的工业化杀人机器之前，集中营首先是迫害共产党人、社会民主主义者、同性恋者、耶和华见证人等异见政教人士的政府机构。

人们都很熟悉纳粹政府强制犹太人佩戴在胸前的"大卫之星"的黄色标识是在1935年"纽伦堡法案"生效之后开始执行的。而在此之前，全德集中营已经开始根据囚徒的不同背景，通过缝在他们囚服上不同颜色的标识分门别类地显现他们的身份。尽管不同时段，不同集中营的标识及其复杂程度略有差异，执行的严格程度也不尽相同，但这套被称为"集中营预防性囚禁者标识系统"（Kennzeichen für Schutzhäftlinge in den Konzentrationslagern）的系统则始终存在，忠实地实现着它们"公开的身份证"的功能。

"集中营预防性囚禁者标识系统"的基本形状为一个等边三角形。红色正三角形表示囚徒为国家敌人，包括间谍、叛国罪犯、外国重要战犯及逃避兵役者。粉红色倒三角形则标识囚徒为同性恋者或双性恋者。黑色倒三角的佩戴者则被定性为"反社会人士"，即流浪者、酗酒者、女同性恋者、妓女和自行控制生育的妇女，另外，还有智障者。绿色倒三角的佩戴者为在一定程度上受到集中营管理者某种程度信任的囚徒，常常被委派看管别的囚徒。这些人本身是刑事犯，以刑事犯罪谋生。蓝色倒三角用于外国移民。紫色倒三角用于标识非主流的《圣经》研习者和耶和华见证人等非主流基督宗教组织的成员。褐色，后改为黑色三角形，表示囚徒为辛提人或罗姆人。1937 年开始，还增加了红色倒三角形，表示囚徒的身份为政治犯。他们或是共产党人、社会民主主义者、无政府主义者，或是共济会成员（Freemasonry）。不同颜色的标识上加上字母，标识囚徒的国籍：B 为比利时人，E 为英国人，F 为法国人，I 为意大利人，N 为荷兰人，等等。同时，也有两个不同颜色的三角形叠加而更加精确地标识囚徒的身份。比如，两个部分重叠的黄色三角形是犹太人佩戴的"大卫之星"；但如果其中一个三角形为粉色，就表示囚徒是犹太同性恋者；黑色倒三角与黄色正三角相叠，用来标识与雅利安人通婚的犹太人，被认为是败坏种族血脉的败类；等等。

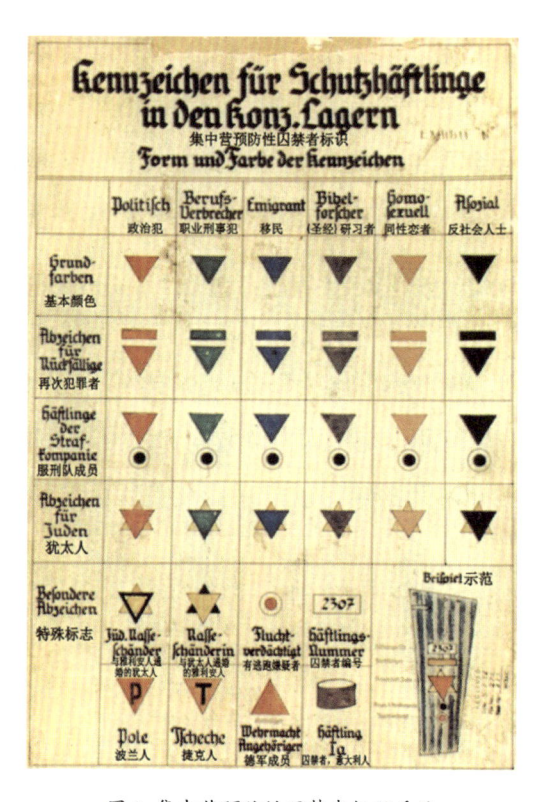

图 3. 集中营预防性囚禁者标识系统

图 4. 带有粉色倒三角的同性恋者的囚服

图 5. 带有红色倒三角的政治犯的囚服

从 1933 年开始，仅在位于德国北部下萨克森州（Niedersachsen）和北莱茵—威斯特法伦州（Nordrhein-Westfalen）交界地区，面积为 2 881.4 平方公里的埃姆斯兰（Emsland）县境内，在纳粹政府的高效组织督促下，15 座集中营在相当短的时间内建成，坡格沼泽集中营（KZ Börgermoor）就是其中之一。最初，这些集中营的功能主要是"为了保护人民"而对纳粹意识形态持异见的人士施行的"预防性拘禁"（Schutzhäft）。根据德国史学学者迪尔克·吕尔森（Dirk Lüerßen）在他题为《我们是沼泽战士》博士论文中的考证，参与建造并管理这批集中营的国家机构中并不包括司法部，因为政府认为，"出于政治原因被关押的囚徒是一个'国家安全'的问题，而不涉及'司法'问题"。这一时期，集中营中关押的犹太囚徒尚为少数。1933年6月22日，坡格沼泽集中营便已经建成并开始运行，关押了近1 000名囚徒。6月28日，当地的《天主教民众信使报》发表题为《埃姆斯兰全新集中营》的报道：

> 第一批100名囚犯已经到达德国最大的集中营。本集中营可容纳3 000至4 000名罪犯。……这座集中营目前主要关押1 000名鲁尔区受到预防性拘禁的马克思主义者。……其中大部分人将从事治理沼泽和挖掘泥炭的工作。

根据吕尔森的考察，1 000名囚徒中有90%以上为共产党人。这些囚徒每天被迫从事非常繁重的体力劳动，工作时间在8到12小时不等。他们的主要任务是治理沼泽地：沼泽排水、挖掘泥炭和修筑道路等。

图 6. 坡格沼泽集中营（KZ Börgermoor）大门外纪念《沼泽战士》的石碑。上面写着《沼泽战士》第一段歌词和副歌。Ulrich Würdemann（柏林）摄

图 7. 干燥中的泥炭

图 8. 燃烧中的泥炭

坡格沼泽集中营中聚集了大批的"政治犯",无论他们的政治观点在细节上有怎样的不同,反对纳粹暴政是他们共同的立场。由此,最为著名的集中营之歌《沼泽战士》产生于此,就不足为奇了。作为一名"政治犯",词作者之一沃尔夫冈·郎豪夫(Wolfgang Langhoff)在出版于 1935 年的《沼泽战士》一书中这样回忆自己被捕时的"手续":

在我们被捕后的第四天,一位身着便装的刑事警察来到关押所,发给我们每人一张纸条,上面这样写着:

杜塞尔多夫警察局长令:

根据 1933 年 2 月 28 日国家总统签署的法令,为了保护人民和国家,兹将你关押。无另行命令不予释放。对此命令的异议可通过行政手续申诉。

全权代表
签字①

这里所谓的"国家元首签署的法令"就是指1933年2月27日柏林国会纵火案之后,当时的总统保罗·冯·兴登堡(Paul von Hindenburg)签署的"保护人民和国家的总统法令"。此前,在1月30日,希特勒已被任命为德国总理。这里仅节选相关条款:

为了抵御共产主义者危害国家的暴力行为,参考德国宪法第48条第2款,颁布以下命令:

§1. 在另行通知前,停止使用德国宪法第114、115、117、118、123、124和153条。允许限制人身自由权、言论自由权,包括出版自由、结社自由、集会自由、邮政电报和电话隐私权。在未另行声明之前,根据传票搜查住宅、没收财产及对财产加以限制皆不受法律约束。

这项法令颠覆了德国有史以来第一部实现民主制度的宪法——魏玛宪法,废除了魏玛共和国宪法中赋予公民的权利

---

① Wolfgang Langhoff,《沼泽战士》(*Die Moorsoldaten*),科隆(Köln),1988年再版,第47页。

和自由，并成为纳粹政府上台后大肆镇压异见人士，迫害犹太民族，剥夺他们的财产和自由，关闭拒绝与纳粹政府合作的报刊和出版社的法律依据。因此，史学家们都将这一法令的实施看作魏玛共和国失败、德国过渡到纳粹专制政体的重要历史事件。并且，"杜塞尔多夫警察局长令"中"对此命令的异议可通过行政手续申诉"，而不是通过法律程序，也说明德国在纳粹党上台执政之后，在短短的时间内便已成为一个专制国家。直到1934年5月，集中营才划归帝国司法部治理，而成为"罪犯集中营"（Strafgefangenenlager）。至此，这些受到"预防性拘禁"的囚徒在未经过任何司法程序的条件下，一夜间变成了服刑的"罪犯"。而对于纳粹体制而言，这一切则无须做出任何解释，理所当然。尽管一个法西斯的专制政府违反自己制定的法律当然绝不是太过令人惊讶的事，然而，对于怀着实现社会公正、投身于工人运动的共产党人及工会领导人的工作和个人来说，无疑是一个严重的打击。

坡格沼泽集中营和它的著名囚徒

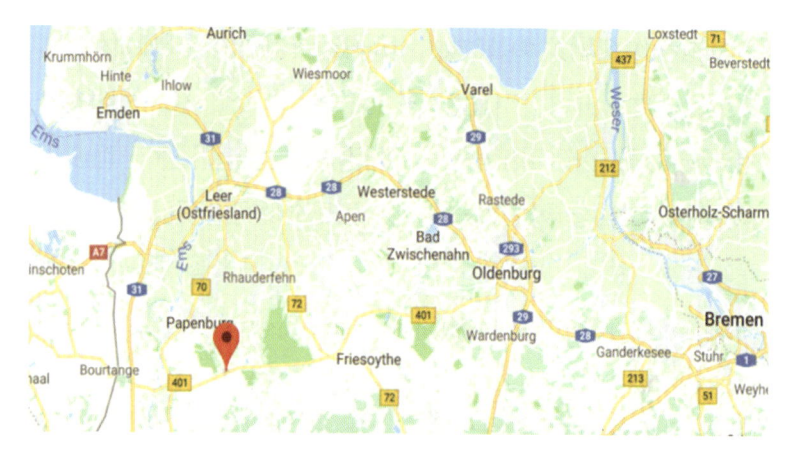

图 9. 坡格沼泽集中营的地理位置

图 10. 1936 年，集中营的囚徒在挖掘泥炭

埃姆斯兰处在下萨克森州和北莱茵—威斯特法伦州交界地区，埃姆斯河（Ems）穿流而过。这一地区遍布大片的泥炭沼泽地带。纳粹统治初期的集中营，目的在于通过集中营的强制劳动和艰苦生活，消灭囚徒的独立思想和反抗意志。在体制化了的恐怖统治下，集中营中的囚徒完全失去了所有法律应保证的权利，集中营体制的目的在于，通过各种暴力和心理的迫害将囚徒们"改造"成为纳粹顺民。如果一切"措施"都遭到失败，那么，囚徒们便会不明不白地被自杀。为了自救，反抗暴政的迫害，集中营中的囚徒们利用官方允许他们在营区内组成自治机构的机会，暗中秘密组成联络网，建立自己的组织和领导机制，团结难友，并在相当程度上成功地影响了集中营的政治行为。在这种背景下，集中营中的共产党人、工会领导人约翰·艾瑟尔（Johann Esser, 1896—1971）创作了《沼泽战士》歌词的初稿。后经共产党人、演员和导演沃尔夫冈·郎豪夫（Wolfgang Langhoff, 1901—1966）精心修改，并加上副歌，由共产党人、商业职员鲁道夫·格国尔（Rudolf Goguel, 1908—1976）谱曲。《沼泽战士》是第一首集中营之歌，也是最为著名的集中营之歌。

约翰·艾瑟尔出生于 1896 年，是一位默尔斯[①]地区

[①] 默尔斯（Moers）是位于德国北威州西部，鲁尔区的边缘地带的一座小城。

的矿工。他积极参加共产活动和工人运动,为工人争取权利,很快便成为当地的工会领袖。1933年3月1日,艾瑟尔被捕,理由是"预防性拘留"。尽管这时"预防性拘留"这一概念并未出现在任何相关法律条款之中,但却已经被普遍地当作逮捕异见人士的口实。艾瑟尔先是关在法院监狱,后被指控叛国罪。同年8月被转入坡格沼泽集中营,10月又辗转了两个集中营,1934年7月底被释放。获释后的几年中,他转向写作热情歌颂国家社会主义(纳粹Nationalsozialismus)和希特勒的诗歌。战后,他参与成立了默尔斯地区的矿工工会和能源行业公会,并出任工会领导人,1971年去世。

1908年,鲁道夫·格国尔出生于今属法国的斯特拉斯堡市(Straßburg),被捕前是杜塞尔多夫一家机械制造厂的职员,德国共产党(Kommunistische Partei Deutschlands)党员和革命工会组织(Revolutionäre Gewerkschafts-Opposition)成员。革命工会组织是魏玛共和国后期非常活跃的工会组织,主要目标在于组织工人运动,为工人谋取权益。由于投身于工会工作,1932年,格国尔被公司开除。不久之后,1933年,他便落入纳粹手中。1933年8月1日,他被关入坡格沼泽集中营。就在这个时段,他完成了为《沼泽战士》谱曲的工作。获释后,又于1934年再次被捕。由于无法忍受盖世太保的残酷审讯,试图自杀,未果,给身体带来严重的伤害。

1935 年，当他的身体刚刚康复不久，又被以"宣传叛国罪"被判十年徒刑。刑满之前又被转入两个不同的集中营。1944 年获释后，又遭到"预防性拘禁"。1945 年 4 月，面临灭亡的纳粹政府为了掩盖灭绝人性的罪恶，开始通过"死亡之旅（Todesmarsch）；通过'强制行军'或使用货车、船舶或其他运输工具将靠近战争前沿的集中营中的囚徒向德国内地'转移'，导致大多数原本身体已经濒临崩溃的囚徒不堪劳苦，倒毙路边）"，以达到最终消灭集中营中囚徒，即见证人的目的。在德国北部地区，一些集中营中的囚徒被"转移"到北海和波罗的海一些船上，而这些船则被故意地停在经常受到盟军空袭的港口。5 月 3 日，英国空军袭击德国不来梅港时，格国尔所在的 Cap Arcona 号早已由于机械故障而根本无法开动，正好处在空袭范围之内。船上 7 000 多名囚徒中，只有大约 600 人生还。格国尔是幸存者之一。战后初期，他开始从事新闻事业。1953 年，他移居德意志民主共和国（前东德），从事史学研究和出版工作。1976 年去世。

沃尔夫冈·郎豪夫于 1901 年生于柏林，成长于海德堡。少年时代曾充当水兵，希望加入商业船队。一战结束后，他进入加里宁格勒著名的柯尼斯堡剧院（Königsberger Theater）充当群众演员。尽管从未受过任何表演训练，但他出众的表演天赋，很快便受到导演的信任，开始承担重要配角。1923 年，郎豪夫进入著名的汉堡塔利亚剧院（Thalia

Theater），1928年加入共产党，同年至1933年2月28日被捕之前在杜塞尔多夫的两家剧院出任导演和演员，并和一群志同道合的同伴们过着一种波西米亚人一般的生活。就在被捕前不久，1933年的2月15日，剧院还首演了由他执导的、海因里希·冯·克莱斯特（Heinrich von Kleist, 1777—1811）的著名剧作《破瓮记》（Der zerbrochene Krug）。这一时期，他在从事专业演艺工作的同时，积极参加德国共产党的工作，并组织演出队，到工厂、煤矿等地为工会的活动演出。因此，在"国家元首令"签署的当天，当时正是莱茵兰地区的狂欢节，便被盖世太保逮捕，关进了集中营。在被监禁了13个月之后，1934年获释。不久他便逃往瑞士，在苏黎世剧院担任演员和导演。1935年，瑞士明镜出版社（Schweizer Spiegel-Verlag）出版了郎豪夫的回忆录《沼泽战士 —— 集中营中的13个月》（Die Moorsoldaten. 13 Monate Konzentrationslager）。书中，作者清醒冷峻的笔触描写了纳粹集中营中被剥夺了一切人类最基本的权利的囚徒们谋求生存的斗争 —— 他们力图战胜自身的弱点，战胜恐惧，维护人的尊严和争取自由的斗争。当时流亡伦敦的德国社会民主人士丽萝·林克（Lilo Linke, 1906—1963）将回忆录译成英文，使得纳粹暴政的罪行远在二战开始之前便已公之于世，同时，也使得《沼泽战士》之歌名扬海外。此后，回忆录和歌曲陆续被译成各种文字，在战争期间传遍欧洲。

图 11. 新路出版社（Verlag Neuer Weg）2014 年
再版的《沼泽战士》封面

战后，1945 年，郎豪夫出任杜塞尔多夫剧院（Düsseldorfer Schauspielhaus）的总经理，1946 年接任东德柏林德意志剧院（Deutsches Theater）总经理的职位。郎豪夫还是东德德国艺术研究院（Akademie der Künste）的成员，在东德的文化界有着非常重要的地位。他还参与导演并录制了很多的广播剧。然而，他的艺术观便很快遭到了德国统一社会党（Sozialistische Einheitspartei Deutschlands, 缩写 SED）和中央委员会的质疑。1950 年，斯大林针对知识分子的清洗运动遍及东欧，郎豪夫被开除党籍，解除一切职务。1953 年斯大林死后，郎豪夫于 1956 年得到平反，恢复党籍和职务。1963 年，在一部话剧的导演问题上与官方意见发生了激烈冲突，郎豪夫辞去总经理一职，继续从事导演工作，直至 1966 年 8 月 25 日逝世。在他逝世前几月，柏林德意志剧院授予郎豪夫"荣誉成员"称号。

《沼泽战士》的诞生和首演

在集中营中，"禁止吸烟"成为迫害和凌辱囚徒的一种手段。郎豪夫等进入集中营时，囚徒们完全被剥夺了吸烟的权利，他们随身带来的烟草全部被没收。直到三周后的周日，才得到允许吸烟两小时的许可。然而，当营房的代表前去领取被没收的烟草时，集中营的党卫军却出尔反尔地取消了许可。对于双方而言，这并非仅仅是是否允许囚徒维持一种嗜好的问题，而是凌辱和被凌辱的问题，是剥夺和维持人的尊严的问题。经过一番交涉，囚徒们最终得到了被没收的烟草。

两小时之后，当党卫军下令收回所剩烟草时，上交的烟草当然所剩无几，因为，大家都不约而同地各自将烟草藏到营房中各个隐秘的地方，作为以后的储备。于是，党卫军开始在各个营房中大肆搜查，却又一无所获。凌晨四点半，喝得醉醺醺的党卫军将士又将全体囚徒从睡梦中惊醒，再次大肆搜查。尽管搜到一些"存货"，当然无人"认领"。这时，党卫军士兵在各个营房门口排成两行，形成长长的夹道，各自手持木棍、带有钉子的长板条及其他类似器具，将囚徒从营房内赶到外面，每个人经过夹道时便遭到一连串无情的打击。之后，党卫军又令全体囚徒举控或承认隐藏烟草的行为，直到有一位勇敢的囚徒挺身而出，虽不承认自己隐藏烟草的行为，但他愿意为大家承受所有的惩罚。最后，事情不了了之。这一事件被囚徒们称为"长板条之夜"。这种"夹道痛打"是一种古老的军事刑法，相当于死刑。这种刑罚在不同的历史时期和欧洲及西亚不同的地域以不同的形式存在，直到 19 世纪中叶，在欧洲才被禁止。然而，这种被禁用近一个世纪的军事刑法，集中营的党卫军不但非法启用，还残酷地施加到平民囚徒身上。

尽管如此，允许吸烟的这两个小时却使得全体囚徒情绪高涨，大家都为了重新获得了一点生活的自决权而万分兴奋。这种气氛引发了郎豪夫的灵感：为什么不能在周日通过唱歌、运动和游戏来提高大家的情绪呢？而且，这种活动还能够让集中营中的八九百名囚徒相互认识了解，相互鼓励支持。郎豪夫的想法得到广泛的拥护，大家还提出，应该在劳动时寻找机会与党卫军士兵交谈，向他们宣传人道主义观念，瓦解他们的纳粹思想。①

根据郎豪夫在《沼泽战士》一书中的描写，至1933年夏，无论是囚徒，还是守卫集中营的党卫军官兵，都早已对集中营单调的生活深感厌倦。党卫军的官兵除了执勤，就是在营房里喝酒解闷，万般无聊。这里离城市很远，所以这些党卫军官兵觉得他们自己也和被关押放逐没什么区别。面对郎豪夫的建议，尤其是关于要求组织文艺演出的问题，集中营中自治机构的成员们争论不决，一时间难以决定是否应向集中营的指挥官提出这一要求。反对一方的主要顾虑在于，大家都不愿意被集中营官方或当局派来的媒体拍照，而在外界被当作纳粹"人道统治"的宣传品。而以郎豪夫为中心的另一方则认为，与此相比，鼓励大家在残酷和艰苦的条件下保持人的尊严，不放弃自己则更加重要。并且，在"长板条之夜"之后，一定要让集中营当局看到大家的决心和坚定。最后，郎豪夫一方说服了有顾虑的另一方，并得到了党卫军指挥官的许可。很快，有着演艺经验的郎豪夫便在各个营房内找到了不少有文艺才华的囚徒，开始排练。与此同时，他找到当时已小有诗名的艾瑟尔，请他撰写歌词。

1933年8月27日下午2点30分，在蓝天白云晴朗的阳光下，这场囚徒文艺表演在营房之间的空地上演。他们称自

---

① Langhoff，1988年，第141—147页。

己的艺术团为"集中营马戏团"。郎豪夫作为主持人宣布演出开始:"尊敬的沼泽囚徒们,并不在场的女士们,先生们,坡格沼泽的公民们,还有想要和将要成为这里的囚徒的人们!……"郎豪夫的幽默引起全场不断哄堂大笑。望着这些历尽苦难的笑脸,他这样记载自己当时的感触:

> 我手里拿着一只钟,站在"台口",指挥着演出人员上下场。周围围绕着九百张笑脸。
>
> 这时,一个意念闪过我的脑海:我有生以来还从未在这样一群观众面前登台表演,也还从未为这样一群观众工作过,而且很可能也不会再有机会为他们工作了!全世界都不会有眼前这样的囚徒,他们历尽了严刑拷打,忍受各种虐待,几乎没有人未曾被拖进党卫军冲锋队的酷刑地牢。现在,他们又必须面对永无休止的繁重劳作,日夜不断的虐待和威胁,和"因逃跑而被枪决"的命运,但是,现在他们充满勇气地大笑,充满信心地歌颂生命。那些党卫军的将士完全被这种乐观的生命态度和快乐镇住啦!尽管似乎觉得不应该,但他们还是不知所措地跟着傻笑。①

---

① Langhoff, 1988年, 第175页。

在表演即将结束时，由囚徒组成的合唱团首次演唱了《沼泽战士》。一位合唱团员向全场宣布："难友们，现在我们为大家演唱《坡格沼泽之歌》。我们的歌，请大家仔细听，然后，请和我们一起唱副歌"。①

> 放眼四方天野阔，沼泽草地包围我。鸟语如歌难激励，橡林秃枯弯如昨。
>
> （副歌）我们是沼泽战士，肩扛铁铲，前进，前进！我们是沼泽战士，肩扛铁铲，前进，前进！
>
> 荒芜沉沉囹圄关，沼泽草地禁地栏。铁网森森难深重，辛苦劳作无愉欢。（副歌）
>
> 长阵靡靡出工早，沼泽辽辽苦难熬。骄阳赫赫撅泥沼，思念深深故土遥。（副歌）
>
> 遥遥故园似幻梦，父母妻子与孩童。愤懑胸襟叹息重，只缘身陷牢狱中。（副歌）
>
> 军岗徘徊警戒严，围困囚徒劳作间。无奈逃逸难成行，四重埋伏杀戮繁。（副歌）
>
> 苦难深重意志坚，严冬过去是春天。欢呼自由放声喊：重整河山与家园！
>
> （副歌）我们是沼泽战士，冲出沼泽，前进，前进！

---

① Langhoff，1988年，第180页。

我们是沼泽战士,冲出沼泽,前进,前进! ①

从歌词的最后一段可以看出,在这种法治之外的时空,求生而不放弃自己,不放弃自己的信念,成为当时集中营中很多囚徒生存的目标和精神支柱。当时被关押在坡格沼泽集中营的三位共产党人,尽管他们都不是专业的诗人和作曲家,却成为鼓励这种精神的歌曲《沼泽战士》的词曲作者。从《沼泽战士》的歌词中也可以看出囚徒之间的紧密团结和相互支持。身陷囹圄却自称为"战士",表现出歌曲作者和同伴们决不放弃理想、斗争到底的信念。

曲作者格国尔在一次采访中这样回忆演出时的情景:

16位合唱团员大都是以前索林根(Solingen)工人合唱团的成员。他们身着集中营囚徒的绿色服装,肩扛铁铲,走进会场。我自己则身着蓝色运动服,用一根折断了的铁铲把当作指挥棒。当我们唱完第二段之后,全场1 000名囚徒都开始跟我们一起合唱副歌。……

我们一段又一段继续唱着,副歌的合唱越来越嘹亮。到了最后一段时,那些和集中营指挥官一同出现的党卫军将士也同大家一同唱了起来。显然,他们也都认为自己是

---

① 本文作者译。

沼泽战士。……

当我们唱到副歌的最后一句"我们是沼泽战士,冲出沼泽,前进,前进!"时,全体合唱队员将铁铲插进土地里,以此结束了演唱,整齐地走出演出场地。而那些插在土里的铁铲看上去像是一片坟墓的标志。

显然,合唱团员们插进土中的铁铲正是他们日常劳作的工具。而党卫军将士的"误解"很快就得到了"澄清"。在演出的两天后,《沼泽战士》便遭到了集中营党卫军的禁止。郎豪夫认为:显然,那最后一段歌词和副歌可以赋予很多种诠释。但是,歌曲被禁后,不仅依然有党卫军的士兵向囚徒们索要歌谱,而且这些将士还说服了集中营颁发禁令的指挥官,在长途行军时,允许唱这支歌。于是,这些官兵便总是不断地要求囚徒们合唱这首歌。对于那些索要歌谱的官兵,囚徒们也制定了一定的条件。那些平时对他们无端施暴、虐待谩骂的官兵一概受到拒绝。而对于那些并非纳粹铁杆儿的官兵则是采取将他们引入讨论、对他们进行开导说服的策略,甚至引导他们最终做出保证:"我和你们一样反对对囚徒的殴打和虐待。这种行为和国家社会主义没有关系!"[1]

---

[1] Langhoff, 1988 年, 第 185 页。

八十年往事如昨　八十年余音不绝

《沼泽战士》表达了囚徒的尊严，表达了他们对生命和自由的渴望，对法西斯的痛恨和蔑视。纳粹统治期间，这首歌传遍了各个集中营，伴随着很多身陷囹圄的人们度过集中营中的苦难岁月，给他们带来安慰和鼓励。同时，他还以各种语言传遍了纳粹占领军统治的地区。战后，歌曲《沼泽战士》也不仅作为反抗法西斯统治的传统歌曲而更加脍炙人口，同时更是保持战争历史记忆的重要篇章，与郎豪夫的回忆录一同成为史学家的重要史料。《沼泽战士》一书自 1935 年出版以来，已经翻译成多种语言，在德语区更是一版再版。仅新路出版社 (Verlag Neuer Weg)，从 1973 年至 2014 年，就已经出版了第 11 版。

当然，回忆录和歌曲《沼泽战士》不仅被很多学校当作历史教学的必读必知的史料，同时，它也成为艺术家参与记忆文化创作的艺术源泉。2012 年开始，出生在埃姆斯兰地区的雕塑艺术家石太凡·韩姆本（Stefan Hempen）创作的木雕群像《沼泽战士》开始在德国各地巡回展览。群像包括 15 个单独的木雕，代表纳粹政府在埃姆斯兰地区建造的 15 座集中营。木雕使用的材料包括各种树种，艺术家认为，这正代表了 15 座集中营中的受害者的不同背景、身份、宗教信仰和思想，而 15 座雕像则共同代表着他们向往生命和自由、决不放弃的共同信念。韩姆本表示，正是由于自己对于家乡这 15 座集中营的了解其少而激励了他开始研究并深刻地了解了当地的这段历史。他深深地为《沼泽战士》而感动，沼泽战士的精神成为他的创作源泉和灵感。

图 12. 石太凡·韩姆本（Stefan Hempen）创作的木雕群像《沼泽战士》

歌曲《沼泽战士》不仅作为历史记忆的传统歌曲而令人关注，更重要的是，它是人道主义的象征，成为 20 世纪六七十年代德国和欧洲左翼民众反对越战、反对政府因冷战而制定的各种限制自由、民主的法规的战歌。同时，《沼泽战士》成为战后许多歌手和乐队的保留曲目，依然鲜活地跳跃在世界各地的舞台上。

出生在战争年代的德国歌手韩纳思·卫德（Hannes Wader）不仅以各种社会批评性的香颂歌曲（chanson）而著名，同时，作为一个社会民主主义者，他也同样关注民族历史记忆的承传。几十年以来，他在音乐会上将《沼泽战士》作为保留曲目。2007 年，他又将《沼泽战士》等一批传统歌曲重新改编，出版了新的唱片。他的演出录像和唱片常常成为德国中学历史课的教材。

成立于 1982 年的德国著名的摇滚乐队"死裤子"（Die Toten Hosen；乐队的名称是为了调侃"红玫瑰 die roten Rosen"，读音非常相近）也将《沼泽战士》改编成摇滚歌曲，自 2012 年以来，在欧洲各地巡回演出，每场必唱这首歌，以当代年轻人的节奏和唱法重演人道主义的呐喊。2015 年 5 月，乐队在阿根廷演出时，再次演唱《沼泽战士》。经过简短的西班牙语介绍，全场观众掌声雷动。这首歌在阿根廷上演当然还有着更加深厚的历史意蕴。众所周知，阿根廷在二战期间尽管声称中立，但以胡安·庇隆（Juan Perón, 1895—1974）为中心的军方政客实际上则明显地倾向于轴心国一方。战后，很多纳粹党魁和政府上层余孽都纷纷逃往阿根廷，并得以在那里长期而安全地生存，甚至发展商务。最为著名的纳粹刽子手阿道夫·艾希曼（Adolf Eichmann, 1906—1962）就是在布宜诺斯艾利斯被以色列特工绑架俘获，在以色列被以反人道罪等15条罪名起诉，判处死刑。著名的犹太哲学家汉娜·阿伦特（Hannah Arendt, 1906—1975）称艾希曼这种兢兢业业地充当杀人机器上的螺丝钉，全心全意地为纳粹政治服务的态度为"平庸的邪恶"（Banalität des Bösen）。而当一个法西斯的国家体制豢养了众多满怀着"平庸的邪恶"的庸碌之辈时，它的屠杀机器便会运转得精准无误。

战后重建和高速的工业化发展使得前西德很快在国际舞台上获得了不可小视的地位，尤其是两德统一之后，德国在世界和平、政治和经济发展进程中承担了越来越重要的角色，获得了广泛的认可，这一切都是与德国政界、学界和民众对于纳粹专制的法西斯统治的深刻反思，并通过各种教育及艺术的方式来丰富充实记忆文化、抵抗遗忘直接相关的。

近些年的心理学研究成果表明，在面对由于自然灾害而丧失亲人的命运时，人们平均需要约一个月的时间，在心理上接受失去亲人的事实，理解其中不可避免的因素。而在面对由于人为带来的灾难而丧失亲人时，人们则需要几年至几十年的时间，才能够在心理上接受亲情不再的现实，甚至终生都无法接受这一事实。这一点也可以在本文开头所描写的奥斯维辛幸存者的讲话中得以证实。因为，那些反人道的、使他们失去亲人的纳粹专制统治及其精准的运作机制是无法通过任何逻辑和理论而做出令人信服的解说的。使人们无法理解的不仅仅是施害者对于与自身生命同样珍贵的受害者的生命和尊严的残酷毁灭,更重要的是这些屠杀中所彰显的人性的黑暗。或许也正因如此,有些人坚信,历史的真相是不能公之于众的。

图 13. 摇滚乐队"死裤子"2012 年出版的唱片《共和国的负担》(*Ballast der Republik*),其中收入改编的《沼泽战士》。"负担"的意思是指不应忘记历史的教训。德语名称调侃前东德昂纳克(Erich Honecker, 1912—1994)建造的共和国宫(Palast der Republik)。

(本文中《沼泽战士》的歌词及其他所有相关译文由作者翻译)

中国建筑及其与中国文化之关系[1]

鲍希曼著,赵娟译

译者按:德国建筑师、汉学家、艺术史学者和建筑摄影师鲍希曼(Ernst Boerschmann,1873—1949)系最早全面系统考察和研究中国建筑的西方学者。1906—1909年在德国政府的资助下,到中国考察建筑。随后连续出版了《中国建筑艺术与宗教文化》(三卷本)(*Die Baukunst und religiöse Kultur der Chinesen. Einzeldarstellungen auf Grund eigener Aufnahmen während dreijähriger Reisen in China*, 1911, 1914, 1931)、《中国建筑艺术与景观》(*Baukunst und Landschaft in China. Eine Reise durch zwölf Provinzen*, 1923)、《中国建筑》(两卷本)(*Chinesische Architektur*, 1925)、《中国建筑陶器》(*Chinesische Baukeramik*)等六种,发表文章近百篇。本

---

[1] 本译文为2019年度国家社科基金艺术学项目"德语世界中国艺术的收藏、展览与研究(1860—1949)"的阶段性成果。

文德文《中国建筑及其与文化之研究》(*Architektur-und Kulturstudien in China*) 发表于《民族学杂志》(*Zeitschrift für Ethnologie*), 1910, P.390-426。英文译文 *Chinese Architecture and Its Relation to Chinese Culture*, 发表于《史密森尼学会年鉴》(*Annual Report of the Smithsonian Institution 1911*), P.429-435。1912年美国政府印刷办公室 (*Washington: Government Pringting Office*) 刊印了英文单行本。本文翻译以英文为底，参照了德文校对，按德文稿配图。

1906年，我挥别德国，再次踏上了前往中国的征途。此行途经法国巴黎、英国伦敦和美国，在那里的博物馆欣赏中国艺术珍宝。接着路过了作为东方文化支系的日本，几周下来，拾掇了一些零散即逝的东方印象。最终在12月抵达目的地——北京。时至1909年，我完成了在中国的考察工作，经由丝绸之路，重返阔别整整三年之久的德国。

巴赫曼博士[①]1905年在德意志帝国国会大厦，业已谈到中

[①] 译者注：巴赫曼，Herr Dr. Bachem, 即Karl Bachem, 1858—1945, 德国（天主教）中央党（Deutsche Zentrumspartei）的政治家和律师。中央党是德国中间派政党，1870年成立，1933年被纳粹党解散。1945年重新成立。

国研究的重要性。已故的外交部秘书长李希霍芬[1]及许多其他高级官员们，自身对中国也颇有兴趣，就促成了德意志帝国政府在得到国会批准的基础上，为我提供了必要支持。

我向那些为此行考察提供帮助的人们致以衷心的感谢。首先要谢谢他们发展了这样一套行之有效的观念，即尝试着从纯粹学术的角度去解决远东的重要问题，还要谢谢他们对我的信任，将这项任务托付给我。

我的使命是"考察中国建筑及其与中国文化的关系"，我无法预知这一任务的复杂性，因为它要面对的中国，拥有18个行省，国土面积是德国的7倍有余，人口恰巧也是德国的7倍。

要想解决这个问题，貌似可行的办法就是将我的研究限定在中国北方，尤其是北京及周边地区。从我此前在那两年居住[2]的经验来看，北京是中国文化的中心，在很多方面或许也能够代表整个中国。然而，随着时间的推移，我还是将考

---

[1] 译者注：李希霍芬 Freiherr von Richthofen（1833—1905），德国旅行家、地理学和地质学家。1860—1862年，参加普鲁士政府组织的东亚远征队(Preussische Expedition)，前往亚洲许多地方考察。1868年到1872年间，他从美国转到中国做了七次远征，这段时期中，他正式指出罗布泊的位置。著有《康斯塔克矿：特性与可能的蕴藏量》(*Comstock Lode: Its Character, and the Probable Mode of Its Continuance in Depth*)（1866）；《中国：我的旅行与研究》(*China: The Results of My Travels and the Studies Based Thereon*)（5 Bändemit Atlas,1877—1912），在此书中，他第一次使用了"丝绸之路"来形容中国西部往欧洲的贸易路线，这个名称一直广为使用至今。

[2] 译者注：即1902—1904。

察范围扩展到了整个国家的大部分地区。

起初的一个月，我在北京做些研究准备工作。天气条件允许的时候，便进行短途考察，前往明十三陵，还花了两天时间去了当朝东陵。清朝最后一位皇太后（慈禧太后）不久前下葬于此。接下来探访了历史悠久的热河（今承德）夏宫，那儿离北京大概五天的行程。在这片充满野趣的山区中部，环绕着著名的皇家狩猎场，零散分布着许多重要的藏传佛教寺庙。北京迷人的郊外，夏天悄然而逝。尤其是郊外的西山，座藏着许多宏伟的寺庙，其中的碧云寺，实可堪称中国最美的寺庙之一。

随后的七个月中，我去了当朝西陵，病故的光绪皇帝将会被安葬在这里。然后去了五台山，这里是文殊菩萨的道场，来访的主要都是些蒙古人。此行也是我在中国游历中唯一有朋友陪伴的几周，其他的时候，都是我自己和那些中国随从同行，这些中国随从包括挑夫在内，有时候会多达30人。

我们乘坐火车，一路向南，穿过黄河大桥，越过湍险的黄河之水，到达了开封府，河南的州府所在地。接下来的四天，我们沿着黄河顺流而下。是时，黄河大坝决堤，有些地方的河面非常之宽，以至于都无法看到河的对岸。在山东，我探访了东岳泰山，然后是曲阜，孔子的诞生地和安息地。寒冷的冬天驱使着我一路向南，我在宁波过了圣诞节。1908年1月，我远离尘世，遁居在舟山群岛的普陀山，普陀山是大慈大悲观音菩萨的道场。

经由海路，我回到北京，规划了一个长达 12 个月的考查行程，前往中国的最西端和最南端，以跨越整个中国。首先去了山西首府太原，然后斜穿该省到达潞村①。潞村有一个大盐池，所产之盐供西北四省之需。

陕西和山西一样，都是干旱之省。有些年头几乎是滴雨未降。不甚严重的小饥荒几乎每五年就会出现，饿莩遍野的大饥荒十年便会轮转。这种干燥的气候倒是盐业得天独厚的条件，盐池借助日晒蒸发可轻而易举地结晶析出。若是雨季的话，盐业造停，小麦则会得到生长。盐商们有一个形象的比喻：山西犹如一个天平，一端是盐，另一端则是小麦。此升彼降，而平衡之际则会迎来最好的年成，完美之境恰在两端之间。

我从黄河拐弯处进入陕西首府西安，登临西岳华山，翻越秦岭，直下到达那富饶、迷人、肥沃的巴蜀之地。四川省的面积和人口比德国略大。整体而言，就如同一首诗，天、地、人在此成就了至美之景。

从省会成都一路西行，最西到达雅州府，再向西向北，矗立在面前的是积雪覆盖的山峦，以一种神秘的力量，吸引

---

① 译者注：潞村，即运城，古名盐氏，汉时曾设司盐都尉，故又称司盐城。元代改盐城为"潞村"，位于山西南部，是一个古老的天然结盐之地，所产之盐亦称"潞盐"。

着游历者前往西藏。在成都，远眺雄伟雪山的巅峰，便可感受到其崇高的魅力。总督赵尔丰[①]刚刚启程，率领着一支军队前往拉萨。可惜的是我有研究任务在身，未能接受他热心的邀请一同前往。在著名的胜地峨眉山，我驻留了三周。按照中国人的说法，峨眉山"起脉自昆仑"。接着乘坐一个小船，沿岷江而下。我顺势绕道考察了自流井盐区，那里，有许许多多自涌盐井，数量多达四千，平均深度在1000米。自此，大量精盐，通过蒸煮被生产出来，使用的燃料是地下天然气。这个盐区所生产的盐供给远至长江中游的所有省市。这些盐井地面框架高在20—30米之间。由于天然气的使用，这个有着近70万人的工业区没有多少废气排出而造成污染。省内河道密布，盐通过船很容易就从这里运往各地。因而，源于土地深处的隐秘力量和恩赐，给了中国人理由，形成了他们独特的宗教观念。在中国处处可见，工业和贸易增强着、深化着人们的宗教感知，因为一切都被置入在自然之力的关系中，这些自然的力量因此被人格化成为神。

小船载我沿长江而下，接下来有几天，我在德国"祖国

[①] 译者注：赵尔丰（1845—1911），字季和，祖籍襄平，今辽宁辽阳市，清汉军正蓝旗人。1906年7月，清政府以"四川、云南两省毗连西藏，边务至为紧要"，设立川滇边特别行政区，以赵尔丰为川滇边务大臣。1907年，赵尔丰一度代理四川总督一职。1908年2月，朝廷任命其兄赵尔巽为四川总督，赵尔丰为驻藏大臣，但仍兼任边务大臣。赵尔丰在打箭炉驻兵，改设打箭炉为康定府后又设登科等府，加强清政府对西康的控制。1909年，赵尔丰挫败进攻巴塘的西藏叛军，并乘胜进入西藏，收复江卡、贡觉等四个部落地区，更越过丹达山向西，一直到达江达宗。

号"炮舰①上，享受着美好的旅行时光。沿岸风光迷人，继之两岸峡谷陡峭，船通常都是高速行进，途经了许多人口稠密的城市。船行飞速，接着经过了有着浪漫传说的巫峡，水手的声音在峡谷中的回荡，越发让人有一种孤寂之感。众所周知，长江沿岸的峡谷，在进入湖北省境内之际，最为雄伟壮观。从洞庭湖，驶入湘江，到达湖南首府长沙。然后顺道进入了江西，在那里，我和一些负责中国煤矿管理的德国工程师，一起庆祝1908年的圣诞节。

1909新年伊始的几天，我在南岳衡山度过。随之陆行到广西首府桂林，沿桂江而下，十天之中，经过了300多个湍流，进入西江，到达广州。广州是一坐雄伟、人口稠密而烂漫的城市。沿着海路抵达福建首府福州。在浙江首府杭州欢度复活节，西湖让这座城市平添了不少的美丽。接着赶回了离开一年之久的北京。5月1日抵达的那天，恰逢病故光绪帝的葬礼之期。

---

① 译者注："祖国号"，即S.M.S.Vaterland，德意志帝国海军炮舰，"祖国号"炮艇由德国埃尔宾（Elbing）的什切青（Schichau）船厂建造，什切青船厂为当时德国著名船厂，为包括中、俄在内的世界各国建造了大量的船只。"祖国号"于1903年8月26日下水，分解后运到上海组装，于1904年5月28日在长江洞庭湖、鄱阳湖一带服役。1907年开始，在重庆边上的驻扎长达22个月，1908年巡航岷江。关于S.M.S.Vaterland的详细信息，可参阅：http://de.wikipedia.org/wiki/SMS_Vaterland。

全部的行程，遍及了当时 18 个行省中的 14 个。① 循着那些古代交通要道，不断地深入到人口稠密，几乎是最富庶的地区的中国人的生活中。数以百万计的虔诚信徒和香客每年都会前往"四山五岳"朝拜，这些山岳所在地，便属于上述这类地区。还有那些繁荣的经济文化中心，以及商业活动频繁的那些大城市：这些城市有的是湖泊河网众多，水路纵横交错，船来船往，持续不断；有的是港口城市，进出港口的船只构成了繁忙的交通。在四亿中国人中间，处处充满着劳作、满足和秩序，他们生活的情致和满足尽显于艺术之中。把中国说成僵化陈腐，即将从精神、伦理甚至是政治上崩溃的国家，完全是错误的。昔日的文化整体，今天依然延续着、维系着民众，保持着民族的韧性。

这一观察或许可以用来解释为什么在这里，不去以应有的方式去讨论考古、艺术、宗教或历史方面的一些问题，而是去描述中国之现状。目的本身，要比达成目的的方式，更有意义。

我们的目标：立足中国思考一个文明，一个只有在古希腊，或者其他理想时期才会出现的文明。所有中国人共享着

---

① 译者注：18 行省，即内地 18 省，或者是关内 18 省。大致是清代时的汉族主要居住区，包括：江苏、浙江、安徽、江西、湖北、湖南、四川、福建、广东、广西、云南、贵州、河北（直隶）、河南、山东、山西、陕西、甘肃。晚清欧洲人创造了"中国本部"（China Proper）的概念，或称为"中国本土"，西方世界用来称呼由大量汉族人口聚居，汉文化占统治地位的中国核心地带。

一个宏大的宇宙观念，这个观念如此之复杂，成为解释中国人生活方方面面的钥匙：贸易、交往、习俗、宗教、诗歌，特别是美术和建筑。他们几乎在每一件艺术作品中传达着宇宙及其理念。视觉的一些形式，成为天理和天意的表征。他们在各种传达天意的形式中，仰观俯察天人之道，简而言之，就是在小宇宙中认识和揭示大宇宙。

这一占主导地位的思维和行动方式，恰切地印证了一个说法："中国，中央之国。"庞大帝国的领土自古以来便已十分辽阔。早在公元前，中国的影响已经远达突厥斯坦[①]（里海以东的中亚地区），甚至是黑海海岸，向那里遣派了大量军队。征服这些地域需要时间、耐心且需要警惕反抗，需要发展政治策略和智慧。

老子，这位享有盛誉的中国智者，很早便认识到人类之间的交往和联系，胜于人本身。

当下中国，由18个行省组成，上述特征保证了其统治的井然有序。在这里，过去一直需要、现在依然需要运筹帷幄，决胜千里，未雨绸缪，提前数月数年地计划。国家施令和官员汇报都需要早早地做准备。官员升迁任免，常常不得不有数月的旅途行程，从而获取到许多本土知识，相形而下，我们对自己国家了解的程度，就远远不如了。在升迁任免途中，

---

① 突厥斯坦，即 Turkestan，是在中世纪阿拉伯地理学著作中出现的地理名词，意为"突厥人的地域"，是指中亚锡尔河以北及毗连的东部地区。

他们见识了各种地形地貌的特征，且印象深刻。或许会花上几天，穿越平原，然后沿江河而行，再花上十来天翻山越岭，最后六天穿过田野和平原，总是会和形形色色的人打交道，不管是社会上层的达官贵人，抑或是普通的平民百姓，从而可熟识不同地区的优劣。

由此，中国人对时间和空间的观念有着深切体认。这也体现在他们的建筑之中。他们所营造的建筑，其规划和景观设计，从根本上对我们而言是陌生的。著名的中国长城，堪称世界上最伟大的建造，必须将其视作一个整体，一个单元，它关闭北方之门，防御蒙古和满族南下。即便埃及所有著名的金字塔，也无法与之媲美。它技艺精湛，历史悠久，内涵丰富，同时富有最绝美的景观观念：沿着山脉起伏而蜿蜒，呈现为优美的轮廓。

北京的皇家宫殿，其占地面积之阔，堪称世界之最。天坛，其营建规模之大，在庙坛中也是世所罕见，中国其他地区一些重要的寺庙建筑，亦复如是。皇亲贵族，富裕的商贾，甚至是社会的中间阶层，住所也都格外宽敞。热河的帝王陵寝和寺庙最为宏伟壮丽。中国人赋意于形，将那些相隔数里的山川自然，贯通成一个有内在关联的整体。

最能体现中国人整体观的一个方面，就是将建筑群中的所有建筑，对称地分布在南北向的中轴线两侧。无论怎样，这点不变。帝王君临天下，主人款待客人，神灵降身于庙，都在主厅，且无一例外坐北朝南，主事之人面对着正午的太阳。与此相类，城市也严格地分布在中轴线两侧。遇到自然的障碍物，如山川河流，或者有些什么其他方面的考虑，则会适当调整，偏向其他某个特定的方向。然而，中轴线在所有的寺庙、府衙建筑和民居之中通常是一以贯之的。

中国历史上频繁迁都。帝国统治的中心曾经位于长江流域，到河南，到陕西。但是长久以来，即便是在元朝，他们通常还是会返回北京，返回到北方之端。当然，这样做主要是出于政治上的考虑。想要知道何种观念强化了中轴线的意义，我们可以借助这一场景进行理解：皇帝端坐在北京的龙椅宝座上，沿着北京的中轴线向南凝视，俯察整个帝国，在新年，或在皇帝的诞辰，举国上下，文武百官和众百姓，叩跪于圣坛之前，向北仰望朝拜，表达对天子的崇敬之情。崇尚自然、政治的发展以及共享观念，召唤和加深着这种看法。

自然条件、政治变革和观念，三者互为诠释，融合为一个整体。人世间的一切现象，无非是永恒存在的镜像，在我们的观念和信仰中，我们试图给出一个清楚却可变的法则来捕捉住它。

在对中国精神文化的具体问题进行探讨之前，有必要先简要提及下那些促成宏大整体观念的某些外部条件和关系。

中国的人口一直在波动，历史上向来如此。据记载，历史上的战争曾驱动着大量的男女老少远赴突厥斯坦地区，有些时期战争会持续不断，然后经过某个周期又不断重复。有时候，如元朝统治时期，中国与西方国家的交往达到一个鼎盛时期，且长久不见其衰。中国人似乎乐于迁徙，或者还甚于我们。他们曾殖民和入侵异国，因战争抑或是和平之故。历史上南方曾受到殖民统治，而北方直隶只是在过去两个世纪以来以一种井然有序的方式受到异族占领。过去这五年，中国开始有计划地向西藏移民，欧洲的媒体对这一进程也只是最近才敲响警钟，所以说"新闻"只是相对的"新"罢了。

在中国历史上，内战和农民起义使得不同地域的人们不断融合，兴废变迁，亦与我们类似。中国人乐于迁徙的本能，同样也有益于带来大一统的局面。根据历史记载，当朝伊始，四川省经历了一次大毁灭，只有十分之一的人活了下来，现在居住的大多是来自其他省的迁入者。在这里乡会建筑风格类型多样，远远胜于它省。与之相类的是广西，在省会桂林，几乎所有的居民都是外乡人。临近大年初一前，每天都有一些小商贩、手工艺者、临时工，踏上回湖南老家的归程，和亲人一起共度春节。这种风俗在中国各地盛行，类似的场景处处可见。在山东人们频繁往来辽东半岛，沿着东海海岸，抑或穿越内陆公路线。近些年建成的铁路线上，火车总是超载。定期往返于上海和宁波之间的两只蒸汽船每天运送几千人。

晋商垄断着大半个帝国的银矿业和铜矿业。他们各处行走，辛苦经营，积累大量财富，到了年迈之时，便返回故里。浙江某个城市，出了好几名陆军高官。还有一些规模不值一提的著名小镇，除官员之外，还出了一些歌唱家、演员、手艺人和商人，这些人常常是少小便外出谋生谋职，老时还乡。

中国古代明令禁止上层官员在本省任职，更别提在本市了，意在让政府独立于个人影响之外，稳固大一统局面。

远游在中国根深蒂固。汽车司机、骡夫、水手和挑夫，乐意签约，马上启程，开始长达数月的远行。前往突厥斯坦或西藏，通常被认为是一件再普通不过的事情而已。政府喜欢让官员们的任职地不断变化。成都的某个高级官员接受委命前往西藏几年，不出五年又会被调往他地。

中国古代的科举考试，现已停止了，或许永远不再举行，这同样有益于促进这种远游爱好的形成。成百上千的童生们，每年去当地参加乡试，有幸通过的话，他们会继续前往州府参加上一级的考试，直到最后，他们中为数不多的千来人会远赴京城赶考。长途跋涉的旅途中，他们对整个国家有所了解，通晓各地的奇风异俗，并将它们传播开来。

佛教和道教的那些僧侣和香客们云游四海，邂逅相遇。他们从此寺到彼寺，在各处住上些时日。那些年长和资历较深的僧人中，很少有人未曾造访过所有的名山古刹，至少也是游览大部分的名山和一些著名的宗教圣地。

最后，学者、诗人、画家和其他艺术家（这些身份通常在一个人身上合而为一）也都乐于游历。古往今来，罕有贤达之士未曾遍历过整个国家，现在依然如此。我曾在3300米高的峨眉山邂逅了一位来此冥想、学习和作诗的翰林。在四川，我曾造访过唐代八世纪著名诗人李白的祠堂，还有苏东坡的祠堂。人们告诉我李白当年路上醉酒之地，而我在洞庭湖和长江游历的时候，人们又告诉我苏轼曾在此独自泛舟、垂钓和吟诗作赋。对这些历史人物的追忆一如既往地，是如此之鲜活。孩童们在私塾中学习他们的故事，这些故事在家中背诵下来，在朋友之间传诵。职业的说书人根据其说书的主题选择与他们有关的那些逸闻趣事。那些著名片段还会在戏剧中演出。人们在私塾中学习四书五经，书画也是人们热衷之事。寺庙和宗祠中的装饰字画主题，都是著名的历史事件、人物和思想。人们无论身在何处，都备感亲切。

颇为重要的一个事实：在中国，直至晚近人们才知道日报。几乎所有的信息都是通过口头交流得以实现。与我们相比，中国人似乎不停地在言说。一个趣闻，抑或是一个事件很快就会在每个人口中传播开来。那些相信口头语言比书面语言更为生动的人，会欣赏他们活泼话语中的民间文化。我们恰好与之相反，越来越多的知识只能从书桌前通过阅读而习得。

中国在长久以来的历史中形成了今天我们所见的一致性特征，然而并非所有地区都是死板的相同。俗语说："五里不同音，十里不同俗。"这种变化鲜明地表现在建筑风格上，其次则是民众的性格、生活方式、农业种植、衣着风尚和饮食。不同地区盛行不同文化：北方六省，长江流域五省，南方六省，包括沿海的福建和浙江。四川则自成体系，山川成为自然的帷帐，将它和其他省份相对独立开来，从而形成自身独特的文化，可视作中国优雅风格的强化版。常言道：巴蜀之地出诗才。的确，这里的风景之美、艺术之美，几乎本身就是一首诗。俗话说："北方出将才，湖南出学士。"意谓首府长沙的书院。种种缘由，出现了两个独特的文化中心，一个是北方的文化中心——北京，另一个则是南方的广州。诚如其所是，成为中国的两极。

尽管处处充满着差异性和丰富性，哪怕是省与省之间亦如此。这同样也适用于同一个省内的不同地区，可处处又笼罩着一种共同特征，我们所遇的不只是这种统一性，还有一种杰出的包容性观念，随天性而来的伟大胸怀，海纳百川，接纳那些源自自然地理和历史文化的一切关系要素。这种感觉可见于他们的世界观和宗教观。这些观念渗透在他们所有的艺术品及其他各种形式的人造物之中，这些物品构成了民众的共同遗产，文化的灵魂，时至今日，依然是经典的艺术。

只有在中国，人们可以看到世界观和哲学可以体现为视觉形式。建筑直接体现了这种构建世界和驱动世界的观念。因而，在一个具体的视觉形式之中这种表达理念成为可能。

图 1. 太极图：太极与八卦

公元前 600 年，老子，这位与孔子同时代、稍长于孔子的智者，说："一生二，二生三，三生万物。"这种宇宙观可以表达为一种图式（图 1）。这种图式在他本人所处的时代，即已属于上古之遗存。图式中间由两条阴阳鱼组成，表征着阴和阳两种力量和原则，而在这两者之外，还存在第三者，即外围的圆圈本身，这就是最高的道：臻于完美之境的法门；亦是一条理想之道，可以达到全部可见的、伦理的世界的顶点；是存在之所在；是氤氲在一切现象背后的永恒——实体。不同哲学家如何在自己的哲学体系中标名，并不重要，重要的是无论在哪他们都被假定为永恒的真理，万物的本质。它与我们上帝观念完全相同。

在这深奥难解的第一因中，两种力量运行不息，相互对立，有异同，有上下，有黑白，却又相辅相成，构成一个整体，二者之间不可分割。这就是阴阳原则。二者构成的整体是一种刚健、生生不息的力量，其中孕育着二，其象为龙。因此，一生二，二生三。三位一体，三爻成八卦。

阳为奇数，用"—"表示，阴为偶数，用"- -"表示。一阴一阳之谓道，三爻相叠，用以表征道的绝对存在，故有八卦成。阴爻和阳爻相互不同，又相互转换，形成三爻组成的八卦，八卦的每一卦中，要么是阴爻主卦（译者注：如坤、离、兑、巽），要么是阳爻主卦（译者注：乾、坎、艮、震），阴阳不会完全对等。数字"八"对于哲学的深入探讨而言，是一个和谐的基数。整个宇宙万物由八种元素构成。

借助数学模式，世界上的万事万物被划归为一些基本的构成要素。并没有超出经验层面，抑或是数字理论之外的存在。其他更为丰富的现象则可以通过这些要素的组合来比拟。当三爻卦再相叠成为六爻卦时，便产生了六十四卦。（图2）

图 2. 六十四卦

六十四卦构成了一套令人信服的形而上学体系（如一个棋盘），深刻且深奥，对它的认真研习可使人寻找到永恒的真理，它蕴藏在八卦图式之中。然正如每个下棋之人悉知的那样，完美的棋局并不存在，就像我们每个人都知道：理念，即绝对真理，是生命中永远都无法企及的，然而探寻真理的各种努力往往是有意义的。

佛教也按照中国人的观念被改造了。

佛教造像中的一佛二菩萨布局，对于中国人来说这种格局的中央，只是万物本质的人格化，而左右两侧代表着两种力量，其中的刚健主导着世界的运行，因此非常接近八卦图式的思想。若是一个人相信，在生命和自然之中，在两种力量的对抗之中，绝对智慧和真理是永远无法获知的，那么八卦图式便可以视作通行却深奥的一种表述："真理在两端之间"。现实只是命运的演绎。在寺庙中住持常常和另外两个僧人一同出场，大约他深切意识到这种格局会揭示出八卦图式活生生的印象。我在许多寺庙中多次见到，例如在900米高、位于湖南的南岳衡山就有所见。

图 3. 手持八卦的寿星

换一个角度来看，有四个基本的方位：北、南、东和西。世界被分为四个部分，继续划分（东南、西南、东北、西北）则可以得到数字八，即"八方"，我们从另一套程式中也得到了八这个数字，进而还可以得出十六。佛教对这些数字的内在节律也是熟知的。佛教在公元1世纪左右传入中国，与中国思想相互交融。除了佛，还有四大金刚，合起来可以得到五。我们在一个时期发现5尊大佛。中国人不仅仅只认为四方，同样也包括了中心，即认为有5个方位。在八卦图式中，如果把中心也涵盖进来的话，就得到九。中国人在他们的长寿之神"寿星"和"八仙"那儿表现了对九的信仰。

一个著名的寿星图中：寿星手持圆盘，圆盘中画有八卦图。因此来表达长寿之意。寿星背后的墙上，同样也有一个八卦图（图3），并且还用了一到八的八个数字对卦符进行标示。这个图示被称为太极图。在具体构成上，仙人形象风格都非常具体。这位头发花白的寿星，天庭饱满，前额突出，意指这是智慧之地的所在。头发、眉毛、胡子和两鬓全都花白，暗示出这位神灵年高寿长，在现实中与智者老子同是一人。

这尊塑像出自四川灌县的一座寺庙，该寺庙堪称中国最美的寺庙之一，该庙是为纪念著名水利工程师李冰而建。李冰在公元前277—前250年左右，以其精湛的技艺，疏导岷江，通过数百条河道将滔滔岷江之水，引入附近的成都平原，由此，常常饱受洪水之涝的泽国，成为中国最富饶肥沃的天府之国。庙建在沿江的斜坡上，主厅中供奉着李冰和寿星的塑像，以此表明，这位伟人是寿星之后，继承了他深奥的智慧，为人行大善之事，受到人们世世代代永远的尊敬和爱戴。

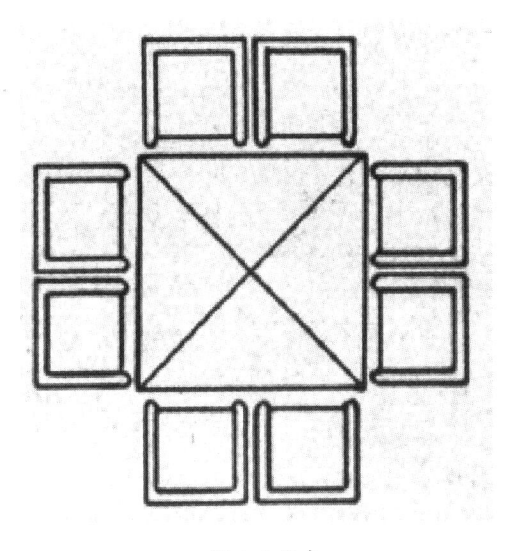

图 4. 八仙桌

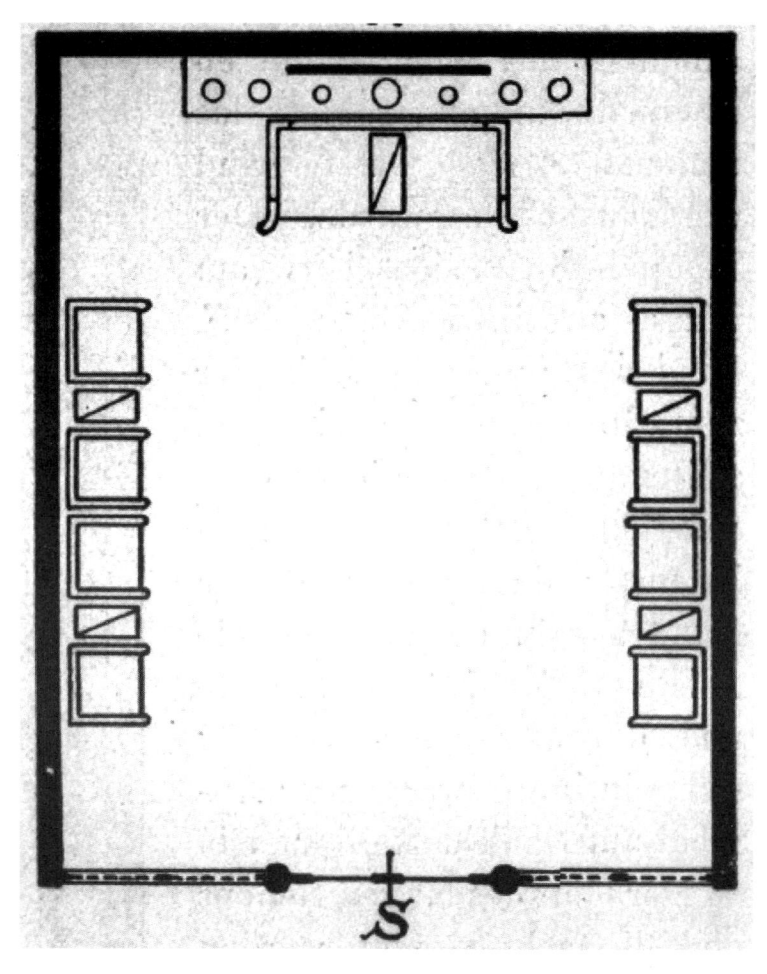

图 5. 客厅 四几八椅

　　寿星和八仙在中国处处可见，在人们的日常生活有着重要影响。例如，四方的八人桌椅被称为"八仙桌"（图 4）。客厅中通常有四个几案，各配两把椅子，椅子加起来一共是

8 把（图 5）。客厅的里墙有一宽且体面的榻，通常用来接待那些尊贵的客人。榻也体现了阴阳原则，阴阳在此合而为一。在这个中轴对称的居室之中，有一些美妙的圆形之物，象征着永恒、纯粹、大智慧和真理。一件花瓶，一位神灵的雕塑，抑或是在墙上挂一面镜子，一幅画，一幅书法作品。这些完美地表现出至阳之数九，即由八加一而得来。中国古人铸九鼎，象征九州。现在中国有 2×9=18 个省，则与佛教十八门徒，即十八罗汉一致。这个颇有象征意味的 9 在中国建筑中不断出现，例如北京天坛圜丘上外围的砌石，都是 9 的倍数（9、18、27 等等，见图 6）。除此之外，数字 3 和 9 的合数也常出现。正如图 21 中可见的 3×3=9，在寺庙规划中也常会用到，图 21 中寺庙的平面图即可表明这一点，寺庙中央是大殿所在。在寺庙中，人们在神灵面前表示谦卑和恭敬之时，会下跪叩首，也遵循 3×3=9 次数原则。10 和 12 都可以从一些更小的基数中衍生出来：5 的 2 倍即为 10，阳数偶数倍，体现了阴阳相交。将 4 各自三等分，和谐之 4 与生生之 3 相乘，3×4=12，进一步相叠，可以得到 24、60 和 360，即一个圆周的度数。中国人很早便知道这点了。通过对八卦数字的等分，自然中的万事万物，被人格化为神，供奉于寺庙和家中，成为观念的表征。

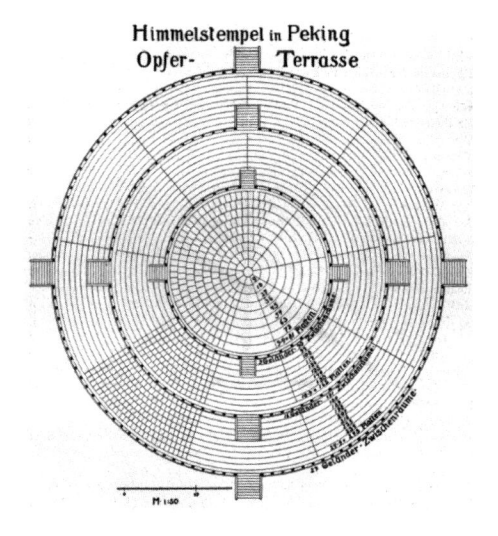

图 6. 北京天坛圜丘坛

  这是一个宽广而具体的领域，这里只是涉及由数字文化而来的数字规则。或许可以说，这些源自纯粹数学模式（中国人是伟大的数学家）的数字，在自然中得到了确证：男女两性，左右两眼，左右两手十只手指，它们的关系在可见的宇宙秩序中也得到了确证：一年十二月，黄道十二宫，二十八星宿，等等，这些还表明了数字 6 和 7 与宇宙意义之间的关联。数字规则对于理解中国文化的规则是必要的。这让人想到毕达哥拉斯，在他的体系中，数是世界智慧的体现，我们或许可以根据上述中国人的数字系统，即宇宙是数的构成，来理解毕达哥拉斯的体系。

宝塔，其形如孤柱，其营造中也采用4、8或16这些带有意味的数字。塔内通常有佛像，或与之相关的圣物，处于中心地位，是佛教世界观的体现，而在他们周围，其他圣灵只是以一组形态出现。

广州有一座汉石塔，建于18世纪中叶，有四面，象征四方；有四菩萨，骑着狮子、大象或其他具有象征意味的动物。

另一座美丽的宝塔位于舟山群岛上的普陀山，最晚建于明代。其四面清晰明确地表现了佛教的数字规律。

北京天宁寺的八边形宝塔，其历史可追溯到元代，雕饰繁复，砖石上布满纹饰和雕刻。小小的塔檐支撑（擎檐柱），充满了自然主义的气息，采用了男像柱的形式，支撑着出檐。

有时候四座塔会围绕一座中心塔，形成五塔寺。1793年乾隆帝斥金修建了清净化城塔（俗称喇嘛塔），即是这种类型。该塔是为了纪念访京期间圆寂的六世班禅额尔德尼罗桑华丹益希（Pantjen Erdeni Lama）[①]。塔身用汉白玉建成，覆以精美繁复的雕饰。中心主塔矗立在三米多高的汉白玉金刚宝座之上，四角各有一座八角形经幢式塔。数字的规律又一次反映出它与宗教之间的关系。

---

① 译者注：六世班禅罗桑华丹益希（1738—1780），是于藏历第十二绕迥之土马年（1738年，清乾隆三年）生在襄地扎西则（今后藏南木林宗扎的西侧）地方。父名唐拉，咒师出身；母名尼达昂茂，是贵族宗室之女。1780年，六世班禅因患天花治疗无效而圆寂。高宗为了纪念六世班禅，特命在他生前住过的黄寺四侧建立一座宏伟的"清净化城塔"，俗称西黄寺。

这类汉白玉塔中，最重要的非碧云寺塔莫属了。此前我曾提到过碧云寺，并将之位列中国最美的寺庙之一。这座寺庙，和其他很多寺庙，位于北京之郊的西山之上，犹如帝国的华丽皇冠。乾隆帝还敕令修建了一条通往塔院的道路，穿过一座汉白玉门，再过第二道门之后，塔尖就开始出现在视野中了。

塔身矗立在一个高台之上，塔基上布满了佛教的塑像和图案装饰，五座四边形的宝塔则乘塔基而立。这里还有一株九龙柏，是已故的道光皇帝亲手栽种的。松柏茂林，郁郁葱葱，整幢建筑物掩映其间。其中有一种特别的松树，叫作白皮松。柔和的月光之下的丛林，格外迷人。

沿着宽敞的阶梯拾级而上，佛在前方召唤。石阶带着人们进入建筑的内部，然后到达顶部宝塔矗立之处。一座主塔位于中央，其他四座位于四个角。数字4、8、16是很显然的。何以故？中心塔的侧面有四位菩萨，而位于主塔周围的四座宝塔的四个侧面，共有 $4\times 4=16$ 位菩萨。随着时间的推移，在中国又另加了两个，所以现在有 $2\times 9=18$ 位菩萨。于中国人而言，18又是一个别具深长意味的数字。寺庙的量也在增多，有些多达500个。主塔顶部的铜铸伞盖，上有八卦图式，精妙地隐喻着高高在上的秩序。两座瓶型的塔同样坐落在石座之上，瓶型的塔身，代表着泡沫，暗示着生活的虚空，如梦幻泡影。但是作为永恒生命的象征，栩栩如生的佛像安放于莲花宝座上，置入壁龛之中。单脚悬空，以莲花为履，避免踏入这不完美的尘世。

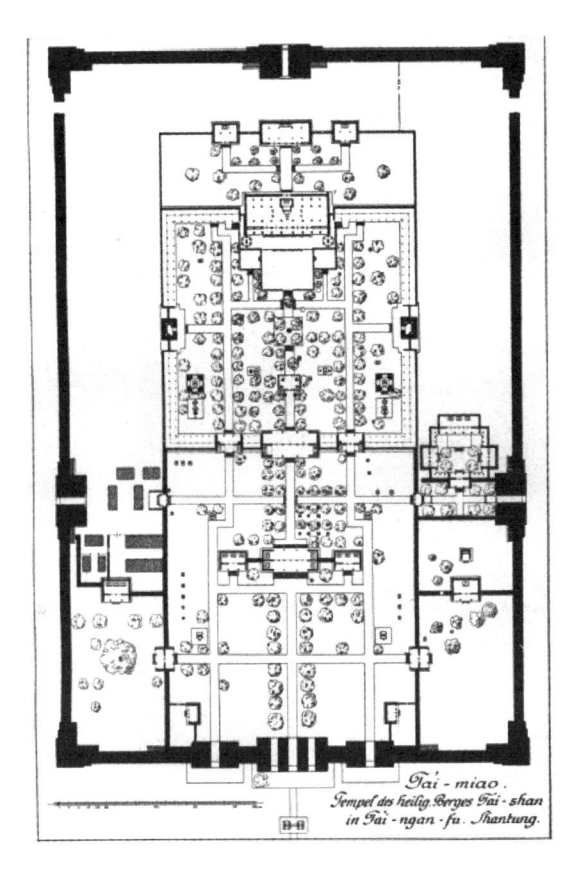

图 7. 山东泰山岱庙的平面图

将高僧的木乃伊金身安放于塔内，塔便获得神圣性，坐落在四川美丽的嘉定府①的塔，就是如此践行的。重要的寺庙多以数 3 来布局，有三条平行的轴线，再次体现了建筑中的三位一体。孔庙和五岳庙，其入口大门都按照最高的礼仪标准来营建，都分三路轴线布局。（图 7）正中的开间大门对着的是"神路"，人不能通行于此。神路中间镶嵌着一块狭长的带有龙纹装饰的覆盖板，以此表明只有神才可以通过。即便是帝王前往天坛祭祀天地和先祖，也只能从东门进入寺庙内。"中"是不可理解的，太极（正如处在八卦图式的圈中）是天，是至美，是阴阳两种力量相攀相争的对象。自然中相互抗衡的两种力量，也体现在龙的形象之中。龙作为中华民族的国家象征，也是阴阳合于一体，同时具有两种特性。在某个重要的庆典场合中，会有双龙戏珠的表演。这一动机非常机智地践行在明代的一个铜铸的几案之上，在四川峨眉山之巅的一个寺庙中。两条龙争相抢夺着一颗圆珠，圆珠象征着最高的纯粹和极致之美。他们争夺着，嬉戏着，却永远无法真正地拥有这颗圆珠。

龙也是阴阳两种力量的体现，我想强调的一点是，这里的阴阳二元，无关乎善恶，而是生命的象征，两种力量相争，

---

① 译者注：嘉定府，南宋庆元二年（1190）以宁宗潜邸升嘉州置，治龙游县（清改名乐山，今市）。属成都府路，辖境相当今四川省乐山、犍为、峨眉山、夹江、洪雅、沐川等市县地。元至元十三年（1276）改为嘉定府路。明洪武四年（1371）复为府。属四川省。九年降为嘉定州。清雍正十二年（1734）复升为府。辖境相当今乐山、犍为、峨眉山、夹江、洪雅、峨边、荣县、威远等市县地。1913 年废。

完美的真理却永远无法企及。

在四川的孔庙，处处可见这种和谐之美，以及阴阳二者张力构成的艺术力量。

寺庙门前的月塘之上，有一座桥（图8），桥的栏杆上蜿蜒盘绕着双龙，双龙目光向主轴神路中间聚拢。神路是无言，且隐含着一种和宗教信仰有关的观念，这种信仰认为：最高存在之名是不能道出来的。神路的另一端没有阶梯可以通往高处的大厅，而是放置着一块石板，上面华美的雕刻着一些重要的场景画面。

图8. 四川万县文庙的泮桥

在欧洲人看来,"老爷"(即关羽、关老爷、关公)是一位武圣,因他曾是名非常有声望的将军(图9)。然对中国人来说,他是一位优秀的生活向导,是一位值得信赖的神灵,拥有忠、义、信、智、仁、勇等诸多美德。在关羽老家山西解州的关帝庙中,这种关老爷身后的墙上绘有双龙戏珠的图像。它是一个对追求至高至美之境的重复表达。这位三国时期以来的英雄人物,塑像栩栩如生,尤受人们敬仰,关老爷貌似正在阅读五经之一的《春秋》。

图 9. 关老爷

再来谈谈龙门,这是达到完美之境的入口。无论谁,只要穿越神路,通晓理解永恒存在之道的阴阳原则,智慧之门便向他敞开。学生若是通过了考试,可以说他跳过了龙门,得到了象征完美的龙珠,或者说是与之同在。

中国有句古话:"鲤鱼跳龙门"。曾经那个愚蠢、傲慢、呆头呆脑的鲤鱼,在它跳过龙门之后,成为一条龙,即成为智慧和力量的化身(图10)。之所以如是,得益于空中云中的健龙,它向龙门吹来的灵气,鲤鱼由此而获得了生气。在崖石之间的惊涛和浪花中,鲤鱼激流勇进,获得了自身的启蒙。

图 10. 龙与龙门

他们并不满足于双龙，而是让他们相加相乘，获得更强的理想，更多的表现形式，最常见的是增加到八，与八卦一致。在一幢建筑的天花板下，一条龙盘绕着一根支撑柱子，朝向建筑物的中间，那里的顶端悬挂着象征完美的神圣宝珠。

龙总是代表完全正面的存在，而蛇则常常与凶恶的、难以捉摸的、矛盾的一些存在相关，好似它属于恶魔的一方，但是它本身并不就是邪恶或者凶狠的，只是它常常与冥界的观念联系在一起。长江边上的四川，最著名的通往另外世界的入口被认为是"封土"。山在峰处有一个神秘的开口，是通往冥界的入口，所以会在山顶建造很多寺庙，供奉与冥界相关的各路神灵。其中一座寺庙，是蛇王的加冕之地。八条蛇缠绕着庙前的柱子，一条蛇则从中间倒挂。这与观音庙的八龙戏珠，形成了鲜明对照。这里所说的观音庙位于中国南部圣地普陀山，即大慈大悲观音菩萨的道场。

由此，数字3、8、9可衍生类推，用来代表无穷无尽的现象。山西首府太原大悲寺千手观音像，背光由无数只手构成。尘世间的万事万物，都远离了自然之真，远离了神灵之旨，是不尽美的、短暂易逝的东西。在佛教看来，万事万物最核心的特征就是虚空。因此，众生灵大悲其存在，努力从苦难中拔身出来，修道成佛。其佛光四射，就像佛像千手。生成之物，有其价值，也注定毁灭。这就是大悲菩萨的含义。

在这座富丽堂皇的庙殿中,有三尊巨大的佛教造像。

现象世界千变万化,无穷无尽,可在苏州罗汉寺[①]中窥见一斑,该寺中有五百罗汉造像,一尊四面千手观音,这里有宇宙的基本数字四和八,与佛教四大名山、四大菩萨相应。

图 11. 坛城

[①] 译者注:苏州罗汉寺,始建于五代后晋天福二年(937),明洪武初归并上方寺,明永乐年间僧悟修重修,不久寺废,明天启二年( )觉空禅师来居,寺始兴,至清乾隆三十二年(1768)寺得重建成,有《重兴古罗汉寺碑记》。清光绪十一年(1885),治平寺住持隆法和尚修建了五百罗汉堂,遂改称"罗汉寺"。

中国古代寺庙，常常营建成四合院，四隅有角楼，四方置四门（图7）。佛教将自身构建了一个精神世界，并将其表现在佛教寺庙布局营建之中（图11）。

佛教寺庙堪称一个完整的世界、一座城市，就像中国人看待他们国度中的五岳一样。城墙围合四面，形成一个完整的空间，中间是圆形的神圣的场所。四方各设有一门，也是全部的入口和出口，四角修建角楼，每一面城墙站立四个守卫者或佛徒，一共是16个。

这种观念在营建北京和其他大城市中，得到非常充分的发展。帝王宝座，位于北京紫禁城中心的大厅这种，许许多多的小庭院围绕着这个中心宫殿，共同组成了紫禁城。紫禁城又位于整个北京城之中，这个满族人的城市之中，所有的建筑都严格依中轴线分布。紫禁城有四门四角楼，跟那些完整的大规模的寺庙如出一辙。

像帝国古都西安（图12）这样的大城市，自然是特别需要营建城门和城楼。四面各设有三门，三门之间设有两闸楼，以及若干墙堞。然而这种观念却是根源于宗教的现实表达。这些结构的独特形式中蕴含的稳定性和内在节奏，与坛城如出一辙。

图 12. 陕西西安城门

防御性角楼并非只是用来满足军事目的，也尤其宗教的意义。四大名山和五岳寺庙建筑中，也能找到相类的防御性墙体设施。

北京即是世界。城之四方有庙：先农坛、日坛、月坛、地坛。

中国人视其国度为一个有机的整体。五岳即是其精神观念的诠释。五岳：东西南北各一，中央有一，其数为五。自然天成，就像坐落于陕西的西岳华山，即由五个主要的山峰（中为玉女峰，东为朝阳峰，西为莲花峰，南为落雁峰，北为云台峰）构成。五台山情况亦是如此，五座山峰呈现出宇宙的图式，同时又与五色相配。古老的五岳，常常从平原中拔地而起，其山脚之下，群寺密布。

寺庙的中轴线延伸，可直接通向山岳的顶峰，华山华阴庙即是集中的体现。寺庙夯土成墙，形如碉堡：雉堞之墙、门、小塔楼，围合成相对独立的空间，其中为庙殿，且以长方形柱廊连接。整个空间形式表征出了中国人的宇宙观念。

对五岳简要描述，其意味深长，颇为有趣。举山东泰山为例，名岳之中位置最东，最为著名，其历史也毫无疑问最为古远。其中一位神灵（即泰山老母——东岳泰山天仙玉女碧霞元君），逐渐成为这座山的主神，她在民众中流传最广，人们认为她的足迹遍及整个国度，在她游历之处、下榻之地，都受到人们的敬仰和崇拜，就像自古帝王所到之处一样。那些为崇拜她而建的小庙，一般只有一间供奉之堂，通常装饰绚烂繁复，活灵活现。其中有一座庙的山墙中心有一个圆圈，其中绘有虔诚的香客们，不畏艰辛到达山顶，祈求泰山老母的庇佑。众香客在每年的农历四月十八日泰山老母的祭祀之日，登临泰山，便是这一场景的现实版。大部分香客徒步攀登，富裕之人则坐轿子。南天门顶峰之下不远，是一级一级的台阶，是人们登临之道，被称为天梯。泰山有四条到达顶峰的路线，分别位于四个主方向，泰山整体也是宇宙世界秩序的比拟。山顶是光秃秃的岩石，高 1500 米，上有寺庙、石刻和宗教圣物。我登临泰山之日，恰逢十月的夜晚，对山顶湿寒的天气没有做什么准备，山顶庙宇之中，窗户相对而破，风凛冽贯通，待在里面极为不舒服，其情况可想而知。

位于湖南南岳衡山的南岳庙，展现出湖南省优美的线条比例，人们热衷使用细长优美的石柱。

陕西华山西峰陡峭如柱，人们若想登临的话，起码也得预留出两天时间来。尽管登临是危险的，然数以千计的香客们还是每年照样前来攀爬。陡峭的岩壁上装有铁链，起到保护作用，防止跌下山崖。我测量崖壁的高度，垂直高度有560米。6月，人们在2000米的山顶，可以看到森林郁郁葱葱，花朵美丽绽放。

山巅之处，云卷云舒，显得格外白净圣洁，中国人将之与逝者的观念相联。在山顶的高度，俯瞰著名的黄河拐弯处，宛如看舆图一般。

佛教四大名山在佛教传入之前的古代中国，显然已经是颇为著名的了。在五台山和峨眉山，依然可以追溯到古代圣者的遗迹。只不过佛教逐渐将道教驱除出去了，就像现在南岳衡山现在正在缓慢进行的那样。佛教四大名山四大菩萨的道场，即象征智慧的文殊菩萨、象征实践的普贤菩萨、象征慈悲的观音菩萨、象征愿力的地藏王菩萨。其中九华山在地理上毗邻著名的南京火山区。

与其他佛教名山相比，山西五台山有其特殊之处。寺庙建筑并非逐渐平铺展开，且与神圣至高圣处相连接，而是如此：数以70的寺庙，分布在海拔1800米的高台之上，环绕着雄伟的白塔，白塔历史近两千年之久。这种环绕的局势，与小鸡仔围绕母鸡甚可相比拟（图13）。五台山有五座具有象征性的山峰（东台望海峰、南台锦绣峰、中台翠岩峰、西台挂月峰、北台叶斗峰），海拔最高的山峰超过了3000米。这里尤其受到蒙古香客的青睐，即便是在冬天严寒之际，还会有人前来朝拜。

图13. 山西五台山

规模最大的寺庙（译注：显通寺），其院落格局很好地反映了五台山寺庙的布局思想。大雄宝殿，前檐抱厦，从外形可窥见印度之影响。寺庙后院矗立着塔和略小一些的圣殿，圣殿镀金，细部多为明代优秀艺术之作。

四川峨眉山山体海拔3300米，其寺庙则要简单得多，建筑的主体和屋顶皆为木结构。这些寺庙能够接纳大量香客，有些寺庙一次就能提供几千香客的食宿之需。山之巅冠有一亭阁，离天似乎只有一步之遥。

邻近的一个寺庙中，有一尊真人大小的圆寂高僧坐像，身着华丽袈裟。或许正是此人，为这座最雄伟的圣山，吟唱出了这般赞歌：

> 庄严的氛围弥漫着峨眉山顶，中秋满月依旧熠熠生辉。我邀请月中的仙人，一同来饮酒赋诗。我手执竹杖，一步一步向着山顶攀登。惬意的是，处处都被清风浸润着。我悠然地点燃佛香，向着云雾深处的大雄宝殿前行。

宁波之东，舟山群岛之上的普陀山，是大慈大悲观音菩萨的道场。观音菩萨用其吉祥之舟，普渡海上遭遇暴风雨中的众生，到达幸福的彼岸。供奉观音菩萨的寺庙"法雨寺"，名出"天花法雨"，有许多精美圣迹。

通往山峰之路的前段，有座雅致的石桥相连，上刻有"山高霁升"，表达出了这一思想：学识之人先当明了佛法。

自然现实与精神理念的完美结合是中国诗歌和艺术的重要特征。生命不过是一个富含启示真理的寓言罢了。

石桥栏杆覆以雕饰，颇有意思的一个场景：两只山羊在争斗，一小孩站立在侧，一个森林小精灵在树枝上惬意地看着这场愚蠢的争斗，暗喻其所在的世界。

寺庙大殿有一尊极为优美的观音石膏像，置放在玻璃箱之中。其唇、其眉、其眼，恰切地涂饰以浅红和浅黄，面容清秀俊逸，整尊菩萨像身着极尽华丽的锦缎法衣，上面绣着：

菩萨悲悯，有求必应，度一切苦厄。

另外一尊观音菩萨，坐在优美的宝座之上。塑像规模并不是很大，但是造价甚是不菲。脸、胸和颈的一些部位所用之珍珠，直径约有10cm，至大极为罕见。供奉菩萨像的宝座，与临近宁波城中的宝座无异，组合之奇妙，慷慨地覆以雕塑、绘画和金箔，烘托出庄严肃穆的氛围。

民居同样也是优雅可见。宁波有一条狭窄的街道，两边皆是富商们奢华现代的府邸。每幢宅子都堪称该类型的典型，三面都精致无比，我们可以从中感受到中国线条的魅力，这些线条，在他们对生活和现世的喜悦之中，化为繁复无尽的细节和雕刻，宏大观念与细节装饰之间韵律的协调，也正是外在大宇宙和内在小宇宙之间和谐的表现。

高僧墓近普陀山最高峰，是一块风水宝地，舟山群岛大多景色可尽收眼底。僧侣的灵魂，虚无缥缈，像白云一样徘徊，在这里，魂归故里，得以最后的安息。墓碑镌刻着："云归故里"。中国人对于空的诗意，以及完全融入自然的状态，

有一个专门的表达,即"空"。有一块墓碑上的铭文非常优美地表达出空寂的魅力:

> 山峦之上,唯有白云。大海之上,月亮是第三位守夜之人。

"五岳"和"四大佛教名山"合数为九,此数于中国人而言,颇具有崇拜意义。他们并不把"五岳"和"四大佛教名山"区分为两个非常不同的类别,而是合而称之为"五岳四大名山",他们是宗教思想的中心,也集中地表达了中国人的宗教观念。我有幸得访九座山之中的六座山,且试图孜孜遍访之,然却时间不让人,我不得不和中国游客一样充满遗憾:

> 哎,无奈不能遍访所有的名山,我得回到故里的山中去了。

中国人将山岳视作万物之父。用我们今天的观念来看,这点甚至也是正确的。不言而喻,有山岳才有平原,有平原,才有了我们生活和工作的依凭,因此山岳也是我们生命之精、气、魂的源泉。此一观念在今日中国,其可触可感的现实性,有甚于我们。平原屡遭洪水之泛滥,整个国度为山峦环绕隔断,江河则年复一年地抬高大陆海平线。在山东和河南,让人望而生畏的黄河，持续带来洪涝灾害，其河床已经高出了广袤的平原表面。巨大的洪涝灾害几乎每60年就会循环降临。这片土地上的人们承受着心理和体力上无休止的负担。地质现实和持续不断的变化积淀在整个民族心里之中，造就了中国一成不变如同寓言般的故事。

每个中国人都能意识到这样的事实：脚下的大地来自山岳，他们对山岳充满崇敬之情。山岳是最早被祭祀的对象。佛教将这种神秘的力量人格化，于是，数以千计的佛教造像被雕刻在崖壁之上。在唐代（620—907），中国开掘了大量石窟，雕刻了许多佛教造像。难以计数的佛像被刻在那些著名的崖壁之上，成为河道、交通要道和景观的重要标志。四川嘉陵江昭化段崖刻便是这样一个绝好的例子。

中国人认为：山岳是生命之源，赋予生命以精神的力量，从而成就生活本身。因此，以上的观念，自然是再亲切不过的了。

位于四川北部，嘉陵江边的广元县附近，被认为是崖刻源头。雄伟的佛像，以及其他大量代表性的菩萨造像，被雕刻在江流对岸的崖壁之上，与之相随的还有一座寺庙（图14）。这些造像，代表着神圣和永恒，凝视着穿城而过的江水，赋予了山川神圣的力量。

图 14. 四川广元县崖刻

北京附近的一座洞窟，里面有许多小型的佛教造像，围绕着涅槃佛，整座洞窟弥漫着精神性和神圣性的氛围。

中国人有关"仙"的书写，是人与山的复合表达。中国历史上充斥着名人、圣贤和僧侣们留下的名言：

> 时值暮年，了尽一生的使命。便隐居名山，修得仙道。

在名山之中，茂密的丛林覆盖着野僻的岩石峭壁，隐匿着众多寺庙，那里遁居着何等深邃的情感，诗性和思绪！远

离尘世的喧嚣,这里流逝了多少美妙的时光!诚如此处碑文所言:

  水流不息 山峦环抱 灵光乍现 月光皎洁 微风纯净 智者长眠

  那些悟透自然之道的僧侣,不仅要选择最佳的位置来兴建寺庙,还将自然之道内化,此种态度只有中世纪欧洲僧侣们可与之比。

  我曾在庙台子借宿过几日,这里算得上陕南的重要山脉——秦岭中最迷人的住所了(图15)。那儿离任何大城市都有好几天的偏僻行程。我独自寓居的客房与庙堂相连,该庙堂为纪念汉朝开国大宰相张良而建。时至今日,人们仍然追忆着他,并将之视作本地的保护神,他出生在此,且晚年告老还乡于此。此处群山环绕,溪流之上矗立着宝塔,茂林修竹,松柏苍郁,寄居于此,深得独处之至美。该庙即有诗云:

图 15. 陕南庙台子的庭院

明月照耀着松林，蛟龙在松间嬉戏，风中弥漫着山中佛香的味道，隐居者悠然自得回到了山林中。

又：

这里，听不见凡俗的喧嚣，遁居几日，它便成了心灵安顿之地。

类似的情形在中国处处可历。崇山峻岭，茂林修竹之中，古寺宝塔若隐若现，寺庙大殿佛陀和侍者的造像，栩栩如生，具有极高之艺术性。

岩寺在中国占有很重要的地位，源自深邃之宗教观念与山岳二者的密切关联。绵山，是一座独立的巨大石灰岩山体，在起伏的地势中怵然耸立，形成了众多的陡峭的峡谷和洞窟。它地处山西太原府之北，丛林茂密。其中最大的寺庙由大约30座建筑组成，都悬于崖壁之上。（图16）巨大的洞窟与尼亚加拉大瀑布的风洞相近，或许也有着类似的源起——来自瀑布。香客们每年只到此朝拜一次，可是数量庞大。少数僧侣大多数时候独居，远离尘世，成为隐士。他们中也有些人，住在离寺庙有些许距离的茅舍或洞窟之中。直到今天，中国各处情形依然如此。

因此，在峨眉山的一个寺庙中，十八罗汉被塑造成各类典型的隐士，大约是很自然的事情了。这是继南京寺庙中这类图像的又一处著名例子了。在杭州西湖边上一座石塔上，这些罗汉图像频繁出现，并且在太平天国运动中有幸躲过一劫。该塔有六面，与佛陀最初的门徒数量相吻合，且装饰繁复，风格混杂。这些门徒形象被雕刻在嵌板之上，貌如隐士。

图 16. 山西绵山的崖寺

墓地，以风水宝地为胜，形态各异，零散风格分布在山坡之上，这类阴宅的营建表明，生之灭，须魂返山岳，回归一切生命所出之地。在中国，墓葬建筑往往最为讲究和精致，占据最为优越的风水宝地，且极尽奢华的艺术进行装饰。四川西部一个家族墓地，其外形在模仿木建筑上，极尽艺术之效能，便是一例。（图17）坟墓前立有墓碑，前面摆放着八仙桌，且配有石凳，在特定的日期，或者以特定的周期，在此对逝去的亡灵进行祭拜。

图17.四川雅州府家族墓地立面

在临近的地域，我发现了汉代墓葬的残迹。在沙畹①的描述中，山东之外的汉代坟墓还尚未为人所知。墓葬的台基大体相同，但是四川和山东两千年前在艺术上的相异，是值得探讨的。山东艺术拙朴而富有秩序感，然而这里需要的是对

---

① 译者注：沙畹（Emmanuel-èdouard Chavannes, 1865—1918），法国汉学家，最早整理和研究敦煌和新疆文物的学者之一。

那些蜷缩在角落的人物，以及柱础间的雕绘进行类型学和风格学上的考量。不同省区在艺术上的差异，在这个例子中只是简要提及下罢了。

四川省之美，颇受赞誉，墓地风景便可略窥一斑，墓地依山势而建，植有松柏，山巅之树，更是强化了斜坡的整体感。

牌楼，追忆着逝者。在中国各大交通要道，屡屡可见，尤其是在山东和四川。在四川，多以红砂石来建造，曲面屋顶，灵动生气，使得建筑轮廓富于变化，而其作为整体的和谐，则是一以贯之。

广州附近的梧州府，有座古雅（巴洛克）的牌楼，带有几分印度趣味。细细究查那些业已模糊不清的雕刻，可见其工艺精湛优良，且暗示着某些特定的事件。

在四川，寺庙和民居的正立面常常使用到门拱券。一切都极尽奢华地去雕绘，柱头的装饰极富艺术性，饰以蓝色的马赛克和白色的陶瓷片，闪耀夺目。

在四川，有胜于其他省区，交通要道和原野的自然之美，常常为那些寺庙、桥梁、祠堂所点缀，亦如锦上添花，连系着无数海外游子的思乡之情。土地庙处处可见，即那些路边小祠，用意供奉一方的土地之神，如同我们文化中的地方守护神。怀着感恩之意和虔诚之心的信众，在其庙所前立石杆，载种大量树木。

那些最负盛名的庙所前，通常供奉的东西也最为丰富。在自流井我曾在路旁边见到过一个土地庙，路边一侧有根石杆，石柱上刻有佛像，旁有焚香炉，还有一座漂亮的观音庙，所有的这些形成了一个避难所，被丛丛竹林环绕，竹林以其名而存在："观音竹林"。中国人处处都将他们的灵魂融入到自然之中，有碑云：

> 凡世间的欲望，皆为虚空。若你在心灵之地供奉观音之像，将得以永恒。

中国人在建筑平面上，内蕴着对雄伟壮丽的诉求，在当朝皇家陵寝的营建上体现得淋漓尽致。帝王们的陵寝坐落之地，长10公里，宽8公里，密植以松柏，且依山势铺展排列。门和桥交替呈现，接着是两旁站立石像生的神道。宝顶前有明楼，其结构分为几层，明楼前则是拜谒和祭祀的地上宫殿。整个布局在比例上平实，但是建造上坚固，且富有皇家气象。

帝王陵寝显然是对逝者追忆最特殊的情况。在中国，于多数情况而言，是对逝者的崇拜。平民百姓在家中赞誉先祖，或者到墓地去祭拜。富裕之家则会在住宅中建造专门的祖堂，或者勘择佳地，营建宗祠，其雕饰精美，难以名状。

在柏林的一位中国留学生陈氏，广州家中就有这样一座宗祠，为五坐三进制的院落组合。祠堂客厅漂亮，通风，且装饰华丽，两侧有四张茶几，八把座椅，与八仙桌的对于"八"的排列异曲同工（图18）。

图 18. 广东陈家祠堂的会客厅

该祠堂的五个厅堂，装饰华美，可以容纳4000多个小的祖先牌位。每坐厅堂前面都有仪式之用的五个蓝色供瓶。宗祠一切大小之物，用材尚贵，单看建筑，也是雄伟壮丽。

山岳具有重要的意义，不仅体现在寺庙、墓葬和宗祠的选址之上，同样也表现在人居城市的营建之中。在其他条件具备的情况下，他们倾向于依山而居住，若是此山附近有河流流经，那么就定是一个绝美理想的居住之地了。中国人称之为"风水"，意指城市依山傍水，乃为佳地。

大城市，以及其他几乎所有的城市，其选址几乎是极具智慧地将自然环境和工业利益结合起来，最大可能实现环境的自然之美。中国人以艺术化的方式，将人工营造与自然环境完美结合起来的追求，让人有些不可思议。四川省的大多城市在选址上都非常独具匠心。长江支系的岷江之都——嘉定府，就是绝好的例子。欧洲的蒸汽炮艇泊在这帝国的内陆深处，其中也有德国的炮艇"祖国号"。江水向东和向南，嘉定府位于西北角。（图19）那儿还有一座山，被人们视为城市之宗祖，是城市生命之气和精魂的源泉。基于这一观念，人们在山顶建有山神庙，祈祷神灵对城市的庇护。（图20）该庙之中，供奉着以玉皇大帝为中心的众多神仙。玉皇大帝被认为是山岳之统神。他以三张面孔现身，依次排列，因此，最前面的形象与人更为相近，而最后面的形象在神庙昏暗的阴影之中。这是颇为意味深长的三位一体。神殿中簇拥着各路神仙，代表着美德和具体的宗教观念，以具体的造像形式表现出来。整个神庙呈现为中轴对称的布局。轴线两侧两立柱，栩栩如生地雕刻着龙的图案。中轴线延伸之中央则是内殿。

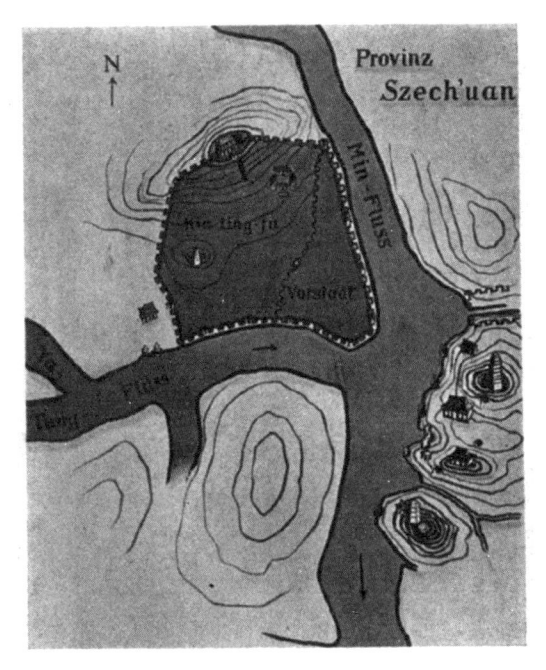

图 19. 嘉定府城市图

　　河流从东南面的悬崖峭壁下流过，那里矗立着城市的宝塔。在中国，有这样一个规律，城市的东南通常有塔，要么是在城墙之上，要么在城郊，为文曲星而建，该星位于大熊星座。在山西，这类文昌塔在村镇处处可见，且形态各异，优美动人。在嘉定府，有许多具体的举措，用以保证其神圣有效性，守卫城市的安宁。其中之一便是在城市对面的崖壁上雕刻一些佛像，其中一尊佛陀站立像，高达 6 米，而另外一尊巨大的坐像则高 30 米。除了供奉着神像的石窟和古代寺庙之外，那些巨石之上，还刻有此前提及过的八卦。其中一座寺庙中，保存着涅槃高僧的金身。这里还有苏东坡和其他一些诗人的纪念祠堂。因此，城市东南被认为是风水宝地。从"古岳寺"对面往下看，另外一座塔使得这座城市更加平衡（两座塔连接着城市的东南和西北）。这个地区的美，或许可借一座山庙中镌刻的文字来想象和传达：

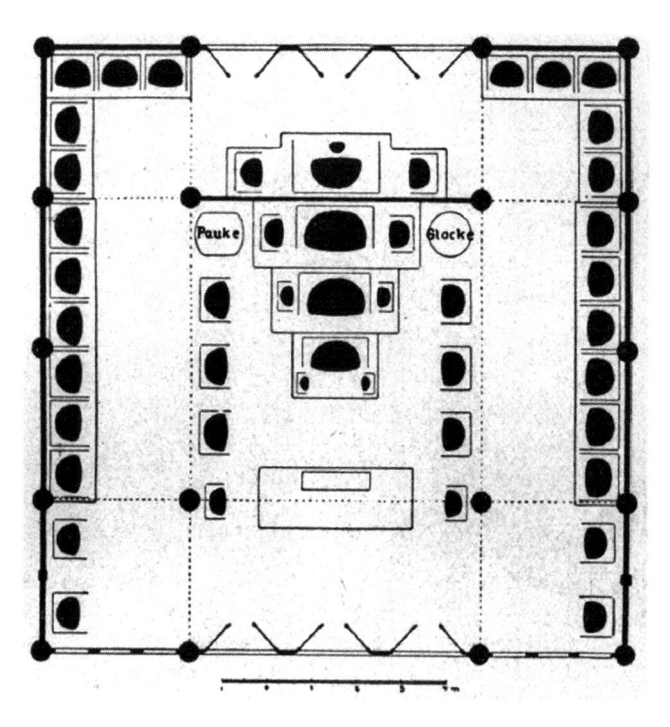

图 20. 四川嘉定府山神庙平面

这是怎样一块风水宝地。这里，人们能看到河流环绕，南边是广阔的平原，向西望过去，峨眉山最高的三座山峰便映入眼帘。

山神，以及山巅形成的三角，体现为山庙主神的三角。对于部分中国人而言，这让他们想到佛教的三世佛和中国宗教信仰三个流派，即儒、道、释。

类似的城市选择在天府之国的四川处处可见。这些特点在中国大陆最南端的广东省首府广州也可以看到。（图21）广州城坐落在白云山不远，该山作为城市之宗祖受到崇拜，城市东南立有一座塔，镇守着这种城市的灵气。白云山巅一座五进寺庙中，最高的大殿中供奉着两尊坐式神像，俯瞰和庇佑着中国人的日常生活。这两神像一位是掌管智慧和学识的文昌君，另一位则是以英勇著称的关老爷，中国人称之为"一文一武"，翻译为欧洲的语言可以说成"文明"和"军事"，但是在中国，意义比这个要远远复杂、深奥和丰富。他们守卫着城市，城市的繁荣昌盛都取决于他们的庇佑。

广州北依著名的白云山，白云山是广州得以形成之山。逝者的灵魂仿佛白云，当白云山为厚厚的白云笼罩之时，人们便会认为逝者的灵魂在山上被聚合，这同时也意味着新生命即将从这里开始。一切有生之物都周而复始，循环往复。

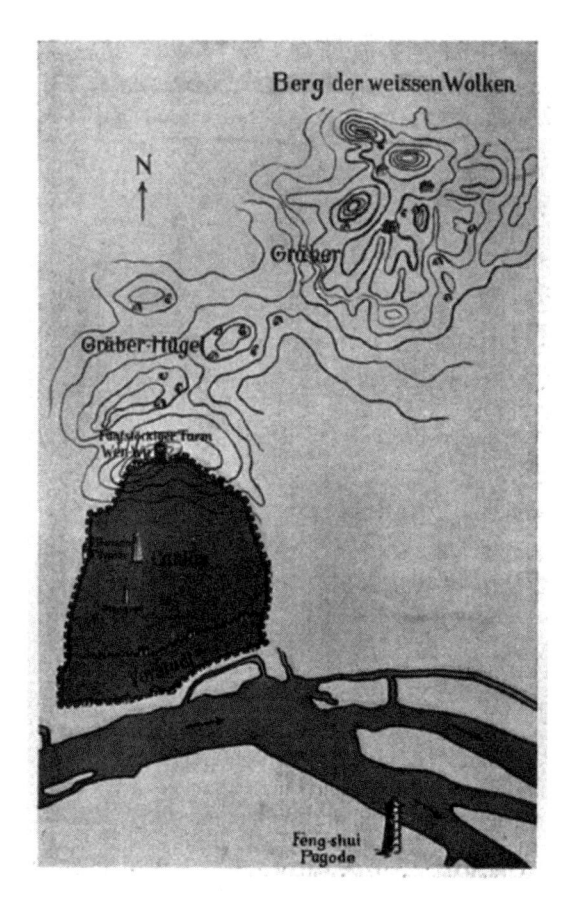

图 21. 广州城市图

白云山上的墓地，以山之北为起点，继而延展到整个白云山，便是生命循环观念最精恰的表述，在那里优美的寺庙之中，供奉着数不清的神灵，不仅仅是现世的庇护者，也是来世之路的引领者和理想归宿。墓地在中国可以很大，是一个 12km 长，7km 宽的范围，密密麻麻布满在山坡之上，直到山顶。如果说这个墓地的坟墓数量有几百万，也毫不夸张。有些坟墓简单，有些墓冢阔气，也有些堪称艺术之作。

它与"死而复生"的宗教观念有着重要关联。山名因逝者故名为白云山，旨在强调"从生到死，死而复生"。

山体高处，有些雄伟的坟墓，周围种植着价格不菲的树木。（图 22）当人们伫立山头，鸟瞰和沉思广州芸芸众生喧嚣忙碌的生活，便明了现世的虚空，以及对死后世界的珍视。世界万事万物皆为虚空，是中国人，也是佛教徒。这个观念在寿星的形象中得到深入的体现：白发的老智者，手持着象征世界、解释生命存在意义的八卦。

中国人因此体悟到他们与自然的紧密关联：从自然而生，又复归自然，回归大地，生命在他们的子子孙孙中得到延续。他深知自己不过是世界的过客，他在其所处的世界之中并非不可或缺的部分。这完全是一种泛神论的思想，也是这民族社会本能的直接源泉。

图 22. 广州白云山上的墓冢

然而，中国和印度之间，存在着本质的差别。中国人观念的创造伟大而富有整体性，他们将这一思想体现在他们的艺术和宗教之中。但是，作为一个现实生活中的人，他们意识到，只要他们寄居在这个世界之中，他们便应该尽可能把生活安排得惬意。因此，他们清醒的务实精神，劳作上的坚持不懈，都应带来生命和欢愉的馈赠。最高的理想主义与现实感的融合，使得中国人富有生气，且理所当然地将其观念发展成熟，得到接受和尊重，可以与我们纯粹的个体主义文化平起平坐。或许是因为在中国的泛神论中，相当程度地融合了个体主义文化的因素，所以对于我们来说，在性情上中国人似乎更亲切，而人种上更接近的印度，则有如梦幻一般，超凡脱俗。

我们可以看到，在当今，在历史上，欧洲和印度如何向中国人展示了宏大的整体性观念。中国人的宇宙结构因此被分为太极中的两仪，即阴和阳，进而形成八卦，用以象征物质世界和谐富有节奏的多样性的发展，最后则是人与自然构成的整体。我们将自然哲学分为物理、机械能、多样性，以及逻辑学和生物学，与中国人对宇宙的划分并没有多大的不同。显然，人类总是共通的。然而，独特的观念，以及在泛神论倾向中将这些元素结合起来，给予了中国文化一个现实，那就是为艺术技能的发展做好了充分的准备。

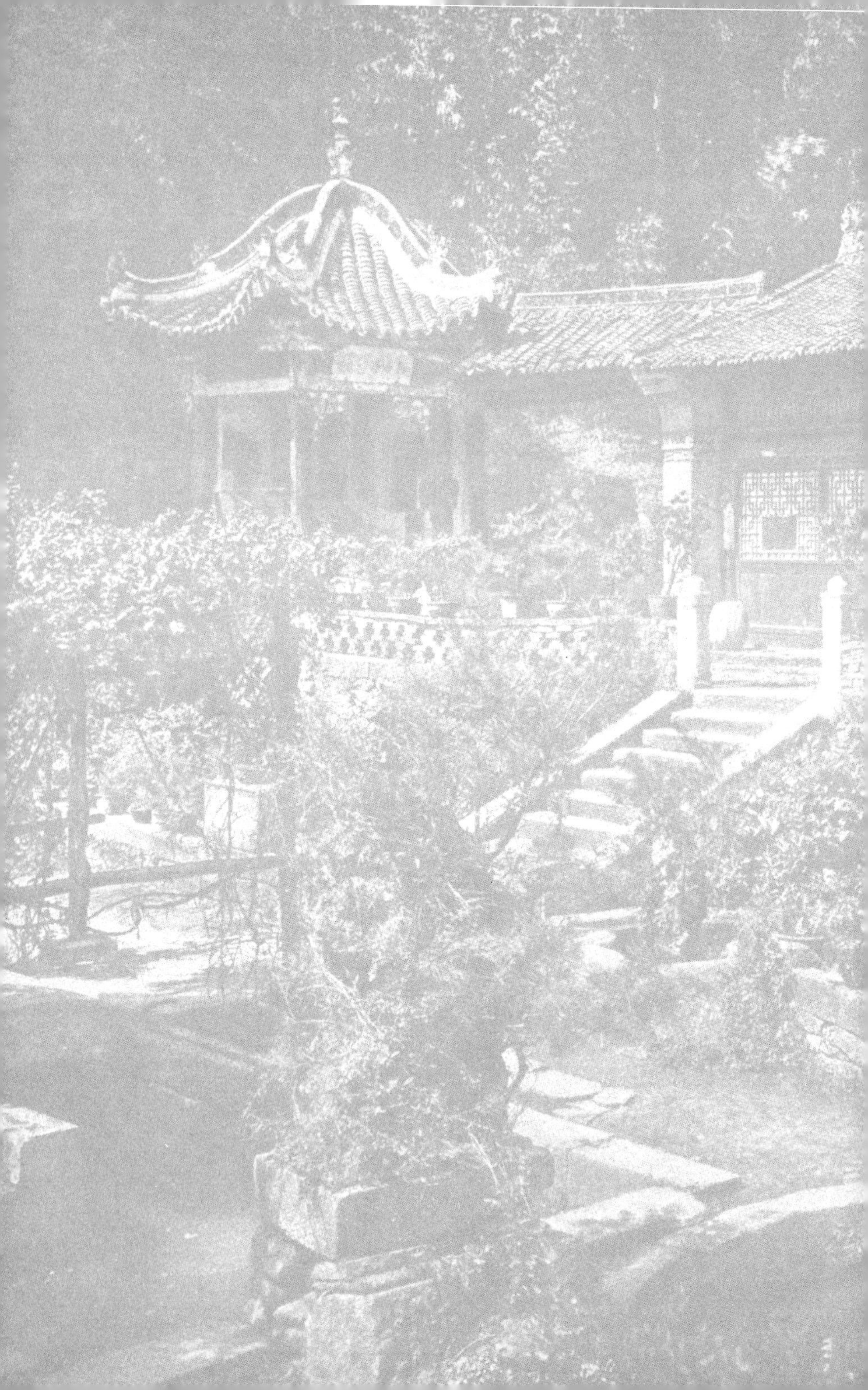

一 事件 一

蔡元培缘何未获法兰克福大学荣誉博士

万惊雷

1925年秋,在法兰克福大学任教的汉学家卫礼贤(Richard Wilhelm)出版了新作《中国心灵》(*Die Seele Chinas*)。在此前的学术生涯里,卫礼贤以翻译中国经典著作而成名,但这本新书却以回忆录、日记、游记的综合体裁描述他所亲历的清末民初的青岛和中国,无论从内容还是从形式上来说,都是卫礼贤著作的一种突破,颇让人感到惊讶。同样让人意外的是,卫礼贤郑重地把这本著作献给了和他关联似乎并不太多的蔡元培。在《中国心灵》的扉页上,他写道:献给人权和自由的斗士、学者、朋友,蔡元培先生。

《中国心灵》1980年在法兰克福再版时,德国学者鲍尔(Wolfgang Bauer)在再版序中认为,卫礼贤和蔡元培很可能在此书首版前的二十多年就相识于青岛。[1]这个猜测不无

---

[1] Richard Wilhelm, *Die Seele Chinas*, Insel Verlag Frankfurt am Main, 1980,第17页。

合理之处。1903年6月至9月，蔡元培曾一度短暂居住在青岛，为留学德国做准备，其间也曾师从一位德国传教士学习德语。[①]而卫礼贤从1899至1920年在青岛传教，前后二十余年。但蔡元培的德语老师是否就是卫礼贤？当时青岛有多位德国传教士，这位给蔡元培上课的传教士究竟是谁并不明确。而且，无论是卫礼贤还是蔡元培，在之后涉及对方的文字中，都未曾提及在青岛相识之事。以二人重交游重友情的性格来说，似乎不太会故意避而不提这段往事。

但可以确定的是，蔡元培和卫礼贤比较密切的交往，发生在1922年下半年的北京。"一战"结束后，卫礼贤被迫从青岛返回德国。1922年初，他脱离教会，再度回到中国，在北京德国公使馆出任学术顾问一职。作为负责文化教育的专员，卫礼贤自然免不了和大学发生工作上的联系。到北京后不久，他便拜访了时任北京大学校长的蔡元培和西文系主任胡适，还和正在北大执教的德国教授厄尔克见了面（1922年4月25日卫礼贤日记）。[②]

[①] 《蔡元培年谱长编》第一卷，高平叔撰著，人民教育出版社，北京1998年，第271页。
[②] 本文中所引卫礼贤日记、家信、北京东方学社简章、中国公使馆致卫礼贤电报信件、卫礼贤致德国外交部信，及卫礼贤和福兰格来往信件等，均引自巴伐利亚科学院所藏卫礼贤遗稿档案。

蔡元培对"东方学社"的支持

卫礼贤对蔡元培的感激之情,很大程度上来自蔡元培对他的"东方学社"设想的鼎力支持。卫礼贤在北京公使馆的主要任务是整顿由于一战而陷入混乱状态的德国在华教育机构,但他同时还携带着一份自己的"创业"计划,这就是在北京筹建一所学术机构。卫礼贤对这个机构已经有了相当详细的策划,并在欧洲筹措资金。

一到北京,卫礼贤便开始接触各方人士,推动计划的实施。在卫礼贤拟订的一份《北京东方学社简章》里,他把该社宗旨定为:"一、联合东西学者,共同研究中国一切学术,并介绍欧西重要学术于中国。二、联系中外学者之私交,俾双方交换知识,互获效果。"根据计划,东方学社将下设图书部、博物馆、理化实验室、询问处、出版社、讲演会、翻译处等。

但卫礼贤很快便意识到,没有来自中方强有力的支持,他的宏伟计划很难付诸实现,甚至连寻找合适的建社地点都困难重重。他一度考察有待出租的恭王府,但终因王府过于破败而放弃。6月间,蔡元培致函卫礼贤,希望他能够为北京大学在德国购买教学仪器提供方便。[1] 借此机会,卫礼贤也终

---

[1] 《蔡元培年谱长编》第 2 卷,第 521 页。

于开口向蔡元培求援，并且当场得到了蔡的支持（"3 点为东方学院事去见蔡元培。他承诺给予帮助。"1925 年 6 月 19 日卫礼贤日记）。这一年的下半年，卫礼贤开始在北京大学德文系授课，和蔡元培见面的机会自然就更多了。蔡元培还把卫礼贤介绍给了其他学者，中国学者饭局上的讨论让卫礼贤感觉受益匪浅。刚从欧洲归来的徐志摩也在一次饭局上和卫礼贤相识（"晚上在北京饭店，在座有蔡元培、罗叔蕴、沈兼士、王天木、徐志摩、陈。"1922 年 12 月 4 日卫礼贤日记）。也就在这一天，"东方学社"的名称被确定下来，学社的地址则被安排在翰林院的旧址。在此后的一段时间里，徐志摩频繁和卫礼贤见面，协助他翻译"东方学社"的章程，上文提到的《简章》很可能也经过徐志摩之手，徐志摩和卫礼贤由此也结成至交。[①]

　　1923 年 1 月中旬，卫礼贤前往武昌和南京考察当地的大学，途中得知蔡元培辞去北大校长职务的消息，这使他顿时感到失去了最坚强的后盾。他在安庆和芜湖之间的长江航轮上给在德国的妻子写信说，"在我离开北京期间，事态再次陷入混乱。北大校长、我的朋友蔡元培因和教育部长彭允彝的矛盾而辞职。学生在国会前遭警察粗暴对待，因此发生严重骚乱。结果将会如何，尚无法预料。东方学院一度进展顺利，

[①] 卫礼贤和徐志摩之间的交往可参见万惊雷《徐志摩与卫礼贤的相识与重逢》，台湾《传记文学》2015 年 9 月号。

则因此再次被推迟。"（1923 年 1 月 26 日卫礼贤致妻信）。1 月底，卫礼贤回到北京，此时蔡元培已经离京南下。半年后蔡元培前往欧洲，居住、游学于法国、比利时、英国等地。失去了蔡元培的支持之后，由于种种原因，卫礼贤渐渐淡出了"东方学院"的筹备工作。

次年年初，正在欧洲的蔡元培受北京大学委派，作为该校代表参加在柯尼斯堡举行的康德二百周年诞辰纪念活动，卫礼贤为此写信给德国外交部，"我建议安排专人接待，因为他在当地全无知名度"（1924 年 3 月 19 日卫礼贤给德国外交部信）。这一年的夏天，卫礼贤返回德国，在法兰克福大学就任汉学教授。当年的 11 月，蔡元培和妻子也定居汉堡，并在汉堡大学注册入学。不过卫、蔡两人似乎也并没有再恢复交往。直到 1925 年的 3 月，卫礼贤受邀前往柏林中国公使馆演讲（1925 年 2 月 26 日中国公使馆致卫礼贤电报），这次演讲的消息可能让蔡元培想起了两年前的旧交，便委托公使馆和卫礼贤联系。卫礼贤演讲后没几天，中国驻德公使魏宸组给卫礼贤转来蔡元培的来信及其生平简历，并示意蔡元培有意前往法兰克福拜访（1925 年 3 月 10 日中国公使馆致卫礼贤信）。7 月 23 日，蔡元培从汉堡来信，感谢卫礼贤在报刊上发表的文章："大作《中国与列强》已读，先生之友善，文章之精之雅，我当替国人感谢。"[1]

就在卫礼贤和蔡元培重续友谊之际，在法兰克福文化名流的支持之下，卫礼贤筹备的法兰克福大学附属中国学院也即将成立。三年前在北京未能实现的理想，终于即将在法兰克福成为现实，而当年的志同道合者蔡元培竟又在不远。卫礼贤萌生了建议法兰克福大学向蔡元培颁发荣誉博士学位的念头。

北京旧识：厄尔克与李佳白

1922年卫礼贤初到北京时，便结识了德国教授厄尔克与美国传教士李佳白。

瓦尔德马-厄尔克（Waldemar Oehlke, 1879—1949）是柏林工业大学的德国文学教授，1920年他接受正在德国进修的北大教授朱家骅的邀请，到北大德文系任教三年。和北大的合约到期后，厄尔克又转到日本和美国的大学授课。在来北京之前，厄尔克对中国知之甚少，加上夫妇两人都不擅长英语，因此在北京缺少朋友，去拜访过他们的胡适在日记里也提到，厄尔克夫妇是"很寂寞的"。当然，厄尔克也并不甘于寂寞，除了教书之外，他在北京还前后组织过两个协会，

---

[1] 《蔡元培书信集》，高平叔、王世儒编注，浙江教育出版社，2000年，第725页。蔡元培原信为德语，译者陈洪捷。

只是最后都无疾而终。①

卫礼贤一到北京，他早年在青岛时的学生闻讯就纷纷找上门来，其中也包括北京大学德文系主任杨震文。厄尔克在他为《南德意志月刊》撰写的文章《德国学术在中国》里，提到了杨震文和卫礼贤之间的关系，"德文系主任杨震文，想必完全受到他昔日老师卫礼贤的正面影响。卫以前是青岛的牧师，后来学了中文，翻译了很多中国著作，他受学生杨的邀请，在这里的大学教授了一段时间的课程，现在在法兰克福教授汉学。"从厄尔克对卫礼贤轻描淡写的介绍，也多少可以体会出两人之间的距离。而厄尔克文章中对于杨震文的描述，则语气更显轻蔑。②

厄尔克和卫礼贤关系不佳，多少和卫礼贤到北大授课有关。作为德文系主任的杨震文，礼聘自己的老师上课，这似乎并不令人意外。精通中文且结交广泛的卫礼贤到北大授课，这显然让厄尔克感受到了威胁。厄尔克为此专程找卫礼贤谈

---

① 《胡适日记全编3》，曹伯言整理，安徽教育出版社，2001年，第677页，"1922年5月28日下午去访德文学教授欧尔克（Oelke）夫妇，吃茶。这两位都不大会说英语，故朋友极少，很寂寞的"。瓦尔德马-厄尔克的生平参见维基百科及其著作《一个德国教授在东亚和北美》（Waldemar Oehlke, In Ostasien und Nordamerika als deutscher Professor – Reisebericht 1920—26, Ernst Hoffmann & Co., Darmstadt und Leipzig, 1927）。
② 厄尔克的这篇文章最初刊登在《南德意志月刊》（*Süddeutsche Monatshefte*, Juni 1925）上，题为《德国学术在中国》（*Deutsche Wissenschaft in China*）。后来他把这篇文章收入《一个德国教授在东亚和北美》一书，作为该书的一个章节。但书中略去了关于卫礼贤的这段话。

话，要求"只有在他的工资提高到600元的前提下，我（卫礼贤）才能去北京大学任教"。次日，卫礼贤在公使馆内部商讨此事后去找杨震文，告诉杨"暂缓寄出我的大学聘书。随后去厄尔克处告之。他却不断提出令人讨嫌的问题"（1925年5月31日—6月1日卫礼贤日记）。不过，到了11月，卫礼贤依然开始在北京大学授课，显然矛盾已经得到解决。而按照厄尔克自己的记述，他在北京大学的月薪从开始时的每月400元后来上涨到每月500元。也许，这次涨薪便与卫礼贤的到来有关。①

在北京的后两年里，卫礼贤和厄尔克仍然偶有来往，但卫礼贤对厄尔克的印象并没有太大的好转。

卫礼贤和美国人李佳白和（Gilbert Reid, 1857—1927）的关系则大不相同。和卫礼贤一样，李佳白也有传教士的背景。他早年作为美国长老会传教士在山东传教，后以自己创办的文化机构"尚贤堂"为基地，成为独立传教士。李佳白和中国上层人士关系融洽。一战期间，李佳白公开表示中国应该保持中立国立场，此举惹怒了动员中国对德断交的美国公使芮施恩。在美国方面的压力之下，李佳白被驱逐出境。一战结束之后，李佳白重返中国。1922年他在北京逗留期间和卫礼贤来往甚多。李佳白对卫礼贤很为器重，不仅邀请卫礼

---

① 参见厄尔克《一个德国教授在东亚和北美》，第8页。

贤在他组织的活动中发表演讲，还试图说服卫礼贤参与他的"尚贤堂"事业(1922年8月30日卫礼贤致妻信)。

1921年，李佳白出版了他的新作《中国：禁锢乎？自由乎？》(*China, Captive or Free？*)。在这本书里，李佳白详尽地叙述了中德有关青岛和胶济铁路协议的起源和细节，以及一战期间美、英、法、日各国角力，游说中国政府对德绝交宣战的幕后。在卫礼贤的推介之下，李佳白自己承担了相当一部分印刷费用（1925年8月21日卫礼贤致福兰阁信），这本书的德文译本得以于1923年出版[①]。

此时的卫礼贤未曾想到，厄尔克和李佳白两人的文字，几年后居然影响到他在法兰克福的动议。

蔡元培的"反德亲法"形象

让卫礼贤始料未及的是，关于向蔡元培授予荣誉博士的提案，在法兰克福大学内部遭到了非议，而其根据便是厄尔克撰写的文章。

厄尔克的《德国学术在中国》刊登在颇具影响力的政论与文化杂志《南德意志月刊》1925年6月号上。厄尔克在文

---

① 《中国：禁锢乎？自由乎？——中国困境之研究》，英文版 *China, Captive or Free? A Study of China's Entagelements*, New York Dodd, Mead and Company, 1921；德文版 *Der Kampf um Chinas Freiheit: Eine Darstellung der politischen Verwickelungen Chinas*, Leipzig K.F. Koehler, 1923，译者 W.E.Peters，Gerhard Menz 作序。

章中介绍了德国读者还很陌生的北大主要学术人物，如蔡元培、蒋梦麟、胡适、顾孟余和杨震文等。他提到了蔡元培在德国留学的经历和生平："他（蔡元培）曾在莱比锡学习哲学，此后也曾到访过德国，撰写了大量著作（伦理学专业），出任过教育部长和北京大学校长，虽然他大部分时间在欧洲逗留，也兼任中国在文化和国际联盟的代表，但在北京大学他依然拥有决定性的影响力。"

在文章中，厄尔克提到了蔡元培在一战中的对德立场："（他的）共和及社会主义世界观，使得他在战争期间成为德国的敌对派。他憎恨普鲁士王朝的武力，却热爱'德国精神'，并且想通过他的反德宣传来支持'德国精神'。他只受到中国知识分子的喜爱，但中国的当权者却并不喜欢他，反而怕他。他一面进行反德演讲，一面在北京大学设立了德文系，北大的上万学生对他奉若神明……我和他只谈过一次话，他的布满皱纹的脸上有一对睿智的眼睛，他说的德语很机智，选词恰当。"

厄尔克在文章中也承认蔡元培在学术界和政界的地位："在每次民意调研中，蔡元培总是被列为当代中国十大最知名、最受欢迎的人物之一。他和广东首领孙逸仙和前总统黎元洪一起，被认为是导致民国建立的辛亥革命的始作俑者和精神同盟。"①

蔡元培在一战中的立场,在其多次演讲和媒体采访中表述得非常鲜明。一战的初期,蔡元培尚在法国逗留,他于1916年返回中国出任北京大学校长。甫入国门,他便在杭州五千人参加的"蔡孑民先生演讲会"上公开他所属的政治阵营:"德以帝国主义破坏人道主义者也,法以人道主义抵抗帝国主义者也。以公理言,法终当占优胜。"②年底,在北京政学会为他举行的欢迎会上,他又发表演说提到"今兹之战,虽参与者不下十国,而其实,则德与法战耳,军国主义与人道主义之战耳。从多助与寡助上观察,德之败也必矣。"③次年3月3日,他在一千人参加的"国民外交后援会"成立大会上说道:"观于德国之侵犯比利时中立,纯取强权主义,即所谓以强欺弱也……故德国可谓之为强权代表。英、法、俄为扶助被欺凌之各小国而战,可谓之为扶助代表。故此次欧战,谓之强权与扶助战也可,谓之为道德与不道德战也亦可。"④此时离中德断交已经为时不远,作为公众人物的蔡元培,虽

---

① 《一个德国教授在东亚和北美》(Waldemar Oehlke, *In Ostasien und Nordamerika als deutscher Professor - Reisebericht 1920—1926*, Ernst Hoffmann & Co., Darmstadt und Leipzig, 1927) 厄尔克并非中国问题专家,在中国生活时间不长,因此他对于蔡元培在辛亥革命中的地位的说法未必精确,也仅是一家之言。
② 上海《民国日报》1916年11月21—23日,《蔡元培年谱长编》第一卷,第620页。
③ 天津《大公报》1917年2月5日"北京大学蔡孑民先生与本报记者之谈话",《蔡元培年谱长编》第2卷,第11—12页。
④ 天津《大公报》1917年3月5日,《蔡元培年谱长编》第2卷,第15—16页。

然并不直接参加政府决策,但他在大规模群众集会上的亮相,演讲内容更经过媒体广泛传播,理所当然在国内产生广泛的影响。

一战停火之后的 11 月 14 日,北京大中小学生 3 万余人参加庆祝协约国胜利的盛大集会游行,在天安门的演说会上,蔡元培出任大会主席,会上美、英、法公使分别发表演说。次日,北京大学又在天安门举行针对民众的讲演大会,蔡元培以《黑暗与光明的消长》为题发言,他说:"现在世界大战争的结果,协约国占了胜利,定要把国际间一切不平等的黑暗主义都消灭了,别用光明主义来代他,所以全世界的人,除了德、奥的贵族之外,没有不高兴的。"[①] 由此,蔡元培在一战前后保持始终的"鄙德扬法"的立场,对于居住在北京的西方人来说,应该都是印象深刻的吧。

厄尔克对于蔡元培的叙述,并不偏离事实,甚至可以说也并无贬义。但是,厄尔克这段文字似乎不经意间透露出的信息,却让法兰克福大学的决策者犹豫不决。

对于卫礼贤的提议更加不利的是,李佳白的《中国:禁锢乎?自由乎?》已经在德国出版,而其中有关蔡元培的段落也似乎印证了厄尔克的观点。在这本书里,李佳白把当时支持对德断交宣战的中国知名人士分成三个派别,其中提到

[①]《北京大学日刊》1918 年 11 月 27 日,《蔡元培年谱长编》第 2 卷,第 137 页。

"日本提出二十一条时的外长、前驻法公使陆徵祥先生，著名改革家、反对袁世凯称帝运动的积极参与者梁启超，还有刚从欧洲访问回来的著名教育家蔡元培，他们三人是亲协约国一派的最重要的代言人。实际上，这是一个亲法国的派别。"[1]

一战之后，德法结怨最深，蔡元培"反德亲法"的形象一旦被锁定，自然难以被德国学界所接受。于是，卫礼贤的提议被法兰克福大学搁置起来。

福兰阁心中的一战悲情

遭到挫折的卫礼贤，想到了柏林的汉学家福兰阁（Otto Franke，1863—1946）。1925年8月21日，卫礼贤给福兰阁去信，一方面邀请他加入新成立的"中国学院"，另一方面则就蔡元培的荣誉博士学位一事征询福兰阁的意见。

此时的福兰阁在德国学术界已经是功成名就。他早年以翻译身份在德国驻华使领馆工作，回德后一度被清朝驻德公使荫昌延揽到公使馆内担任秘书职务。1908年他又被德国外交部派回中国，和时任学部尚书的张之洞谈判建立青岛德国

---

[1] 见 Gilbert Reid, "China, Captive or Free?"，第99页。不过，李佳白这里关于陆徵祥的叙述显然有误。陆徵祥出任过清政府驻荷兰和俄罗斯公使，后曾任民国政府驻瑞士公使，但未曾出任过驻法公使职位。1919年巴黎和会期间，陆徵祥以外长身份兼任中国代表团首席代表参加，因山东权益问题拒绝代表中国在凡尔赛和约上签字。巴黎和会期间民国驻法公使是胡惟德。参见陈三井《陆徵祥与巴黎和会》，载《"国立"台湾师范大学历史学报》第2期1974年2月号。

高等学堂事宜。这次使命完成之后，福兰阁告别外交界而转入学界，在汉堡的殖民学院教授"东亚语言与历史"。1923年初，他由汉堡转到柏林任教。[①]从青岛时期起，卫礼贤和福兰阁就有书信来往，已有十年余，每有译作完成，卫礼贤也必然要寄赠福兰阁一阅。1922年初卫礼贤再度赴华前，曾写信告知福兰阁自己的行程与计划。福兰阁事后致信卫礼贤，为未能在临行之前会面表示遗憾，又表示他对卫礼贤设想中的"北京学院"（即东方学院）一事十分关注，祝愿此事进展顺利（1921年12月30日福兰阁致卫礼贤信）。

卫礼贤向福兰阁求援，不仅仅因为福兰阁是汉学界同行，更因为福兰阁还有着一个特殊身份。早在汉堡任教时，福兰阁便是德国高校联合会的涉外事务顾问。到柏林之后，他又成为柏林大学在高校联合会的正式代表，兼任高校联合会涉外委员会主席。卫礼贤显然相信，向蔡元培授予荣誉博士学位一事，如果能获得福兰阁的支持，对消解法兰克福大学内部的反对声音，会起到很大作用。

卫礼贤在给福兰阁的信中，称赞蔡元培为中国学术界的领袖，他认为授其荣誉博士学位不仅名副其实，而且在文化政策上影响深远。当然，卫礼贤更用相当篇幅说明厄尔克的为人和其言论之不可信，并详细解释李佳白对蔡元培本身并

[①] 本文有关福兰阁的生平介绍主要参考其自传 *Otto Franke, Erinnerungen aus Zwei Welten*, Walter De Gruyter & Co. Berlin, 1954。

无恶意。他还用不少笔墨描述一战期间中国所处的外交困境，为中国战时对德政策开脱。卫礼贤引用另一位对德主战派人物梁启超的话，"他（梁启超）后来亲自向我解释说，完全因为这是关系到中国存亡的重大政治决策，才导致他（梁）不得不采取当时的立场"。为了说明蔡元培对德国的友好态度，卫礼贤还举出蔡元培以北京大学校庆的名义，向柏林大学捐赠过一百万马克以资助汉学研究的事例。①

不过，卫礼贤的这一封信是否就能说服福兰阁呢？

虽然两人结交多年，但卫礼贤对福兰阁的政治观点未必十分了解。福兰阁之子、同为汉学家的傅吾康（Wolfgang Franke，1912—2007）曾经对其父的政治立场有过很好的说明："我父亲（指福兰阁）成长于俾斯麦和德意志帝国奠基时代，这个时代的经历影响了他的政治观点。他从未加入任何政党。战前他可能更倾向于民族主义—自由主义派别。而在一战期间和战后则投入转向民族主义—保守主义"。傅吾康还举例说，一战之后，德国社会支持共和和反对共和的政治阵营泾渭分明，他的父母成了拒绝革命和共和的一派。在他年

---

① 1923年1月8日，卫礼贤致信德国外交部："借北京大学25周年校庆之机，我向现任校长蔡元培先生建议，捐款资助德国的中国文化研究，以此作为东方向西方之问候，重新确认中德两国学术界之间友好关系。蔡元培先生十分乐意接受我的建议，附件中是他以校庆捐款的名义给我汇来的一百万马克的支票，赠给柏林大学以资助该大学的中国文化研究。"他并在信中请求将该支票"寄给普鲁士教育部次长贝克尔博士，以便该笔捐款尽快能供其支配"。原信存卫礼贤遗稿档案。

少时，有一位邻居是民主党籍的汉堡市政府部长，傅吾康常和这家的孩子一起玩，"有一天我们在家正好谈到了这家的孩子，我的母亲，她认同我父亲的政治观点，顺口说到，我不该那么经常和民主党人家的孩子一起玩"。傅吾康将母亲的话告诉了其他孩子，话的内容传播开后，结果导致孩子们之间真的不再互相往来。①

福兰阁全家在战争期间的行为，也为傅吾康的描述做了注解。1914 年 10 月 16 日，三千名德国大学教授签署《德意志帝国教授宣言》(*Erklärung der Hochschullehrer des Deutschen Reiches*)，为德国参战辩护。宣言提到所谓的"普鲁士军国主义"时说，其实"德国军队的精神和德国人民的精神并无不同，因为两者本来就是一体，我们（指德国大学教授）也隶属其中"。这份毫无掩饰、力挺"军国主义"的宣言，得到当时德国高校绝大部分教授的联署。作为汉堡殖民学院教授的福兰阁也不例外。在这种家庭氛围之中，福兰阁的长子，也就是傅吾康的哥哥，刚考完中学毕业考试便自愿报名参战，不幸于 1916 年 8 月在法国北部阵亡，年仅 17 岁。战争给福兰阁的家庭直接带来巨大的心理创伤。

对于巴黎和会签订的《凡尔赛和约》，福兰阁耿耿于怀。

---

① 见 Wolfgang Franke, *Im Banne Chinas - Autobiographie eines Sinologen* (1912—1950), Projekt Verlag 1995, 第 11 页。此书中译本译名为《为中国着迷：一个汉学家的自传》。本文中所引处系根据德文版译出。

在他的笔下，他始终把《凡尔赛和约》称为"不平等条约"（Versailler Diktat）。战后他曾投入大量时间，参与对一次大战起因的研究，目的是反驳德国承担战争全责的论点。①1929年初，正值《凡尔赛和约》签署十周年之际，福兰阁的报告《驳凡尔赛和约的战争责任说》发表在高校联合会会刊上。②也就在此年，高校联合会还通过决议，认为德国承担一战全责的说法已经被证伪，《凡尔赛和约》相关的追责条款应该被取消。此时的福兰阁已不仅仅是联合会涉外事务负责人，并且早已进入了联合会的最高层理事会。③

除了热衷于澄清德国的战争责任之外，福兰阁还承担了抵制协约国学术封锁的组织者角色。一战之后，协约国学术界发动了对德国学术界的抵制行动，以削弱德国在学术领域的影响力，惩罚德国学术界一战期间支持政府的立场。德国学者被拒绝参加国际会议，德语也不再被作为学术刊物和学术报告的官方语言，新成立的国际学术联合组织将德国和其一战盟友排除在外。这次抵制行动直到1926年德国被国际联

---

① 见《福兰阁自传》，第169页。
② 见1929年2月德国高校联合会会刊上福兰阁文章《驳凡尔赛和约的战争责任说》（Prof. O. Franke "*Die Widerlegung der Versailler Kriegsschuldthese*", Mitteilungen des Verbandes der Deutschen Hochschulen, Februar 1929 Heft1/2）。
③ 见1929年4月德国高校联合会会刊上第六届德国高校大会决议中"关于战争罪责说"的部分（Entschließung des VI. Deutschen Hochschultages vom 7. bis 9.März 1929 in *München*, *Zur Kriegsschuldthese*, April 1929 Heft3/4）。

盟接纳为成员之后才逐渐停止。①

对自己在高校联合会的工作经历，福兰阁曾经做过如下的自我定位："从 1921 年到 1932 年，我在德国高校联合会工作的重点，便是领导反击以'凡尔赛不平等条约'为根据的抵制德国学者和学术的行动。高校联合会正是这样的机构，代表德国学术界来应对并领导这场战斗，而作为涉外负责人则要在技术层面进行组织。"②

也就几乎在蔡元培迁居汉堡、注册汉堡大学的同时，福兰阁提交了他的涉外委员会年度报告，其主要内容便是关于德国学术界遭受的不公平待遇。他提供的统计数字说明，1923—1924 两年间召开的 91 个国际学术会议中，有 58 个会议没有邀请德国学者参加，而有德国学者参加的 31 个会议，法国和比利时学者则拒绝出席。福兰阁在报告中点名法国和比利时两国为抵制德国学术的中坚力量，"有个别国家试图邀请德国参加学术会议，但立刻会遭到法国和比利时的反对或者退出威胁。通常情况下邀请方只能选择让步，否则法国人和比利时人就会拒绝参加会议，导致会议事实上无法成为国

---

① 参见 Roswitha Reinbothe, *Der Boykott gegen die deutschen Wissenschaftler und die deutsche Sprache nach dem Ersten Weltkrieg*, Deutsche Medizinische Wochenschrift 51/52 2013.
② 见《福兰阁自传》，第 166 页。

际会议"①。高校联合会还通过一项名为《针对外国敌意，保护德国学术的措施》的决议，决议更明确将法国、比利时作为"外国敌意"的主谋，"某些国家，比如法国和比利时，试图系统性地将德国学术及其组织排除在国际合作之外，拒绝德国研究人员参加所谓的国际会议，抹杀他们的工作，因个别学者群体在战争中的立场对其进行排挤，尽可能地取缔德语"，对于某些国际会议邀请德国学者以个人身份参加，高校联合会的观点是，德国高校教师应"对这种将个人分裂出其民族的企图，作为不可接受的侮辱加以拒绝"。这份措辞强烈、民族情绪鲜明的决议文本，理所当然地经过高校联合会涉外事务负责人福兰阁之手。②

假如说梁启超支持对德宣战的举动，尚可以作为政治家的策略与权宜来理解，而蔡元培反对"军国主义"与"强权"的言论，则是在理论上挑战福兰阁和一代德国知识分子的政治立场，前者或许尚可被通融，后者则绝对难以被福兰阁等接受。在反驳《凡尔赛和约》的同时，在福兰阁的自传和文章中，在德国高校联合会的一篇篇讨伐性的檄文中，读不到

---

① 见德国高校联合会会刊 1925 年 1 月号福兰阁的"涉外委员会报告"（Prof. Dr. O.Franke,"Bericht des Auslandausschusses", Mitteilungen des Verbandes der Deutschen Hochschulen, Januar 1925）。
② 见德国高校联合会会刊 1925 年 1 月号决议"针对外国敌意，保护德国学术的措施"（Entschließung betr. Maßnahmen zum Schutze der deutschen Wissenschaft gegen ausländische Feindsegligkeiten, Mitteilungen des Verbandes der Deutschen Hochschulen, Januar 1925）。

关于大国崛起与纷争之中德国责任的任何探讨。1925年的8月，当福兰阁得知卫礼贤的建议时，一战硝烟虽然早已散尽，但他心中的一战悲情远未化解。作为历史学者和学界精英，他将针对"凡尔赛不平等条约"的"斗争"视为己任，而他面对的"敌人"主要就是法国和比利时。此时此刻，福兰阁心理上的天平显然难以倒向"反德亲法"、长年游走于法比两国的蔡元培。

福兰阁婉拒卫礼贤

福兰阁不愧是外交官出身的学者，接到卫礼贤的来信，他并没有立刻答复卫礼贤的问题。从巴伐利亚的度假地，福兰阁发出了一封简短的明信片，告诉卫礼贤他会在返回柏林之后才详细作答（1925年8月26日福兰阁致卫礼贤明信片）。9月中，也就是差不多两个星期之后，福兰阁才从柏林回信，发表了自己对此事的观点。

福兰阁在信中称，他已经通过德国高校联合会得知此事，他"既没有表示反对也没有表示赞成的意见"。不过，他很赞赏法兰克福大学愿意事先听取大学联合会意见的态度。对于厄尔克的文章，福兰阁和卫礼贤一样不以为然，但福兰阁话锋一转，却认为对李佳白的看法不能不予以重视，因为"他书里的说法对蔡元培的政治影响力表述得非常清楚"。福兰阁还评价蔡元培"是一个持激进意识形态和头脑混乱的人"。对蔡元培中国学术界领袖的地位他也表示怀疑,称"我从这里的中国人那里还听到其他的名字"。至于德国大学的荣誉博士学位,他认为更应该用来奖励年轻的中国学者,而不是"具有政治倾向的知名人士"(1925年9月16日福兰阁致卫礼贤信)。

卫礼贤提到的蔡元培向柏林大学的汉学研究捐款一事,发生在1923年初,此时正值德国金融动荡,通货膨胀居高不下,帝国马克汇率一落千丈之际。蔡元培开出的一百万马克的支票究竟还有多少价值,可以用福兰阁自己的经历来做一说明。1923年4月福兰阁因赴柏林任教,全家从汉堡搬至柏林,他在自传里回忆道:"1923年我们迁来柏林时,正值可怕的通货膨胀达到顶峰之际。我们的搬家费便花去几十亿马克。能买得到的少数物品,其价格也每天甚至每小时在无限地上涨。工资金额的数目也相应上升,纸币捆扎起来每周分发若干次,没人清点,只能根据重量来估测其数值。人们拿到工资之后,尽快地将其换成货物,最好是食物,以在下一轮涨价之前抢先一步。"[①]连搬家费都要几十亿,那蔡元培托卫礼贤转交的一百万马克支票早已是一文不值,难怪福兰阁在回信中也对此未作任何回应了。

[①] 见《福兰阁自传》,第154页。

尽管卫礼贤在信中并没有明确说明他的意图,但福兰阁当然知道,卫的来信是希望他以高校联合会涉外事务负责人的身份,向法兰克福大学出具支持授予蔡元培荣誉博士学位的意见。显然,仅从福兰阁此时的政治立场和民族情绪来看,他很难心甘情愿地为蔡元培投下赞成的一票。当然,福兰阁也不想过于打击卫礼贤的心情,因此在信的结尾,他奉劝卫礼贤将此事暂时搁置,甚至还安慰卫礼贤:蔡元培尚还年轻,或许还可以再等几年。外交官出身的福兰阁并没有忘记一再声明,他的建议也仅仅是建议。

没能如愿得到福兰阁的支持,卫礼贤的设想只能就此搁浅。而蔡元培也从布鲁塞尔来信,表示无法来法兰克福参加中国学院的成立典礼("我现居布鲁塞尔,接奉惠请,我极愿赴会,聆听先生的重要报告并观看专题展览,无奈不得抽身,尚须在此逗留数日,不能速往法兰克福。在此谨祝中国研究所圆满建立,前景无垠。"1925年11月12日蔡元培致卫礼贤信)。[1]

可以想象,这一年的年底,卫礼贤多少带着些歉意,把自己的新作《中国心灵》作为一种补偿献给了蔡元培。而福兰阁心目中的中国学界领袖究竟是谁,或者说他当时"听说的其他名字"究竟是哪位,我们终究不得而知。不过,到了

---

[1]《蔡元培书信集》,高平叔、王世儒编注,浙江教育出版社,2000年,第734页,蔡元培原信为德语,译者陈洪捷。

1932 年，胡适获得了德国学术界最高的荣誉头衔，当选为普鲁士科学院的通讯院士，而推荐者正是福兰阁，这或许是个间接的答案。[1] 这时，卫礼贤已经去世两年了。

附录

卫礼贤致福兰阁信（1925 年 8 月 21 日，法兰克福）

尊敬的教授先生，

请允许我以此信邀请您加入我们新成立的中国学院。

同时，我想借此机会向您解释我对另一件事的看法。我向法兰克福大学我所在的系提出建议，授予蔡元培荣誉博士

---

[1] 福兰阁与胡适的唯一一次会面发生在 1938 年苏黎世国际历史学会议上。两人对此次会面都留下美好的印象。福兰阁在其自传中提到这次会面，他称胡适为"以语言革新而著名的中国文学史家"，"1932 年起任普鲁士科学院通讯院士，将从苏黎世赴华盛顿出任大使"，"我和胡适数日间经常相聚畅谈。一年后新的大战爆发，我们无缘再次见面"。而胡适日记对两人的这次会面记录更为详细。"下午史学会的 Far Eastern Commission（远东委员会）开会，我出席，遇 Prof. Otto Franke（奥托·弗兰克教授），此为第一次相见，甚慰。他是推荐我为 Prussian Academy of Science（普鲁士科学院）的人，但他向来未见过我，我甚感激他。今日相见，他也甚高兴。他生于 1863 年，今年 75，而精神不衰。"（1938 年 8 月 27 日）"晚上与 Franke 先生吃饭。"（1938 年 8 月 28 日）"与 Prof. Franke 同吃饭。他说我的《四十自述》有德文译本。"（1938 年 8 月 30 日）"下午与 Prof.Franke 同去参加游湖，天大雨不止，稍减游兴。然路上与 Franke，C.K.Webster，Flower，Adair，与 Clapham 诸人谈，是一得。"（1938 年 8 月 31 日）"晚上与 Professor O. Franke 去看马戏。"（1938 年 9 月 3 日）"送 Franke 行，彼此都很恋恋，他今年七十五，后会不易了。"（1938 年 9 月 4 日）

学位。但这项提议被推迟审议，因为系里有一名成员在《南德意志月刊》上读到瓦尔德马－厄尔克的文章，文中将蔡元培描述成对德宣战的主要煽动者。我不知道您是否认识厄尔克先生。对于中国事务他可说是一无所知，在北京期间他也未曾花时间对中国做最基本的了解。虽然他成立了一个德中文化协会，但也仅仅限于公布了两份会员名单，随后便杳无音信了。另外他还成立了一个国际自由学术协会，但除他之外根本没有多少会员，那些偶尔对他的计划客气地发表一下意见的人，于是都成了会员。他以前在德国媒体上发表的文章给人以印象，他刚刚发现了中国，但自从他去了日本之后，便开始贬低和嘲笑中国。我想，您和我的意见一定会完全一致，根据以上的情况厄尔克先生的话不足为信。李佳白著作的翻译得到了我的支持，我和李佳白磋商，由他承担了至少相当一部分的印刷费用。我也认为，李佳白尽管属于蔡元培的反对者，但对他却并没有任何恶意。因此我觉得，对待此事正确的态度，应该是将过去一笔勾销。尊敬的教授，您也知道，当时中国正处于困境之中。可以说，中国已经被英国出卖给了日本，而在臭名昭著的"二十一条"里，日本甚至提出了比英国认可的更高的要求。此时美国又登场了。美国公使芮恩施，他出生在德国，其母至今还不会说英语，到处宣讲神话，声称这次大战完全不是针对德国文化（我亲自听他在一次演讲中提到，他极度尊重德国文化），而是一次将世界从武力集团手中解救出来的行动。他和他的总统威尔逊用的是类似的一套辞藻,而德国人因为相信威尔逊的话而大祸临头。当时的中国面临生死存亡的问题。如果中国拒绝美国的建议,则完全陷入日本的陷阱,无力自拔。事后证明,中国和德国一样,也被它的盟国所欺骗,但无论如何华盛顿会议还是给中国未来的解脱带来一些可能。当时最主要的人物是梁启超。他后来亲自向我解释说,完全因为这是关系到中国存亡的重大政治决策,才导致他不得不采取当时的立场。您知道,中国政府采取了一切手段,以避免宣战而带来的强硬措施。战争期间德国人在中国享有比其他任何地方更多的自由,只是迫于英国施加的让人痛苦的压力,德国人才在战后被中国强制遣返回国。至于蔡元培,他对德国持友好态度,证明之一便是他在北京大学设立或者说重建了德文系。北京大学校庆时,他自愿地交给我一笔可观的捐款,以资助德国的汉学研究。这笔捐款通过贝克尔部长先生[①]转交给您。遗憾的是因为汇款的拖延和通货膨胀的原因,这笔捐款最后没有太多的价值,但其好意不可否认。蔡元培也代表北京大学赴科尼斯堡参加康德纪念活动,他在德国的短暂停留也表明了他对德国的友好态度。

我们目前的处境十分困难。我们的宿敌们的说法尽管自

---

① Carl Heinrich Becker (1876—1933) 时任普鲁士文化教育部长。

相矛盾，但他们并没有停止对我们进行学术上的抵制。如果我们不想被孤立，我认为就必须和世界上其他国家建立联系。中国人愿意和我们合作。我认为我们应该宽宏大量一些，接受这种合作。蔡元培是当前中国学术界的领袖，授予他荣誉博士学位名副其实，同时这也是一种象征性的措施，在文化政策上会有深远的影响。我认为，即便英法两国视之为不友好的行为，我们也不必担心。

尊敬的教授先生，对我所表述的想法，希望您能有机会告诉我您的意见，我非常重视在此事上能与您保持一致。

谨致崇高的敬意

您的非常忠实的

福兰阁致卫礼贤信（1926年9月16日，柏林）

尊敬的同事！

我8月26日从艾森斯坦（Eisenstein）寄出的明信片，确认收到您21日的友好来信，想必您已经收到。我现在已回柏林，立刻回复您来信涉及的相关内容。

法兰克福大学贵系酝酿向蔡元培先生授予荣誉学位，我已经通过高校联合会知晓其事。我既没有表示赞成也没有表示反对意见，但贵系想先听取联合会的意见，我认为这种做法非常正确，也符合联合会的决定。我想先说明，就我所读到的厄尔克先生的文章，我和您一样，对他的有关评论不会过于重视。但对于李佳白的言论则当然不同，他书里的说法对蔡元培的政治影响力表述得非常清楚。以我本人对后者的了解，他是一个持激进意识形态和头脑混乱的人，中国目前盛产此类人物。我从汉堡听说有关他的消息，也证实了这个印象。他虽然是一位智者，并且拥有渊博的中国文学知识，这点无人质疑，但他是否就是中国学术界的领袖，则让我怀疑。我从这里的中国人那里还听到其他的名字。

可惜的是，在过去几年，我们的大学在授荣誉博士学位上犯了一系列令人遗憾的错误。这些错误导致这些荣誉学位的价值大幅降低，为此高校联合会一再提醒对此要慎重克制。我们的大学院系将荣誉学位颁发得过滥。我虽然同意您的意见，应该尽量和中国人建立更紧密的学术联系，但对此我们还有很多方法可采用，而且我们采用这些方法也卓有成效，首先我们要物色工作严谨、政治上尚没有陷入激进主义的中国年轻人，并和他们保持紧密的关系。此外还有不少友好的交流正在进行中。但对授予我们最高学术荣誉的做法，我们还是应该尽量少用，尤其是对某些具有明显政治倾向的知名人士。至于来自我们欧洲对手的抵制，我并不太在意，这种抵制终将崩溃。我们给第三国授予荣誉学位会在英法造成什么印象，我同样认为无关紧要。

我猜测，您来信的目的是希望获得我的专家意见。综上所述，我建议您对此事不必过急推动，静观事情的发展。在此事上无所作为不算失职，而蔡先生相对来说还年轻，再等若干年也未必是坏事。当然我的建议也仅仅是建议而已，最后的决定要您自己做出，当然还有您所在的院系，它具有完全独立的决定权。

致以亲切的问候

您忠实的

余协中留学科尔盖特的一点史料

陈怀宇

余协中、余英时父子均负笈哈佛，且有学术成就，在中国现代史上很罕见。除他们之外，似乎只有巫宝三、巫鸿父子均从哈佛获得博士学位，也均在自己的学术领域取得非凡成绩。有关余协中先生早年在海外留学的情况，需到科尔盖特学院和哈佛大学寻找档案，但恐怕资料并不易找。最近读一些有关燕京大学的材料时，注意到燕京大学与科尔盖特学院有不少学术交流，而科尔盖特学院的出版物中有些信息还是可以帮助我们了解余协中先生留学的历史背景。

余协中先生在纽约州哈密尔顿市科尔盖特学院（Colgate College）时曾在该校伊顿楼做过工读生。科尔盖特学院1927年的记录说这一年在伊顿楼（Eaton Hall）来了两位外国工读生，其中一位便是来自北京的余协中。伊顿堂是科尔盖特校园内最壮观和位置最好的大楼之一，由浸信派教会建造，位于校园西侧，俯瞰希南戈谷地。除了能容纳约五十个学生的宿舍之外，还包括一些教室、一间客厅、自习室、教堂、图书馆、健身房、院长办公室、纽约州浸信派教育协会的通讯秘书办公室。这个伊顿楼大概是余协中先生学习和生活的主要区域。

图 1. 1920 年科尔盖特学院伊顿楼的旧照片

科尔盖特学院 1927 年的校报（*The Colgate Maroon*）记载当年于 6 月 13 日上午 10 点开始举行授予学位典礼，其中硕士学位的名单中有余协中先生的名字。授予学位典礼之后，当天下午有科尔盖特与康奈尔大学的棒球赛，作为庆祝。6 月 12 日是周日，有位中国教会代表顾子仁（Koo Tse Zung,

1887—1971）被请来做了毕业典礼演讲。余协中先生当时是否参加了这些活动，目前尚无资料证实。但他当时应该还没有立即去哈佛，哈佛的课程要等到秋天才开始。

图 2. 法威尔楼

余协中先生在哈佛的学习和生活不是很清楚，仅王汎森先生提示余先生曾在哈佛追随老施莱辛学习历史。实际上，麻省牛顿神学院出版物里已简略提到余协中，注为 1926 年北京燕京大学学士，1927 年科尔盖特大学文科硕士。住在法威尔楼六号（6 Farwell Hall）。法威尔楼建于 1829 年，系牛顿神学院学生宿舍楼，一共四层，6号应该在一楼。牛顿神学院建于1825年，属于美国浸信会培养研究生的神学院。余协中先生为何住在这里，在哈佛上学，尚需更多材料进行探讨。也许是因为从科尔盖特获得的联系给介绍到神学院住宿，因为科尔盖特是教会学校，燕京大学也是教会学校。这一路读过来也许有线索可以联系起来。

余协中先生为何从燕京大学去科尔盖特学院？原因无从得知，也许是因为两个学校都是教会学校，也许有人从中介绍。不过，翻看其他资料，会发现一些材料也许有助于了解余协中赴科尔盖特求学的历史背景。

有一位科尔盖特学院的历史教授洛伊（Walter I. Lowe，1867—1929）曾在1925年秋天访问了燕京大学，并捐赠一大批图书给燕大。这个图书馆包括了大量历史学、经济学和政治经济学著作。这些书将从纽约州的哈密尔顿市运往燕京大学（*The China Journal*, vol. 3, 1925, p. 628）。燕京大学在1925年将神学科升级为宗教学院，开始招收大学本科生。这一举措获得教会的支持，也赢得了不少捐赠。洛伊的捐赠也许是这一捐赠运动的一部分。洛伊1925年秋访问燕京大学并捐赠私人图书馆是否和1926年余协中去科尔盖特学院有联系，目前并无直接材料证明。

洛伊教授在1925年秋季学期正进行学术休假，在老迈之年访问了日本和中国，1926年2月才回到科尔盖特学院继续教课。他来中国是其女婿甘博（Sidney Gamble，1890—1968）安排的。甘博是宝洁公司创始人老甘博的孙子，1912年本科毕业于普大，后来到加大伯克利分校学习经济学。1917—1919年来华为基督教青年会服务，并在步济时（John Stewart Burgess）帮助下进行社会调查，同时在燕京大学兼职任教，1921年出版了《北京的社会调查》一书，轰动一时。之后又到纽约协和神学院、哥大进修。1924年春与洛伊教授的长女伊丽莎白·洛伊结婚。之后很快又来华工作。甘博1925年1月份到上海从事社会和经济调查研究，后取道秦皇岛和天津回到北京。4月份，与恒慕义、富善等人一同游览北京妙峰山。1925年夏到日本与岳父、岳母老洛伊夫妇会合，并陪他们游览北京、北戴河和山海关。1925年秋甘博先后在燕京大学、联合医科大学任教。甘博在华期间拍摄了数千张照片，现在成为杜克大学图书馆的珍藏品。

洛伊教授是科尔盖特学院的西洋史教授，他也许是余协中在科尔盖特的老师。他来自麻省的怀廷斯维尔，高中毕业后进入耶鲁大学学习。1886—1887学年住在柳树街（218 Willow St.），1890年耶鲁本科毕业，当时住在沃利道（22 Whalley Ave）。毕业后继续读研究生，1891—1892年获得耶鲁研究生乌尔西奖学金。1897年耶鲁博士毕业，论文题目是《导致英格兰爱德华三世采取法兰西国王称号的一系列历史事件》（一共260页，1900年其简本发表在美国历史学会的年度报告)。洛伊毕业后留校任历史系教师。1900年获聘为威尔斯学院历史、政治学和社会科学讲座教授,离开耶鲁。1909年代表威尔斯学院参加哈佛校长罗维尔就职典礼。1920年被礼聘为科尔盖特学院历史学教授,此后待在这里任教直至退休。1926年余协中来科尔盖特时,洛伊是学校的西洋史名牌教授,余协中上过他的课应不成问题。

图3. 洛伊一家在北京火车站,从左至右为伊丽莎白·洛伊(甘博夫人)、老洛伊先生、老洛伊夫人、洛伊次女凯瑟琳。(甘博摄)

洛伊在耶鲁的指导教授是著名史学家亚当斯(George Burton Adams,1851—1925)。毕业后洛伊能短期留校任教若干年,可能跟亚当斯的提携也有关系。他离开耶鲁后仍和亚当斯密切联系。亚当斯1888—1925年执教耶鲁，是美国知名中世纪史家，曾任1908年美国历史学会会长，是《美国历史评论》的创始人之一，1918年被选为美国文理科学院院士。亚当斯是比较传统的学者，重视政治事件的影响，哀叹传统史学界逐渐受社会科学影响。但他这一立场遭到罗宾逊（James Harvey Robinson，1863—1936）的强烈挑战。亚当斯对政治事件的重视也影响了洛伊，这一点特别体现在洛伊的博士论文选题之中。

其中亚当斯所著《法兰西民族的成长》一书出现在余协中《西洋通史》的参考书目之中，余协中使用的是1926年重印本。余协中很可能在科尔盖特念书时上过洛伊的课，由洛伊指点而读亚当斯的著作。余协中《西洋通史》中也引了另外一位耶鲁大学历史系美国史教授伯恩（Edward Gaylord Bourne，1860—1908）的书，即伯恩1903年编辑整理的法国学者傅立叶（August Fournier）1885年所著《拿破仑一世传》。伯恩1883年毕业于耶鲁。1888—1895年任教于阿代伯特学院，1895年起回母校耶鲁任教。当时正好洛伊还在耶鲁读书，伯恩大概也是洛伊的老师。后来大概洛伊在科尔盖特也指点了余协中读伯恩的这本书。

洛伊在科尔盖特学院是一位非常热衷于参与学生活动的教授。他常常参加学生兄弟会的活动，也是周五学生《圣经》读经会的常客。他也是一位世界主义者，愿意帮助外国学者适应校园生活，并帮助美国学生了解世界其他地区的文化和生活状况。1925年2月25日校报报道在洛伊教授的努力下科尔盖特学院世界学生会成立，这是为了增进外国留学生之间的友谊。俱乐部主席是1925届沙巴兹（A. Shabaz），副主席1925届渡边（K. Watanabe），司库是1926届博伊特尔（L. Beuthel），通讯干事是1925届阿伦（L. Allen）。俱乐部成员限于大学注册的外国学生，以及有限的选入俱乐部的美国学生，一定数量的教授。

洛伊是指导世界主义俱乐部的主要教授，这个俱乐部的聚会常常在他家里举行。1927年11月2日出版的校报第四版报道了甘博在中国从事广泛的社会和经济研究之后回到美国，在洛伊先生家里举行的科尔盖特世界主义俱乐部聚会上介绍在东方的经历，并放映了他拍摄的照片，吸引了大约二十位俱乐部成员出席。洛伊这种热衷于照应外国留学生的作风是否是余协中先生去科尔盖特留学的原因之一，不是十分清楚。但是因为洛伊在1925年曾去燕京大学访问并赠书，1926年秋余协中到了科尔盖特，想必也会得到洛伊的照拂，也许余协中在伊顿楼做工读生也有洛伊的关系。

洛伊著述不多，但其声名颇为彰显。1928年10月10日科尔盖特校报报道17位教授被列入《美国名人录》，其中包括历史学教授洛伊。1929年2月27日校报登载了洛伊的讣告。洛伊1929年2月21日去世于佛罗里达冬园过冬的家中。讣告说,洛伊自1920年起任历史学教授,1927年学期中因病休假,之后一直待在佛罗里达,当时长女嫁给甘博,而次女凯瑟琳死于两年多以前。洛伊遗体运回新泽西莫里斯镇安葬。

稿约

《寻找》稿约

《寻找》是一份关注近代中外文化交流史的连续出版物，每年拟出版两辑。刊物的主要栏目涉及中外文化交流史上的人物、事件、媒介、影像等内容，旨在为掌握近代中西文化交流重要线索的人提供一个平台，将研究中发现的档案、照片、故事等材料，以散文随笔的形式，公诸世人。栏目的具体要求为：

人物

此部分内容主要是钩沉一些为中西文化交流做出贡献的人物。

媒介

此部分内容分为"在中国发现世界"和"在世界寻找中

国"两大块，主要关注实物和资料，如对传教士办的报纸、印刷出版的书籍、兴建的教堂、创办的学校、最早传入西方的中国地图、散布在世界不同档案馆的中文藏书、日本藏中国古籍等方面的内容的寻访和发掘。

事件

此部分内容主要关注学术合作和思想交流，旨在揭示中外学人间的交往、学术团体之间的交流，以及汉学家的中国情等鲜为人知的故事。

书评、翻译

此部分内容主要邀请在中西文化交流方面有建树的学者或有心得的硕博士生为本刊关注的重要书籍撰写书评，并翻译重要的、有意义的史料。

稿件要求

稿件以散文随笔形式撰写，力求叙事清晰，文笔流畅。内容以具体人物、事件、场景为追踪对象，要做到生动活泼，图文并茂。其中人物、事件追踪类文章以文字叙述为主，适当配图说明；场景寻访类文章以图片为主，辅以文字说明。叙述重大历史事件或有重大历史意义的文章，不限字数，一般文章以一万字以内为宜，书评应控制在五千字左右，本刊所有文章一律采用脚注形式。

本刊注重实物和场景，因此希望作者能根据文章内容提供像素清晰的图片，来稿请注明作者真实姓名和联系方式，本刊原则上要求首发，请勿一稿多投，来稿文责自负。欢迎海内外读者不吝赐稿！稿件一经采用，即支付稿酬！

联系地址：北京市海淀区西三环北路 19 号北京外国语大学西校区综合楼 667

邮政编码：100089

电话：010 88818807

电子邮箱：xunseeking@163.com